THEATRE
经典剧目

希腊三部曲

安菲特律翁三十八世
特洛亚战争不会爆发
厄勒克特拉

〔法〕让·季洛杜 著
Jean Giraudoux

吴雅凌 译

图书在版编目（CIP）数据

希腊三部曲：安菲特律翁三十八世；特洛亚战争不会爆发；厄勒克特拉 /（法）让·季洛杜著；吴雅凌译 . -- 北京：人民文学出版社，2023

（经典剧目）

ISBN 978-7-02-017854-4

Ⅰ.①希… Ⅱ.①让… ②吴… Ⅲ.①悲剧－剧本－法国－现代 Ⅳ.① I565.34

中国国家版本馆 CIP 数据核字 (2023) 第 043076 号

据 Jean Giraudoux, Théâtre complet, Paris: Gallimard, Bibliothèque de la Pléiade, 1982 版本译出。本项翻译计划得到法国国家图书中心（Centre National du Livre）的翻译资助。

责任编辑	卜艳冰　何炜宏
装帧设计	李苗苗
出版发行	人民文学出版社
社　　址	北京市朝内大街 166 号
邮政编码	100705
印　　刷	山东临沂新华印刷物流集团有限责任公司
经　　销	全国新华书店等
字　　数	180 千字
开　　本	889 毫米 ×1194 毫米　1/32
印　　张	10.625　插页 5
版　　次	2023 年 4 月北京第 1 版
印　　次	2023 年 4 月第 1 次印刷
书　　号	978-7-02-017854-4
定　　价	69.00 元

如有印装质量问题，请与本社图书销售中心调换。电话：010-65233595

目录

中译本导读   001

安菲特律翁三十八世   001
  第一幕   003
  第二幕   033
  第三幕   075

特洛亚战争不会爆发   103
  第一幕   105
  第二幕   144

厄勒克特拉   197
  第一幕   199
  中　场   255
  第二幕   259

中译本导读

"它飞得太高了……飞这么高是看不见影子的,连影子也没了。"

——《厄勒克特拉》,第二幕第七场

1

上世纪三四十年代,法国戏剧出现一种独特现象。好些作者纷纷回归古典,不止于文艺复兴以降的法国古典主义,而是直接追溯古希腊传统。

1931年纪德的《俄狄浦斯》,1934年科克托的《地狱机器》,均系改写索福克勒斯的俄狄浦斯故事。早在1922年,科克托在巴黎工坊剧场依据古本上演《安提戈涅》,但他最终从古诗人俄耳甫斯那里汲取灵感。而纪德更早,1899年就改写过普罗米修斯、菲罗克忒忒斯等神话。①

1932年阿尔托发表残酷戏剧理论,依稀可见古代希腊哲

---

① André Gide, *Œdipe*, NRF, 1931; *Le Prométhée mal enchaîné*, Mercure de France, 1899; *Philoctète et El Hadj*, Mercure de France, 1899. Jean Cocteau, *La Machine infernale*, Grasset, 1934; *Orphée*, Grasset, 1926.

学和秘教传统的痕迹。①

1934年薇依写《被拯救的威尼斯》，1944年加缪上演《误会》，这两出戏表面与神话无关，但加缪有意让现代人物讲古典悲剧语言，薇依则宣称："自古希腊以来第一次重拾完美英雄的悲剧传统。"②

1937年季洛杜的《厄勒克特拉》，1942年萨特的《苍蝇》，1944年尤瑟纳尔的《厄勒克特拉或面具的失落》，先后在战时改写阿伽门农家族神话。③

1944年阿努伊改写《安提戈涅》④，迄今让人念念不忘。

类似的例子还能举出许多。

文坛出盛况，可靠的翻译功不可没。帕纳斯派诗人李斯勒的古希腊悲剧全译本问世于1872年至1884年间，到了世纪交替时渐渐不够用了。1897年佩吉写《贞德》，仿索福克勒斯而自译《俄狄浦斯王》开场。克洛代尔历时二十年重译埃斯库罗斯的俄瑞斯忒斯三部曲。保罗·马松等索邦学者和美文出版社合作的希腊经典勘译本陆续问世。⑤新译本引发新一轮神话重述，这股风潮影响遍及二十世纪法国戏剧、电影等文艺领域。个中的因果经过，多少让人想到路易十四年代的古今之争。

有别于莎士比亚，十七世纪法国古典主义戏剧算不算西方文明史上的第二次悲剧复兴，始终让人存疑。1955年加缪在雅

---

① Antonin Artaud, *Le Théâtre de la cruauté*, Gallimard, N.R.F., 1932; *Le théâtre et son double*, Gallimard, 1938.
② Simone Weil, *Poèmes, suivi de Venise sauvée*, Gallimard, 1968, note 24. Albert Camus, *Le Malentendu*, Gallimard, 1941.
③ Sartre, *Les mouches*, Gallimard, 1942. Marguerite Yourcenar, *Électre ou la Chute des masques*, Plon, 1954.
④ Jean Anouilh, *Antigone*, Paris, La Table Ronde, 1946.
⑤ 1896年克洛代尔译《阿伽门农》在福州问世，《奠酒人》和《报仇神》分别问世于1912年和1920年。第一卷美文版古希腊悲剧乃是1920年保罗·马松译注的埃斯库罗斯戏剧集。

典讲座提出第三次悲剧复兴①,把这个有趣的话题拉伸到当下。

2

读季洛杜的最初印象不是戏剧,是小说。那个名叫埃尔佩诺尔(Elpénor)的水手。

他跟随奥德修斯去打了十年仗,没在《伊利亚特》留下一丝踪迹。又跟随奥德修斯返乡,和伙伴们先后死在路上。只是这死怪不得谁,既不是遭了海难,也不是遇见神怪。他死在回乡路上平安快活的难得时候。某天在女巫的岛上喝醉了,爬上屋顶睡觉,不小心自己摔断头骨。甚至和女巫没关系。荷马说他作战不勇敢,平常也不聪明(奥10:553)。他摔死的那天,黎明照常伸出玫瑰色的手指,伙伴们无暇掉一滴泪,更不必说埋葬他。他们有更重要的事要忙。

他让人想起《伊利亚特》的小丑多隆。《奥德赛》的小丑,糊里糊涂去"探敌营",不明就里先到了冥府,比寻访先知的同伴还早一步。这个年轻水手做不了古代传奇里的英雄,活着卑微,死了不起眼。

偏偏季洛杜看中他,为他重写了半部《奥德赛》。

多年前的一次展览上,罗米伊谈起这本 1919 年初版小说。人们在问,季洛杜究竟是背叛还是传承荷马精神?已故的女希腊学家给了得体的回答:两者皆有。他与古希腊书写传统的渊源在现代作者中实属罕有。在那一代法语作者里,也许自那以后好几代作者里,季洛杜"最直接地浸染于古希腊文学"。②

---

① Albert Camus, *Théâtres, récits, nouvelles*, éd. de Jean Grenier et Robert Quilliot, Paris: Gallimard, 1962, p.1701.
② *Homère sur les traces d'Ulysse*, sous la direction d'Olivier Estiez, Mathilde Jamain et Patrick Morantin, BNF, 2006, p.23. 萨特专题谈过"季洛杜的亚里士多德主义和柏拉图主义"。Jean-Paul Sartre, *Situations 1*, Gallimard, 1947.

我随后发现，现代诗人对埃尔佩诺尔念念不忘。他在波德莱尔的《天鹅》里，那个被遗忘在孤岛上的水手。他在庞德的长诗《休·赛尔温·莫伯利》里，无名诗人的坟头插一把桨（奥 11：77，12：15）。他在乔伊斯的《尤利西斯》里，上午十一点按时举行帕特里克·迪格纳穆的葬礼。

3

不止一个法国人对我说，如今他渐渐被人遗忘。

希波吕托斯·让·季洛杜（Hippolyte Jean Giraudoux），1882 年生于贝拉克，1944 年在巴黎去世，两次大战期间公认最重要的法国戏剧诗人。

他的生平，我们所知不多。他曾饶有兴致地提到，三百年前拉封丹途经他的故乡贝拉克那一夜，也许邂逅他的祖先。[1] 少年的想象，算是公开谈论自己的罕有时候。我们知道他聪敏过人，竞技上常戴桂冠，从中学到文科预备班，再到巴黎高师，乃至外交官甄选考试，一路拿头奖。在参加一战的法国作家中，他很可能头一个被授予勋章。

如今还看得到的照片里，他不动声色，戴副浑圆黑镜框，正装革履，沉思和微笑，让我想到雅克·塔蒂电影里的于洛舅舅，只是优雅体面得多。

自称看他的戏长大的电影人马凯为瑟依出版社写《季洛杜自述》，只能以两部小说的虚构文字为主线，寻觅他生平的蛛丝马迹。[2] 他还在世时，萨特说起他的"低调，一心躲在作品后，或许有一天能对我们说说他自己"[3]。

---

[1] Jean Giraudoux, *Les Cinq tentations de La Fontaine*, Grasset, 1938, p.15.
[2] Chris Marker, *Giraudoux par lui même*, Seuil, 1959, p.50.
[3] Sartre, "M. Jean Giraudoux et la philosophie d'Aristote: à propos de *Choix des élues*", in *Nouvelle Revue Française*, 1940, pp.339—354.

但他说，我为人类呼吁活在世上有一丝孤独的权利。①

4

他的师承。

硕士论文修习文艺复兴法语诗人龙萨与古希腊诗人品达，之后颇让人意外地改去研究德国浪漫派诗人普拉腾（August von Platen）。为此还在1905至1907年间赴德两年。事后很多人说起这次转向，将他二战时的含糊立场联系在一起。②普拉腾是荷尔德林的同时代人。鉴于德国浪漫派对古希腊诗文的重新发现，从龙萨到普拉腾，他的探索一以贯之。

他的法语老师，十六世纪的龙萨，十七世纪的拉封丹。1936年那五次著名讲座上，他与寓言诗人对话，结集成册《拉封丹的五次诱惑》。此外，从《危险关系》解读十八世纪，从奈瓦尔和腓立普两大作家评价十九世纪。对待文学，他有可贵的清晰思路。

不能不提拉辛。他写拉辛的文章迄今完胜许多鸿篇巨著。③只有诗人真正理解诗人。——是的。虽是散文体书写，他本质上是诗人，且难得有古学造诣。和拉辛一样通晓古传经典，擅从希腊悲剧和《圣经》故事汲取题材。相形之下，拉辛的同时代人比如佩罗通过有误的拉丁译本了解欧里庇得斯，而热爱希腊文明如加缪，据说其参考来源是1935年拉鲁斯版的《神话概论》。④

---

① Jean Giraudoux, *Ondine*, III, 3, in *Théâtre complet*, Paris: Gallimard, Bibliothèque de la Pléiade, 1982, p.832.
② 谈论季洛杜与德意志思想渊源的权威著作：Jacques Body, *Giraudoux et l'Allemagne*, Paris, Dider, 1975.
③ Jean Giraudoux, *Littérature*, Paris, Grasset, 1941, pp.27—56.
④ Monique Crochet, *Les Mythes dans l'œuvre de Camus*, Éditions universitaires, 1973, p.81.

他一共写了十六部戏剧,最受欢迎的包括"希腊三部曲":①

《安菲特律翁三十八世》(1929 年)

《特洛亚战争不会爆发》(1935 年)

《厄勒克特拉》(1937 年)

《安菲特律翁三十八世》问世前一年,本雅明发表处女作《德意志巴洛克戏剧的起源》。

5

荷马史诗以降,希腊人贡献了关乎不和女神的艰难卓越的思考。

战争。矛盾。对话术。

季洛杜笔下的希腊三部曲貌似有同样的缘起。有的城对邻邦推行和平外交,在满城酣眠的夜里,战马学人躺着睡,守夜的狗打呼噜(122),战争突然爆发了。有的城刚结束上一场战争,新的谈判使者就到了(489)。有的城里闹得不可开交,邻人未经宣战进犯到城门外(663)……

希腊古诗中多战争,也许因为伯利克里时代的雅典本就战乱不停。季洛杜生活的年代何尝不是?他说,所谓和平,不过是两次战争的间歇(120)。

希腊诗人写战争暴力,自有一股默默向上的气息贯穿始末。最接地气的欧里庇得斯描述亡城的特洛亚妇女,何等惨痛,又何等高贵克制!舞台上不表现暴力不等同于逃避正义问

---

① 《希腊三部曲》系中译本试拟的标题,季洛杜本人并无此叫法。三部剧作均收入 Jean Giraudoux, *Théâtre complet*, Paris: Gallimard, Bibliothèque de la Pléiade, 1982. 下文随文标出法文版出处页码,其中《安菲特律翁三十八世》在法文版 pp.113—196,《特洛亚战争不会爆发》, pp.481—552,《厄勒克特拉》, pp.593—686,文章将三部戏剧放在一起谈,从引文页码大致可知出自哪部剧本。

题。反之亦然，强化恶的表现力不等同于高度的精神力。

季洛杜笔下的战争无处不在，而又隐隐约约。有人出发打仗，战争只持续一天，注定没有伤亡（174）。有人打完仗回家，享受不了战争大门紧闭的和平片刻。还有人光顾得上内心的天人交战，眼前的亡城犹如远方的喧嚣。安菲特律翁、赫克托尔、厄勒克特拉……一边是最优秀的战士，另一边，呼吁和平的阵营里不乏闪光的思想人物。阿尔克墨涅、安德洛玛克、埃癸斯托斯……战争有两张脸（527）。

这样，"你们在希腊战争的光照下"。（546）

6

希腊战争的光照……

第一时间想到这段（不可能的）对话：

> 阿尔克墨涅：朱庇特在创世那天真的知道他要做什么吗？……他造了大地。可大地上的美分分秒秒在自行生成。这美有奇妙之处。这美短暂即逝。朱庇特太严肃，不可能愿意创造短暂即逝的东西。
>
> 朱庇特：也许是你想象中的创世出了问题。

（143）

活泼自在的阿尔克墨涅不知道佯装的朱庇特就在她面前。在最严肃的创世问题上，神和人有根本分歧。其他问题接踵而至。一直到最平常的人生里，爱人之间只有"原始的不和"（529）。特洛亚的那对模范夫妻声称，相爱的夫妻并不相和，他们过的日子更像一场无休止的战争，不是互相征服就是各自牺牲。

因为不和，美生成了。因为争战，自我的轮廓得以突显。

和没有想象力也没有多少智慧的阿尔克墨涅交谈之后,朱庇特的神仙脸上长出一道人类的皱纹。他无比倾倒地喊道:人类与诸神想的不同!神和人之间真有一场冲突,而他,神王朱庇特,现如今他就是牺牲品(150)。

赫拉克利特说得真好啊!"战争是万物之父,亦是万物之王,既证明神们,亦证明人们,既造就奴隶,亦造就自由人。"(残篇53)

7

在最初的草稿里,姐姐对弟弟说:"你必须是美的,你将做的事若叫一个丑陋的人完成,那真可怕呀!复仇须得是美的,不是吗?"(1567)他们的父亲被母亲暗杀。姐弟二人相认,刚刚发现真相,她催促他去杀死母亲为父亲复仇。

不和女神的诱惑以美为名。先是诸神赛美的苹果,再是世人争抢的海伦。季洛杜的文字世界有意浸染在这一美的光照下。

他笔下没有完全丑陋的人物。连阿努伊也难免想象贪金子的守兵,让小安提戈涅打冷颤:"太丑陋,一切太丑陋!"[1] 失意的园丁哀叹中有洞见,被骗的丈夫持守愤怒的尊严,平庸的小号手能吹出单音的赞歌,从前让人轻视的人成为值得尊敬的人(670)。每个人物都有美的爆发时刻。这些璀璨的光芒如钻石的折射,耀眼得让人看不见核心,但足以领悟美的秩序在周遭盛开。

阿尔托的残酷,薇依的恶,加缪的荒诞,萨特的恶心,这些统统退出他的舞台。他拒斥丑陋,故而无可能归入"恶或自由的戏剧"一类传统主流。[2]

---

[1] Jean Anouilh, *Antigone*, Paris, La Table Ronde, 1946, p.114.
[2] 萨弗兰斯基,《恶或自由的戏剧》,卫茂平译,北京三联书店,2018年。

这美的执念包含一个动人的心愿:"但愿我的祖国无愧为最文雅的民族,也就是说,这个国度里的人是美的。"①

他看懂了拉辛,诗人为路易十四写作,毕生以此为志向。他何尝不是呢?毕生为之写作的君王无他,就是法兰西文明。而他坦坦然光说美而不说好,让我暗自惊心。日渐荒凉的巴黎街头,我对朋友贾非重述这句话,他脸上泛起于洛舅舅的一丝微笑。

8

爆发(se déclarer),或发作,宣告,表明态度。适用于一场战争,一个人,一座城邦,一切生命。

五月的金翅鸟,六月的梭鱼,乃至受辱的园丁,尘灰里的君王。一切在自然中爆发有时。

爆发是走在"认识你自己"路上的一次自我大爆炸。一次死而重生。

流氓无赖摇身变成一国之君。他在日出时骑马冲下山,心底苏醒了名曰美的秘密需求(498)。陈年的记忆随同晨雾消失,乌黑的罪罚被土地翻耕,嘲弄和谎言转为信念,阴郁的化作明净的。埃癸斯托斯的爆发(665)。

少女的爆发足以毁掉一座城邦,如老虎从沉睡中被惊醒(484),如一头小狼在正午时分长成母狼,咬死疼爱它的家人(614)。厄勒克特拉的爆发(672)。新婚之夜,她不在新郎怀里爆发,而在弟弟怀里爆发(639):这事关一个家族乃至一座城邦的死而重生。

说谎的说出了真相,偷情的唱起了人妻之歌(659)。阿伽忒・忒奥卡特克勒斯的爆发。这个臆造的夫姓带有三重希腊

---

① Chris Marker, *Giraudoux par lui même*, Seuil, 1959, p.31.

词源。Théo-catho-clès，字面意思是"地下诸神的荣耀"。因为那做丈夫的是法官，负责把人送进地狱。三倍讥讽意味。但Agathe的意思是"好的"。阿伽忒是解谜的钥匙。在家族阴影里爆发的阿伽忒本身是　种光照（668）。

　　爆发，犹如美的惊鸿一瞥。随着海伦到来，满城里几何学家变成诗人（497），诗人大搞政治（503，550），少年顿时长大（550），老头儿变回追星的小青年（493）。海伦像男人，帕里斯倒成了女人。关系被颠覆，秩序被重建。在战争爆发前，特洛亚城先在美中爆发了。

　　正统哲学教诲我们，穿越矛盾走向善。季洛杜显示出另一种似是而非的扎根：穿越矛盾趋向美。

　　现代图景里的诗趋向美，史趋向真，均在善恶的彼岸寻求安顿。当剧中有人说，终极真相是诸神的冷漠（609），这同样要理解为美的发见。

9

　　诸神有时扮成情人或别人家的丈夫，有时扮成乞丐。

　　季洛杜用一个细节标记下神的踪迹：乞丐在费埃克斯人的岛上爆发（616）。十年间奥德修斯尝尽诸神的冷漠，他们对他不管不问，凭他想回家也回不去。十年后去了费埃克斯人的岛上，神才幻化成少女走向他（奥7：20）。荷马诗中手捧水罐的少女，或者喷泉边的乞丐，春夜里的敲门者……千般变幻如梦亦如电。

　　乞丐讲了不少无厘头的疯话，诸如刺猬鸭子的故事。

　　一只丑小鸭远离鸭群，一心想亲近人类，弄明白人类在忙什么。人类眼里的鸭子，就是诸神眼里的人类。鸭子对属人的存在满是好奇，正如人类寻觅神圣奥秘。鸭子渴望得到人类的爱，就像世人渴望得到神的爱。祭祀的起源是人一厢情愿，声

称神需要献祭，而神的责任是教会人类哭泣。(639)

至于刺猬，夜里它们为了交配成群结队过车路被碾死。每天夜里，无数刺猬为爱赴死。人类无法理解这样愚蠢的逻辑。它们本可以在路的这一头完成交配啊！但对刺猬来说，爱首先得过路（610）。人类眼里的刺猬，就是诸神眼里的人类。

如果不喜欢这些拉封丹式寓言里的戏谑调子。还有一段极美的说辞：

> 在永是调情的空间与时间之间，在永是对峙的重力与虚无之间，存在着伟大的冷漠，那就是诸神。我相信他们绝不会一刻不停地关怀人类这一大地上最严重且多变的霉斑，而是抵达某种境界，公正安详，无处不在，这样的境界只能是极乐自在，也就是无意识……（609）

无意识，或诸神的冷漠。

可是，人间倾向另一类传说，说是朱庇特爱上了阿尔克墨涅。

> 墨丘利：您打算拿……（她）做什么？
> 朱庇特：拥抱她，使她受孕！(118)

恋爱中的朱庇特践行柏拉图的爱欲理论。为了孕育未来的英雄赫拉克勒斯，神王忍受极大痛苦扮成人类。衣服要有褶子，滴到灯油要留印子，眼睛要会流泪传情，皮肤要有岁月雕刻的滋味……"人类的时间敲打在我身上，简直要杀了我。"(134) 要抛弃不朽坏的材质，接受无常和变老。阿尔戈斯的园丁说，九个月也许太长，但没有哪个男人不为怀孕一星期或一天感到骄傲（642）。

现代图景的悖论。神爱世人，但神对人一无所知。朱庇特扮成人类时的种种笨拙，本该是一场欢笑的谐剧，为何我们心生悲怆？神王盼望人类不必受生而为人的苦（134），人世有太多他不可知的残疾缺陷（177）。但反之亦然。人类相信头顶没有神的飞翔，只是一片自由的天空（137）。

神王极其不了解女人（165）。但同样的，反之亦然，不是吗？阿尔克墨涅向朱庇特诉求友情！鸭子式的做法呵！她要求这段关系不是源自传统习俗，而是自发自愿。想念而不是信仰，交谈而不是祈求，示意而不是仪式（188）。她索求平等自由，他只好求助善意的谎言。

从前基尔克果说，在与神的关系中我们总是处于错误之中。① 季洛杜把话反过来说，在爱的关系里，我们不是刺猬就是鸭子。

10

海伦之美，在于通神性。她深谙何谓诸神的冷漠。她本身就是诸神的冷漠。

荷马诗中的海伦能解释鸟占（奥 15：170）。欧里庇得斯分出两个海伦，其中一个是云气生成的化身，完全神的手笔，好比赫西俄德诗中，诸神凭空捏造了潘多拉。

在季洛杜笔下，她能看见未来。早在战争爆发前，她看见了亡城的火光，看见了浓墨的死亡。特洛亚城的小王子尚未出生，她先看见他夭折（509）。唯有和平女神站在眼前，特特地浓妆艳抹了一番，她却看不清（511）。

但海伦的神性不止于通灵。她深谙人世的不幸。神话里

---

① 基尔克果，《或此或彼》，阎嘉译，华夏出版社，上卷，页 1008。

说，她是勒达和天鹅所生，有翅一族。"我把鸟翅借给人类，却眼睁睁看他们在地上爬行，肮脏悲惨。"（532）她看清楚了，比抱希望的世人看得更清楚，有翼飞翔的美无可能改变人类生存的真相。"但我从来不觉得人类要求怜悯。"（532）她随即这么强调。她不怜悯世人，也不怜悯自己。冷漠首先指向自身，从来如此。

——这也许是因为，我觉得所有这些不幸的人和我是平等的，我接受他们，我不认为我的健康、美和荣誉高于他们的悲惨。也许是博爱吧。
——海伦，你在渎神！（532）

精彩的对话！海伦用爱解释冷漠。她虽是带翅的，高高在上，美，自带光环，但她自认与地上爬行的互相平等。听上去合情合理让人感动。然而，听到这番话的人却说她在亵渎神圣！因为带翅的与爬行的首先是灵魂天性的区别，而不是生存状况的对比。海伦诉求生存权利的平等，就此混淆了灵魂天性本有高低。从此不是地上的抬头看天，默默向上追求高贵，取而代之的是有翅一族主动向下飞翔的诗性。

我原本误以为，诸神的冷漠是至高效的防腐剂，让海伦永远美下去，从人世折射的荒凉光彩中穿行而过，一如当初从墨涅拉奥斯之流的身体穿行而过。但现代诗人别有值得玩味的想象，比如这句乔伊斯式的诗行："年老憔悴的海伦，牙掉光，蹲在厨房舔果酱。"（532）

11

虽说正在发生的显得最重要，但我们永远有理由认真严肃地参照灵魂最初的那次悸动。这就是为什么勒达大老远从斯巴达路过忒拜，在阿尔克墨涅迎接神王的当天。

朱庇特和勒达有过一段情。为了她，神王化身成天鹅。从那以后，总有天鹅的印子落在皮肤上怎么也洗不掉（165）。天鹅是勒达的灵魂之鸟。"和天鹅一样高贵，比天鹅更冷淡。"（164）勒达一身银袍出场，淡雅安详。阿尔克墨涅的魅力顿时"有一半缺乏根据"（167）。

只有勒达听懂了神王的语言："一连串发音清晰但语意不明的鸟的鸣啭，句法极其纯粹，让人猜出鸟们的动词和关系代词。"她伸手抚摸他，就此收获音乐的启示："像一台羽毛做成的竖琴！"（164）

事后她回忆说，那是一次美的旅行（165）。她的描述接近柏拉图《斐德若》中的灵魂经验。爱情让她脱离大地，超越地心引力，感悟星辰的永恒摆动。她在瞬间拥有超越肉眼的看见能力，灵魂追随神攀升天顶（164—165）。

经过此番灵魂攀升以后，"全部存在永远松弛下来，全部生活因此受惠"（165）。勒达生下了海伦，那西方思想以美为名的争战核心。勒达在启蒙中爆发了。发明书写，通晓天文，享受"普遍思想的狂欢"，按阿尔克墨涅的话说，"像一颗星在宇宙中安顿自己"（166）。

勒达努力趋向"超乎美的神圣展现"（167）。她不在乎朱庇特不念旧情，也不介意有机会揶揄他一回。她只在意做诸神的好学生，关心宇宙的诸种冲动或可能性如何在她自身成形（167）。这样想来，墨丘利最后那句话不是嘲弄，倒像是某种对爱智者的认同："勒达，你还得学着点！"（194）

"当年他是只大天鹅，我却没能从河里的小天鹅边认出他……"（168）勒达犯过的错，阿尔克墨涅不得不重犯。为什么别人的教训很难对我们起作用呢？

12

"安菲特律翁第三十八世"。

季洛杜戏称顶多贡献了同一故事的第三十八个版本。关于神王如何扮成安菲特律翁,如何骗过阿尔克墨涅,如何孕育英雄赫拉克勒斯……今已佚失的忒拜英雄诗系讲过,传说索福克勒斯讲过。而我们尚能一窥的古代本文,当属拉丁作者普劳图斯的《安菲特律翁》,这出喜剧写于公元前187年,到中世纪乃至文艺复兴还经常演出。到了近代,各国戏剧大师不约而同做出各自的示范,1668年莫里哀的法文版,1690年德莱顿的英文版,1807年克莱斯特的德文版……据说莫里哀的《安菲特律翁》为法语贡献了两个新词,amphitryon专指"在家设宴的主人",sosie专指"酷似别人的人"。但有充分研究证明,季洛杜受克莱斯特的影响远甚于莫里哀。① 并且神话不死,总有人讲下去。1950年科尔·波特的音乐剧《远离此世》(*Out of this World*),1993年戈达尔的电影《为我叹息》(*Hélas pour moi*)……安菲特律翁的魂影不散。

关于神话重述,季洛杜如是说:"抄袭是一切文学之本,除去不为人知的原初文学不算。"② 布朗肖则说:"重点不是述说,而是重述,并且每一次重述都是头一次述说。"③

希腊文中,Ἀμφιτρύων由两个词根ἀμφίς+τρύω组成,大致意思是"两头都烦扰的衰竭的"。故事的一头是神王假扮成安菲特律翁,另一头是安菲特律翁被误认作神王,他的妻子阿尔克墨涅让做客的勒达冒充完成自己和他幽会……

到头来,勒达正是阿尔克墨涅最害怕的外乡女人(129)。

季洛杜的希腊神话剧中反复出现同一支血脉的外乡女

---

① Jacques Body, *Giraudoux et l'Allemagne*, Paris, DIdier, 1975, pp.307—321.
② Jean Giraudoux, *Siegfried*, in *Théâtre complet*, Paris: Gallimard, 1982, p.16.
③ Maurice Blanchot, *Entretien infini*, Gallimard, 1995, p.459.

人。勒达做客忒拜，翩如惊鸿的现身。海伦去特洛亚，带去倾城之灾。而厄勒克特拉的母亲，海伦的姐妹，勒达的另一个女儿，她倒是阿尔戈斯本城王后，却是最不快乐且无归属感的王后，敌视王宫中的一切同时也被敌视（655），而她的女儿更甚："厄勒克特拉在哪里，就是前所未有不在那里"（676）。

13

季洛杜说："我替厄勒克特拉的雕像掸去了尘灰。"①

远在索福克勒斯的时候，世人已传说"厄勒克特拉的闻名形象"②。身为公主做了奴隶，年纪大了不能出嫁，常年受辱，衰老憔悴，久别重逢的弟弟不敢相认。厄勒克特拉的雕像名曰苦难，伫立在公元前五世纪以来的风尘中，唯有流亡二十年的安提戈涅堪比肩。但她更孤独无依，身在故乡恍如他乡，甚至没有瞎眼老父可以搀扶。

古传记载越详备，灰尘越积得厚吗？无论如何，三大悲剧诗人不但写过厄勒克特拉神话，而且都有剧本流传迄今。埃斯库罗斯的俄瑞斯忒斯三联剧，索福克勒斯的《厄勒克特拉》，欧里庇得斯的《厄勒克特拉》、《俄瑞斯忒斯》和两部伊菲革涅亚……堪称绝无仅有的盛况。

埃斯库罗斯笔下向来轻女子。她在《奠酒人》只是过场，好似歌队的领唱。为父报仇的主人公终究不是她，而是她弟弟。欧里庇得斯相反，饶有兴致地，细细写她离了王宫下嫁农夫。她走过弟弟眼前，惨淡形同婢女，"断发的头上顶着水瓶。"③贫陋的农舍，无食物待客，求人救济……远古的厄勒

---

① Cf. entretien avec André Warnod, le Figaro, 11 mai 1937.
② 索福克勒斯，《厄勒克特拉》，罗念生译文，行1177。
③ 欧里庇得斯，《厄勒克特拉》，周作人译文，行101。

克特拉啊!"我看见你落在许多痛苦中引人注目。"①

季洛杜偏要拭去这许多苦难的尘灰。正如阿努伊反复强调"小小的"安提戈涅,厄勒克特拉也恢复了新鲜骄傲的模样。阿尔戈斯最美的女子(603),园丁爱上她,君王也爱上她。有人说她最温柔,但也有人不苟同。传说"她的存在打乱光和夜,连满月也变得模棱两可"(605)。人们不约而同唤她"小厄勒克特拉"(625,661,683)。

不同于海伦,厄勒克特拉的美有个响当当的同盟叫正义。自赫西俄德以降,正义在人间不受待见,历来如此。② 小厄勒克特拉就像乞丐口中那只顶小的刺猬,为了什么微不足道的事由死去,死得有尊严,足以扰乱世人的良心安宁。她是"惹事的女人"(604)!就惹事而言,她与海伦有一拼。爱她的人,恨她的人,无不畏惧她一意孤行。

> 埃癸斯托斯:你看不见你的祖国快亡了吗?
> 厄勒克特拉:竟然说我不爱花儿!(676)

典型的对话。国难当头,从头到尾她只在乎和母亲争辩三件事:小时候她有没有推倒弟弟?她是不是爱花儿?她父亲当初有没有滑倒?(677)小厄勒克特拉的小问题。小刺猬式的较真构成一座城邦的良知。

于是乞丐说,推还是没推,这是个问题!(638)

何必再说这出自诸神之口的宣告在欧里庇得斯那里不可想象?这对话每天都在进行时。

---

① 索福克勒斯,《厄勒克特拉》,罗念生译文,行1177。
② 赫西俄德,《劳作与时日》,行220。

14

厄勒克特拉：你想听我说，无论如何人是好的，生活也是好的！

俄瑞斯忒斯：难道不是吗？

厄勒克特拉：你想听我说，做个年轻漂亮的王子，有个姐姐是年轻公主，这样的命运不坏。你想听我说，我们只需放任世人去忙活卑劣虚妄的事，不必挤破属人类的脓包，只需为世界的美而活！

俄瑞斯忒斯：这不是你要对我说的话吗？

厄勒克特拉：不是。（649）

为世界的美而活已属不易。何况这是何等自由的愿景，何等正当的权利。大多数时候，我们甚至不在美真善的张力冲突现场，我们还在纠结何谓美。

对厄勒克特拉来说，住在最有秩序也最欣欣向荣的花园不够，哪怕那花园宛若理想城邦，园丁亲如父母（642）。她要真相，"不含杂质的"（639）真相："年轻女孩儿因为多耽误一秒钟去对那丑的说不，对那卑劣的说不，随后只知一味地说是。这就是真相如此美好又如此艰难的所在。"（674）

古代悲剧传统中，世人皆知阿伽门农死在妻子及其情夫手里。在季洛杜这里，父亲的死因变成厄勒克特拉拼命想解开的谜。真相大白之际，她坚持正义得到伸张，罪人得到惩罚。问题在于，从前的杀人犯脱胎换骨，变成贤明正直的君王。他要求先击退外敌拯救城邦，再招供罪行公开受罚（677）。但她拒绝了他，哪怕为此付出亡城的代价。

一个义人毁了一座城邦。与俄狄浦斯悲剧何其相似，当"城邦将不义和犯罪当做幸福的根基"（674）时，悲剧的人亲身抛弃幸福，亲手摧毁城邦。借用亚里士多德的话，在季洛杜的希腊神话剧中,《厄勒克特拉》无疑"最有悲剧味"(τραγικώτατος)。

15

但他说,《厄勒克特拉》是一出"布尔乔亚悲剧"(tragédie bourgeoise)。①

1937年新戏上演时《费加罗报》采访报道。他还说,写戏前买了几乎所有同一题材的书,包括美文版的古希腊悲剧,但一本也没打开。②

是有意的距离吗?关乎国家理性与自然正义的悲剧冲突确乎在戏中大大弱化了。传统群己纷争是城邦中人的人性与共同体秉性的权界冲突。季洛杜的戏剧让我们更专注外乡人走进一座城邦的诗性张力。外乡人,确切地说,身处故乡的外乡人,我们说过是爱智者勒达传下的一支血脉,在现代文学世界蔚然兴盛,子嗣众多。他们名叫厄勒克特拉或俄瑞斯忒斯,或卡夫卡的格里高尔,加缪的默尔索……一份长家谱。

终场时分,城邦起火了,人死的死,疯的疯。刚长成的报仇神指责厄勒克特拉:"这就是傲慢的下场,如今你一无所有!"开始她还显得坚定:"我还有良知,我还有俄瑞斯忒斯,我还有正义。"(684)只要还有这三样,她就还有一切。但她随即不得不承认,身为罪犯她已无良知可言,同为罪犯的兄弟发了疯被流放。脱离共同体语境的纯粹正义问题陷入困境。她

---

① Cf. entretien avec André Warnod, le Figaro, 11 mai 1937. 季洛杜对《厄勒克特拉》的定位包括:悲喜剧(Comédie-tragédie),悲剧意味的喜剧(comédie tragique, dramatique),布尔乔亚悲剧(tragédie bourgeoise),或侦探戏(pièce policière)——"和所有希腊悲剧一样,戏中有人犯罪,也有侦探试图找到凶手。"尽管完美遵守三一律,他自认欠缺古典悲剧的"诗性力量"和"史诗灵感"。

② Cf. entretien avec André Warnod, le Figaro, 11 mai 1937.

和所有人一样问:"我们这是怎么啦?"(684)

> 在王族身上总能实现卑微者无法成功的经验,诸如纯粹的仇恨、纯粹的愤怒。总是与纯粹有关。这就是悲剧,加上乱伦和弑杀亲人。纯粹,总的说来就是无辜。(642)

这话出自卑微者之口,出自提早被赶出悲剧的小人物之口,出自弑奥卡特克勒斯家族成员之口,并且是这个黯淡的布尔乔亚家族里头最不起眼的一员(606)。悲剧在此被明确地界定为某种贵族王者的姿态。就像那只神秘的鸟飞在新爆发的君王头顶,飞得太高,连影子也抓不住(664)。小厄勒克特拉式的纯粹。对不正义的仇恨,对小幸福的轻蔑(651)。

与之相对的,是几出戏中有意无意戏谑提起的布尔乔亚的甜美安逸(173),布尔乔亚的爱情(190),布尔乔亚生活理论(609),布尔乔亚的安全(617,670)……

与之相对的,是水手埃尔佩诺尔对英雄奥德修斯的反驳,是园丁的诉歌,局外人在临刑前夜的顿悟:"你们会在被抛弃的那天明白整个世界在冲动和温情中朝你们扑面奔来。"(642)

16

纳尔赛斯家的赶在终场出现,带来了"所有乞丐、残疾人、盲人和跛子"(679),所有被遗忘的、被忽略的,所有连神也不知晓的世界的残缺(177),也带来了悲剧的最后教诲。

典型的现代机器降神。

因为这是一个死而重生的女人。她亲手养大一头狼,眼看着它咬死了她那愚蠢的丈夫,也差点儿咬死她(614)。她就如戏中被火吞噬的城邦，被儿子刺死的母亲。只有她有资格叫厄勒克特拉"我的闺女"（682），有力量拥抱她，连带把正义的困顿拥抱入怀。

因为这是一个外乡女人。在柏拉图对话《会饮》中，也有一个名叫狄俄提玛的外乡女人给礼崩乐坏的雅典城带去爱的教诲。只是，这一回我感到迟疑，我不知道就此做一番平行比较是否严肃合理。

> 纳尔赛斯家的：在太阳升起时，一切已被错过，一切已被破坏，空气倒还能呼吸，什么都丢了，城邦烧毁了，无辜的人互相厮杀，有罪的人奄奄一息。就在这新起的白日一角。这叫什么？
>
> 乞丐：……这叫曙光。（685）

在季洛杜笔下，作为悲剧的教诲，爱的答案在不同光线下幻化出各种美的名称，好比神王朱庇特要去见情人的殷勤。

曙光，或一种美的爆发，呼应厄勒克特拉（Ἠλέκτρα）这个名字的希腊词源与"光彩"相连，悲剧的人似乎还能从曙光出发（142，644）。

沉默，世界的沉默，诸神的沉默，有时沉默是一种回响，有时沉默只会杀人（157，195，643，680）。

于是才有所谓的温柔和正义（673），欢乐和爱："生活显然失败了，生活却又很好很好"（641）。

于是也才有诗的死而重生："特洛亚诗人死了，轮到希腊诗人歌唱"（551）……

这些缤纷的说法呼应开场"又是哭又是笑"（597）的王宫表墙，进一步界定一出布尔乔亚悲剧的美与欠缺。那尚未长成的报仇神一上场就警告每一位观众：如果我们不像外乡人俄瑞斯忒斯那样转换精神身份,那城邦中的戏很可能什么也不能告诉我们(597)。

*

常年流浪在外的人舍不得放下最后一块阿伽门农王宫的记忆残片。

在小婴儿的眼和心里,一幅小小的地板镶嵌画就是世界本身,爬在上头,是无边际的繁茂,一路有喜人的花鸟,骇人的怪兽,让人又是哭又是笑。

"不听话被放到有老虎的菱形格里,听话被放到满是花儿的六边形里。"(598)

在菱形格与六边形之间爬来爬去,就这样勾勒出了我们一生辗转不休的路线。

一路经过的鸟儿,我勉力记下几只的影子。

吴雅凌

安菲特律翁三十八世

三幕喜剧

| 人 物 |

朱庇特
墨丘利
索希亚
小号手
战士
阿尔克墨涅
安菲特律翁
厄克里塞
勒达

* 1929 年 11 月 8 日,本剧由路易·儒韦执导在香榭丽舍剧院首演。

第一幕

（靠近王宫的露台）

第一场

朱庇特、墨丘利

朱庇特　她在那儿，好墨丘利！

墨丘利　在哪儿，朱庇特？

朱庇特　你看那扇亮着灯的窗，轻风正吹动窗帘。阿尔克墨涅就在那儿！别动。过一会儿你可能会看见她的影子经过。

墨丘利　我看看影子够了。不过，朱庇特，您爱上一个凡间女子，竟至放弃属神的特权，为了看一眼阿尔克墨涅的影子，在仙人掌和荆棘丛中待一整夜，这真让我佩服！以您通常的眼力，本可以轻松地看穿那些深宫重门，更不必说她的轻纱薄衣。

---

① 译按：随文标出伽利玛全集版页码（Jean Giraudoux, *Théâtre complet*, Paris: Gallimard, Bibliothèque de la Pléiade, 1982）。注释中的出处页码也以此为准。

朱庇特　再以她看不见的手轻抚她，再以她感觉不到的拥抱环绕她！

墨丘利　风神就好干这事儿，他和您一样，堪称繁衍子嗣的行家。

朱庇特　你对人间的爱一无所知，墨丘利！

墨丘利　您那么频繁地让我佯装成人类，我不可能不了解他们。我偶尔也学您的样儿去爱一个女人。只是，为了接近她，我得讨她欢喜，脱她衣服再给她穿上，随后为了能离开她，我还得惹她厌烦……这是一整套活计……

朱庇特　恐怕你不了解人类的爱的仪式。那是相当严密的，单单观察就乐趣无穷。

墨丘利　我知道这些仪式。

朱庇特　你追那凡间女子，一开始是不是步履雄浑，和她们步调一致，双腿等距移动，由此从身板儿生出同样的诱惑和节奏？

墨丘利　必须得这样，这是第一条准则。

朱庇特　随后你冲上前，用左手轻按她那标记美德和欠缺的咽喉使她噤声，用右手遮住她的眼，让那女人肌肤至敏感的眼睑依据你手心的温度和线条，首先猜出你的渴望，再猜出你的命运和即来的痛苦死亡——征服女人要用到一点怜悯。你是这样做的吗？

墨丘利　第二条规定。我熟记在心。

朱庇特　最后，你赢得美人，解开她的腰带，将她放平，依据她的血液浓度决定是不是往头下塞枕头？

墨丘利　我没得选，这是第三条也是最后一条准则。

朱庇特　然后呢，你做什么？你有什么感觉？

墨丘利　然后？我的感觉？真没什么特别的，跟和维纳斯相好一样！

朱庇特　既然如此你为什么要下到凡间？

墨丘利　我是无心的，就像真正的人类那样随性。这个星球有浓郁的空气和草地，顶适合着陆和逗留，当然这儿的金属、汽油和人类的气味很重，这还是带野兽气味的唯一星辰。

朱庇特　看那窗帘！快看！

墨丘利　我看见了。那是她的影子。

朱庇特　不是，还不是。那是窗帘布搞出的影子，那形样太不像她，太难分辨。那是她的影子的影子！

墨丘利　啊呀，那剪影分成了两个！刚才是两个人抱在一块儿！那影子变粗不是怀着朱庇特的儿子，而单单是她丈夫！那个走近她再次拥抱她的巨人，那是他吧！至少为您着想我希望是的！

朱庇特　是的，那是安菲特律翁，她唯一的爱人。

墨丘利　我明白您为什么放弃神明的眼力了，朱庇特。看看夫妻二人的影子黏在一起，总不会比亲眼瞧见他俩云雨欢爱更难堪。

朱庇特　她在那儿，好墨丘利，那么快活，那么爱意缠绵。

墨丘利　而且温顺，看上去。

朱庇特　而且热情。

墨丘利　而且满足，我敢打赌。

朱庇特　而且忠诚。

墨丘利　对丈夫忠诚还是对自己忠诚，这是问题所在。

朱庇特　影子不见了。阿尔克墨涅定是躺下了，倦怠地倾听那太幸运的夜莺咏唱！

墨丘利　莫把嫉妒转移到鸟儿上头，朱庇特。您很明白它们在女人的爱情里扮演多么不起眼的角色。您为了取悦女人心，偶尔还会佯装成公牛，却从没佯装成夜莺。

不，不，一切风险在于这金发美人儿有个丈夫！

朱庇特　你怎么知道她是金发？

墨丘利　她有金色长发和玫瑰色皮肤，她的脸在阳光下增色，她的嗓子在黎明时生辉，一到夜里，整个人儿更是处处添香生色。

朱庇特　你是猜的，还是偷看她了？

墨丘利　刚才她沐浴时，我转了一小会儿神明的眼珠子……您别气恼。眼下我又什么也看不见了。

朱庇特　你说谎！我从你脸上猜到了。你看见她了！唯独女人的光彩才会在神明的脸上映出这样的光泽。求求你。她在做什么？

墨丘利　我确实看见她了……

朱庇特　她是一个人吗？

墨丘利　她向平躺的安菲特律翁俯身。她边笑边扶起他的头。她吻了他，再放开他，好像那个吻让他的头变重似的！这会儿她把脸转过来。啊呀，我弄错了！她整个人是金色的！

朱庇特　那个丈夫呢？

墨丘利　棕色，浑身棕色，有两粒杏色的乳晕。

朱庇特　我是问他在做什么？

墨丘利　他用手轻抚她，像轻抚一匹小马……话说回来，他是声名显赫的骑士。

朱庇特　阿尔克墨涅呢？

墨丘利　她大步逃开了。这会儿手捧一只金壶，悄悄转回来，想往那丈夫头上浇凉水……您愿意的话可以把它变成冰水。

朱庇特　让他对她发怒，那不行！

墨丘利　或者滚水。

朱庇特　我猜那会把阿尔克墨涅也烫伤的。一个妻子凭着爱能把丈夫当成自身的一部分。

墨丘利　那么，您打算拿阿尔克墨涅不是安菲特律翁的那部分做什么？

朱庇特　拥抱她，使她受孕！

墨丘利　可是用什么法子呢？和正派女人搞在一起的主要困难不是如何诱惑她们，而是如何把她们带进门窗紧闭的地方。她们的美德凭靠敞开的门户来成就。

朱庇特　你有什么主意？

墨丘利　属人的，还是属神的？

朱庇特　有什么差别吗？

墨丘利　属神的方案：把她带到我们的高度，让她攀升躺在云上，过会儿再恢复她那背负得起一个英雄的重量。

朱庇特　这样一来，我将丧失一个女人的爱情里最最美妙的时刻。

墨丘利　莫非还有好些不同的美妙时刻？最美的是什么？

朱庇特　两情相悦。

墨丘利　那么您可以采用属人的方案：进门上床，再跳窗离开。

朱庇特　她只爱她丈夫一人。

墨丘利　您可以佯装成她丈夫。

朱庇特　他总在那儿，足不出宫殿。不算老虎的话，休息中的征服者最恋家！

墨丘利　让他离开。有个妙方能让征服者远离家园。

朱庇特　战争？

墨丘利　您可以安排对忒拜宣战。

朱庇特　忒拜与所有对手和平相处。

墨丘利　那就安排某个友邦对忒拜宣战……邻人之间就该这么互相帮助……千万莫要有错觉……我们是神明……

人类的历险与我们的大相径庭自成风格。命运在大地上对我们的要求远远超乎对人类的要求……我们得积攒至少上千个奇迹异观，才能从阿尔克墨涅那里赢得最笨拙的情人做个鬼脸就能得到的一分钟……您要安排一名战士出来宣战……让安菲特律翁立即带兵出征，您自己佯装成他，再把我变成索希亚①，等他一走，我去偷偷告诉阿尔克墨涅，安菲特律翁假装出征，但会回王宫过夜……看哪！有人来了。我们快藏起来……不不，朱庇特，别搞出那些奇云怪雾来！在人间，想要让债主、嫉妒者甚至猜忌者看不见我们，只须一项伟大的民主事业——话说回来，只有这样才行得通——那叫黑夜。

第二场

索希亚、小号手、战士

索希亚 你是值班的小号手？
小号手 是的。你是谁？你像我认识的某个人。
索希亚 可真叫我意外。我是索希亚。你在等什么？快吹啊！
小号手 吹什么，你们想公告什么？
索希亚 你听了就知道。
小号手 这是寻物启事吗？
索希亚 是失物复得。你快吹啊！

---

① 译按：法文中 Sosie 指"酷似别人的人"或"化身"。拉丁作者普劳图斯的《安菲特律翁》和 17 世纪莫里哀的同名喜剧均有这个人物。此处作音译处理。

小号手　你总不会以为我不知道要说什么就吹响吧?
索希亚　你没得选,统共只有一个音。
小号手　虽只有一个音,我却能作赞歌。
索希亚　一个音的赞歌?快点儿。奥里昂星①现身了。
小号手　奥里昂星现身了。不过,我在单音小号圈里享有盛名,那是因为,在把小号放到嘴边吹响以前,我先想象某种音乐的无声展开,我发出的那个音就是结束音。这带来意想不到的效果。
索希亚　赶快。整个城邦睡下了。
小号手　整个城邦睡下了。不过,我再说一次,我的同行为此嫉恨交加。据说如今在小号的学堂里只练习如何完善休止符的技巧。②告诉我,丢失的是什么,我好作一支无声的乐曲。
索希亚　和平。
小号手　什么和平?
索希亚　人们通常说的和平,两次战争的间歇!每天晚上,安菲特律翁命令我向全忒拜人宣读一则公告。这是战争时代留下的习惯。原来是日间公告,现在改为晚间公告。关乎防治害虫、风暴和打嗝的诸种妙方。关乎城市规划,关乎诸神。各类应急方案。今晚他要对忒拜人谈谈和平。
小号手　明白了。某种悲怆崇高的东西?请听。
索希亚　不对,某种谨慎的东西。

（小号手把号放到嘴边,用手轻拍,最后吹响。）

120

---

① 译按:Orion,猎户座。
② 参看第三幕第一场。此处或是对 Jean-Jacque Bernard 写于 1922 年的沉默戏剧《马尔蒂纳》(*Martine*)的讽刺。译按:如无特别说明,书中注释均系法文版季洛杜全集编者注。

索希亚 现在轮到我了!

小号手 读完一篇讲稿,应该轮到听众而不是轮到作者。

索希亚 国家领袖就不同了。何况城里全睡下了。连一盏灯也没亮。你的小号声没送到。

小号手 他们只要听见我的无声赞歌就够了……

索希亚 (朗诵腔)忒拜人哦!这是你们躺在床上不必惊醒也能听到的唯一公告!我的主人安菲特律翁将军要对你们谈谈和平……还有什么比和平更美呢?还有什么比一位将军对你们谈和平更美呢?还有什么比一位将军在和平的夜里对你们谈军队和平更美呢?

小号手 只有一位将军?

索希亚 闭嘴。

小号手 两位将军。

(在索希亚背后出现一名高大的戎装战士。后者一步步爬上通往露台的台阶。)

索希亚 安睡吧,忒拜人!你们多么有幸睡在这片没有战壕切割的祖国大地上,在不受威胁的法律下,在不识人肉滋味的鸟狗猫鼠中。你们多么有幸拥有这样一张民族的脸,它们不是威吓其他肤色毛发的族群的面具,而是用来展示欢笑和微笑的最精美的椭圆脸形。你们多么有幸不是在攀爬攻城的梯子,而是顺沿一日三餐的轨迹,任睡意爬上身,毫无顾忌在内心维持一场感恩、爱与梦想的温柔内战!……安睡吧!你们手无寸铁,赤身躺倒,四仰八叉,只负担肚脐的重量,再没有比你们的身体更美好的武装……再没有比今夜更加清澈、芳香而安全的夜晚……安睡吧!

小号手 让我们安睡吧!

(战士爬上最后几级台阶,走上前来。)

索希亚 （掏出一卷文书朗读）在伊利索斯河及其支流之间，我们囚禁了一名囚徒，一头来自色雷斯的狍子……在奥林波斯山与透革托斯山之间，我们运用巧妙战术使深沟长出美好的草地，那将是未来的麦地，我们往山梅花丛放出两整群蜜蜂。在爱琴海岸，亲眼目睹海浪和星辰不再压迫人心，在群岛之间，我们接收到千种信号，神庙发给星辰、树木发给房舍、动物发给人的信号，人类的智者将用几世纪去解读的信号……几世纪的和平在眼前！……诅咒战争！

（战士走到索希亚身后。）

战　士 你说什么？

索希亚 我在说我得说的：诅咒战争！

战　士 你知道你在对谁说这话吗？

索希亚 不知道。

战　士 一名战士！

索希亚 战争有不同种类！

战　士 战士只有一种……你的主人在哪里？

索希亚 在那间唯一亮灯的房间。

战　士 多么英勇的将军啊！他在研究作战计划吗？

索希亚 毫无疑问。他正使劲儿捋顺又抚平呢。

战　士 多么伟大的战略家……

索希亚 他正挨着躺下又贴在嘴边亲吻呢。

战　士 这倒是新鲜理论。立即向他报信！让他穿好衣服赶紧行动！他的军队处在作战状态吗？

索希亚 有点儿生锈，至少像是挂在新钉子上头。

战　士 你还在犹豫什么？

索希亚 不能等到明天吗？今天夜里，连他的马匹也睡下了。它们像人类那样侧身躺倒。和平的力量如此之大。守夜的狗群全在窝里打呼噜，有只猫头鹰停在上头。

战　士　动物竟信赖人类的和平，真是大错特错！

索希亚　听啊！田野和大海回荡着低沉的声息，老人们称之为和平的回音。

战　士　战争就是在这样的时刻爆发了！

索希亚　战争！

战　士　雅典人汇集军队越过了疆界！

索希亚　你说谎，那是我们的盟国。

战　士　你要这么说也行。盟国正在朝我们进军。他们抓住并处死了人质。赶快叫醒安菲特律翁！

123　索希亚　但愿我只是把他从睡梦中叫醒，而不是从幸福中叫醒！运气真不好。就在发出和平公告的当天！

战　士　没有人听见那公告！快去。你留下，吹响你的小号！

（索希亚退场。）

小号手　什么内容？

战　士　战争！

小号手　明白了，某种悲怆崇高的东西？

战　士　不对，某种年轻的东西。

（小号吹响。战士俯在栏杆上，大声叫喊。）

战　士　醒来吧，忒拜人！这是你们在睡梦中唯一不能听到的公告。所有身强力健无残疾的人啊！听到我的号召，立即脱离这大汗淋漓气喘吁吁的夜的混沌吧！快起来！拿起武器！为你们的体重添上这点纯金属的补充吧！只有这样才能锻造人类勇气的合金。那是什么？是战争！

小号手　是他们高声宣布的东西。

战　士　是平等，是自由和博爱：是战争！穷人们啊！你们被命运不公平地对待，来打倒你们的敌人报仇雪恨吧。

富人们啊！来感受这至高无上的乐趣，让祖国的命运决定你们的财富你们的欢乐你们的宠儿的命运吧。渎神的享乐者啊！战争让你们为所欲为，让你们在诸神的石像上磨武器，在不同法律不同女人中挑三拣四。懒惰者啊！奔赴战壕吧，战争是对懒惰的胜利。勤勉者啊！军需后勤部让你们大有可为。喜爱漂亮孩子的人们啊！你们知道战争之后总有奇迹，除阿玛宗女战士部落以外，战争之后出生的男孩总是超过女孩……啊！我看见远处的茅屋亮灯了，战争的呐喊点亮第一盏灯……第二盏，第三盏，全亮了……第一场战火燃烧了，最美的烽火点燃了家庭战线！……赶快起来！赶快集合！有谁胆敢不爱光荣，不肯为祖国忍受饥渴陷入泥潭乃至赴死，情愿远离战场安闲偷生呢……

小号手　我。

战　士　不必担心。平民生活让人夸大战争的危害。有人向我保证，这一次，每个士兵在出发作战前的信念都能实现。基于某种神性的机缘巧合，不会有人牺牲在战场上，左撇子除外的伤员全是左手受伤。赶快组织你们的军队！……把分散人员团结起来，用战争取代决斗，这是祖国的伟大成就所在。啊！让和平自惭形秽吧！和平只会接受老人、病人和残疾人的死亡，战争把死亡带给代表最强壮水平的人类……是的，在出发之前再吃点喝点吧……啊，多么美好！舌尖还留有白葡萄酒炖兔肉馅饼的余香，身边还有流泪的妻子和按年龄挨个儿站好的子女。孩子们仿佛从无中生出那般，刚从床上爬起。向你致敬，战争！

小号手　索希亚来了！

战　士　你的主人准备好了吗？

索希亚	主人准备好了。女主人还没完全准备好。男人重新披上战袍容易，女人重新习惯丈夫不在家却难。
战　士	她是爱哭的女人吗？
索希亚	她是爱笑的女人。只不过，妻子们从眼泪中康复容易，从这样的微笑中康复却难。他们来了……
战　士	出发！

第三场

阿尔克墨涅、安菲特律翁

阿尔克墨涅	我爱你，安菲特律翁。
安菲特律翁	我爱你，阿尔克墨涅。
阿尔克墨涅	这就是不幸所在。我们若有那么一点点恨对方，这一刻会好过得多。
安菲特律翁	不必掩饰，心爱的女人哦，我们之间没有恨。
阿尔克墨涅	你在我身边总是漫不经心，没有察觉你有个完美的妻子。这回你要走远了，总算会想我了。你保证吗？
安菲特律翁	我已经开始想了，亲爱的。
阿尔克墨涅	不要转头去看月亮。我嫉妒月亮。再说，那个空洞的球能给你什么想头呢？
安菲特律翁	这个金色的脑袋又会给我什么想头呢？
阿尔克墨涅	给你芬芳和记忆这对兄弟……怎么！你刮胡子啦？现如今上战场都刮胡子吗？你以为下巴光滑更让人生畏吗？
安菲特律翁	我会放下头盔。那上头刻着墨杜莎。

125 在"安菲特律翁"行左侧

阿尔克墨涅　　我只允许你身上带这个女人的头像。哦！你刮出血了！让我替你吮吸掉这场战争的第一滴血……你们还喝敌人的血吗？

安菲特律翁　　喝的。我们为彼此健康干杯。

阿尔克墨涅　　别开玩笑。放下头盔，让我用敌人的目光注视你。

安菲特律翁　　那你得准备发抖！

阿尔克墨涅　　但愿墨杜莎配上你的目光不这么叫人害怕……你说她头发的编法有趣吗？

安菲特律翁　　那是用黄金凿成的蛇。

阿尔克墨涅　　是真金吗？

安菲特律翁　　是纯金。那两颗装饰宝石是祖母绿。

阿尔克墨涅　　坏透了的丈夫，战争来了你倒打扮得俏！对待战争，你又是戴宝石又是刮胡子。对待我只有猛长的胡子，黄金也不纯！你的护腿套呢，是用什么做的？

安菲特律翁　　白银。嵌饰是白金的。

阿尔克墨涅　　不会束得太紧吗？你那对钢制的护脚套跑起来更灵活。

安菲特律翁　　你见过将军在战场上跑吗？

阿尔克墨涅　　总之你身上没有一丝儿你妻子的气息。你穿戴得像去赴约会。承认吧！你这是要去和阿玛宗女战士打仗。亲爱的丈夫哪！万一你在那群狂热的女人中战死，谁也别想在你身上找到你妻了的·丝儿记忆或踪影……这真让我气恼！我要在你出发前咬你一口……你在铠甲下穿什么长衣？

安菲特律翁　　蔷薇色镶黑条纹。

阿尔克墨涅　　我从铠甲的接缝看见了。你呼吸的时候，那些接

|||缝会张开，露出朝霞般的肌肤！……呼吸，再呼吸，让我看见你在忧伤的夜深处焕发光彩的身躯……你还能待一会儿吧？你爱我吗？
安菲特律翁|是的。我在等我的马儿。
阿尔克墨涅|抬起你的头盔。用墨杜莎试探星辰。看哪，星辰闪烁得更厉害了。它们真幸运。它们准备好了为你指路。
安菲特律翁|将军不会靠星辰看路。
阿尔克墨涅|我知道。海军元帅才会……你选哪颗星？明天晚上，每个晚上，我们要在这个时辰一起看星星。我爱你的注视，尽管得通过遥远平庸的中介才传到我这儿。
安菲特律翁|我们一起选吧！……那是维纳斯金星，我们共同的朋友。
阿尔克墨涅|我不信任维纳斯。但凡与我的爱有关的，我自己掌管就好。
安菲特律翁|那是朱庇特木星，很美的名字！
阿尔克墨涅|没有什么无名的星星吗？
安菲特律翁|那边那颗小的，天文学家管它叫无名星。
阿尔克墨涅|那也是个名称……哪颗星在为你的征战闪光呢？亲爱的，说说你的征战……你是怎么赢的？把你的秘密透露给你妻子吧！你进攻时口喊我的名，抢占敌人的堡垒，你是这样赢的吗？堡垒另一头是战士抛在身后的家园、儿女和妻子。
安菲特律翁|不是的，亲爱的。
阿尔克墨涅|说说看！
安菲特律翁|我用右翼包抄敌方的左翼，再用我的四分之三左翼切断敌方的整个右翼，最后以剩下的四分之一

左翼反复偷袭，由此赢得胜利。

阿尔克墨涅 多么美的鸟的战斗呵！亲爱的鹰，你赢过几次？

安菲特律翁 一次，只有一次。

阿尔克墨涅 亲爱的丈夫，比起别人一生征战，你用一次胜利赢取更多的荣耀！明天是二次胜利，对吧？你会回来的，你不会被杀的！

安菲特律翁 这得听命运安排。

阿尔克墨涅 你不会被杀的！否则太不公平。将军们不应该被杀！

安菲特律翁 为什么？

阿尔克墨涅 怎么！他们有最美的妻子，最牢固的宫殿，还有声名荣耀。亲爱的，你拥有全希腊分量最足的黄金餐具。在这等重负下，一个人的生命是不会轻易消失的……你有阿尔克墨涅！

安菲特律翁 为了好好杀敌，我会想起阿尔克墨涅。

阿尔克墨涅 你怎么杀敌？

安菲特律翁 我用长枪刺中他们，用矛砍倒他们，再用剑割断他们的喉咙，把剑留在那伤口里……

阿尔克墨涅 可这样一来，你每次杀敌之后就没有武器了，像没了刺的蜜蜂！……这下叫我怎么睡得着，你的杀敌方法太危险！……你杀过几个敌人？

安菲特律翁 一个，只有一个。

阿尔克墨涅 好样的，亲爱的！那是一位君王、一名将军？

安菲特律翁 不是。只是普通士兵。

阿尔克墨涅 多么谦虚啊！你没有偏见，不会在死者之间区分等级……在矛和剑的间隙，你有没有留给他一分钟，好让他认出你，明白蒙你垂顾是何等荣幸？

安菲特律翁 有的，他看见我的墨杜莎。他满嘴是血，露出一个充满敬意的可怜的微笑。

阿尔克墨涅 他在死前有报姓名吗?

安菲特律翁 是个无名战士。这类战士数量可观,与星辰相反。

阿尔克墨涅 为什么不留下姓名呢?我会在王宫为他竖纪念碑。他的祭坛永远不会缺少祭品和鲜花。在冥府的游魂中,没有谁比死在我丈夫手里的战士更被爱惜……啊!亲爱的丈夫,我真高兴,你只赢得一次征战,只杀过一个牺牲者。也许,你也会从头到尾只爱一个女人……你的马儿到了!……吻我吧……

安菲特律翁 不对,我的马儿走侧对步。不过我还是可以吻你。慢点儿,亲爱的,别抱太紧!你会受伤的。我是披挂战甲的丈夫。

阿尔克墨涅 你能透过铠甲感觉到我吗?

安菲特律翁 我感觉到你的气息和体温。你透过每个铠甲的接缝与我相触。同是那些接缝也可能叫箭头射中我。你呢?

阿尔克墨涅 躯体也是一件铠甲。先前我躺在你怀里时,我常常感觉你比今天更遥远冷淡。

安菲特律翁 阿尔克墨涅,先前我拥抱你时,你常常比现在更忧伤难过。尽管我是去打猎而不是去打仗……瞧!你微笑了……这场突如其来的宣战仿佛使你从某种焦虑中解脱出来。

阿尔克墨涅 那天早晨你没有听见一个孩子在我们窗下哭泣吗?你没有从中看出可怕的预兆吗?

安菲特律翁 预兆得从晴朗的天空突然响雷开始,还得加上三倍闪电。

阿尔克墨涅　　当时天空晴朗，孩子却在哭泣……对我来说，那是最坏的预兆。

安菲特律翁　　不要迷信，阿尔克墨涅！坚持官方认定的奇迹。你的女仆莫非生下驼背有蹼的女儿？

阿尔克墨涅　　没有。可是我的心很苦，我以为在笑的时候却在流泪……我很肯定有什么可怕的危险凌驾在我们的幸福上……感谢神，原来是战争！我几乎松了口气。战争至少是正大光明的危险，我情愿遇见带剑和矛的敌人。原来只是战争！

安菲特律翁　　除了战争，你还担心什么呢？我们多么幸运，花样年华生活在尚且年轻的星球，恶人们只带有诸如偷窃、弑父和乱伦等初级的恶……我们在本地受人爱戴……我们会携手迎接死亡……在我们周围还能有什么威胁呢？

阿尔克墨涅　　我们的爱情！我害怕你欺骗我。我看见你躺在别的女人怀里。

安菲特律翁　　所有其他女人怀里吗？

阿尔克墨涅　　一个女人或一千个女人，这没差别。你在阿尔克墨涅眼里是一样堕落的。你的冒犯是一样的。

安菲特律翁　　全希腊女人中你最美。

阿尔克墨涅　　我不害怕希腊女人。我害怕女神和外乡女人。

安菲特律翁　　你说什么？

阿尔克墨涅　　我首先害怕女神。她们突然从天上水中现身，不涂胭脂如玫瑰般鲜艳，不抹香粉如珍珠般白皙，加上娇嫩的嗓音和属天的眼波，她们会突然缠住你们，用她们的纤踝，用她们比雪更白比杠杆更有力的手臂缠住你们。想要抗拒她们很难，不是吗？

安菲特律翁　　对其他男人来说当然是的！
阿尔克墨涅　　她们和所有神明一样，因为没发生什么事而气恼。她们希望被人爱。可你不爱她们。
安菲特律翁　　我也不爱外乡女人。
阿尔克墨涅　　可她们爱你！她们爱所有已婚男人，所有属于另一个女人的男人，不管那是为了展现媚术还是为了赢得光彩。她们带着豪华行李来到我们城里，长得美的裹着丝绸裘皮近乎赤裸，长得丑的肆无忌惮地展示丑陋。就因为是异域的丑，仿佛那也成了美本身。无论军中还是艺术中，家庭妇女的安详不值一钱。异域趣味对男人起的作用远比本家趣味强大。外邦女人如磁铁般吸走了宝石、手抄珍本、最美的鲜花和丈夫的手……她们珍爱自己，因为她们看待自己亦如外人…… 亲爱的丈夫，这就是我替你担心的事，我被所有这些预兆纠缠不休。我害怕由某个新口音说出的诸种季节、果实和欢乐的名称。我害怕一切带有未知的芬芳或放肆的爱的动作。我害怕某个外乡女人！……但来的是战争，简直如闺中密友。我为不必在它面前哭泣而心存感激。
安菲特律翁　　阿尔克墨涅哦，亲爱的妻子！你应心满意足才是。和你在一起时，你就是我的外邦女人。过一会儿在战斗中，我将感觉到你是我的妻子。等我回来，莫害怕。我很快会回来，并且永远不再离开。一场战争总是所有战争的终结。这是邻邦间的战争，很快会停战。我们将在王宫中幸福生活，直至衰老死亡，那时我会请求某个神把我们变作树木，像斐勒蒙和包喀斯①那样，延长我们在一起的时光。

阿尔克墨涅 你真喜欢年年换树叶吗？

安菲特律翁 我们可以选择常青树，月桂就很好。

阿尔克墨涅 等我们老了，会被人砍下当柴火烧吗？

安菲特律翁 我们的枝干树皮烧成的灰将混在一起！

阿尔克墨涅 这与我们死后骨肉烧成灰混在一起没有两样。

（马蹄声响起。）

安菲特律翁 这回是它们没错……我得走了。

阿尔克墨涅 它们是谁？你的野心，你身为首领的傲慢，你对杀戮和冒险的爱好？

安菲特律翁 不是的，只是我的两匹马儿，厄拉弗塞法尔和西普希比拉。②

阿尔克墨涅 去吧！我更愿意看你骑着温厚的马儿出发。

安菲特律翁 不对我说些别的话吗？

阿尔克墨涅 不是全说了吗？别人的妻子会怎么做呢？

安菲特律翁 她们假装开玩笑。她们递过丈夫的盾牌说："早晚要回来！"她们还会大喊："什么也别怕，除非天塌下来！"我的妻子莫非天生不擅长这些高贵的言辞？③

阿尔克墨涅 恐怕是的。我没有能力说出不是为了让你听而是为了传给后世的话。我能对你说的话全在你听到的同

---

① 译按：参看奥维德，《变形记》，卷八，行 611—724。
② 季洛杜的字源游戏。厄拉弗塞法尔（Elaphocéphale）对应希腊文中的 elaphos（鹿）+ kephale（头），西普希比拉（Hypsipila）对应希腊文中的 Hypsipylos（有增高的门的）。安菲特律翁的一匹马长着鹿头，另一匹马只能过增高的门。
③ 季洛杜在此自由借用了古代史家的说法。第一句出自普鲁塔克的《道德论集》（299A），第二句出自斯特拉波的《地理学》（VII, 3, 8）。

	时慢慢死去：安菲特律翁，我爱你！安菲特律翁，早点回来！……再说了，如果先喊你的名字，一个句子没剩下多少空间，你有个很长的名字……
安菲特律翁	把名字放到句末。别了，阿尔克墨涅。
阿尔克墨涅	安菲特律翁！

（马蹄声渐渐远去，她托腮待了片刻才转身回房。墨丘利佯装成索希亚赶上她。）

第四场

阿尔克墨涅、墨丘利
（墨丘利佯装成索希亚。）

墨丘利	阿尔克墨涅，我家夫人啊！
阿尔克墨涅	索希亚，你想说什么？
墨丘利	我给您带了口信，我家主人的口信。
阿尔克墨涅	你在说什么？他刚走不远。
墨丘利	确实如此。这话不能让别人听到……我家主人命我转告您，首先他是假装和军队一道出发的，其次他今天夜里做完部署会回家。参谋部在几里开外扎营，此次战争看来无甚大碍，安菲特律翁每晚会走这么一遭来回，这秘密可得严守……
阿尔克墨涅	我不明白，索希亚。
墨丘利	夫人，我家主人命我转告您，他是假装和军队一道出发的……
阿尔克墨涅	索希亚，你真傻。你对什么是秘密一无所知。一旦晓得了，就必须假装不知道或者没听见……

墨丘利　很好，夫人。

阿尔克墨涅　何况，你刚才说的那些话，我一个字也没听懂。

墨丘利　夫人，您夜里要守着，等我家主人回来，因为他命我转告您……

阿尔克墨涅　闭嘴，索希亚，求你了。我要去睡了……

（她退场。墨丘利向朱庇特示意，将后者领上台。）

第五场

朱庇特、墨丘利

（朱庇特佯装成安菲特律翁。墨丘利佯装成索希亚。）

墨丘利　您都听见啦，朱庇特？

朱庇特　怎么！朱庇特？我是安菲特律翁！

墨丘利　莫想骗我。隔着二十步开外，我也能认出一个神明来。

朱庇特　我可依样模仿了他的衣服。

墨丘利　恰恰是衣服出问题！您在衣服上弄错啦。瞧啊！您穿过荆棘丛，竟丝毫没有划破衣裳。就算招牌最响的布店出的布料，头一天上身也会发皱变形，我在您身上却看不到一个褶子。您这身衣服是永不朽坏的。我敢打赌，它既不透水也不褪色，滴到灯油也不留印子。在阿尔克墨涅这样称职的家庭主妇眼里，这和真正的奇迹一样。她绝不会上当。转身。

朱庇特　转什么身？

墨丘利　男人和神明一样误以为，女人只会从正面看见他们。他们光顾着蓄胡须，挺直胸膛，佩戴坠饰。他们不知道，女人假装为那光彩夺目的正面着迷，其实在用尽心思冷眼观察他们的后背。情人们起身或离开的背影不会说谎。从消沉和屈服的背影，她们一眼猜中他们的软弱或者疲倦。您的后背比前胸还要自命不凡！这得改过来！

朱庇特 神明从不会转身。何况到时天也黑了，墨丘利。

墨丘利 那可说不定。您若还保留神性的光芒，天就不会黑。阿尔克墨涅绝不可能把一个像萤火虫般的男人认作丈夫。

朱庇特 我从前那些个情人全上当了。

墨丘利 您若肯信我一句话，她们谁也没上当。您得承认，您向来不忌讳在她们面前显露真身，要么是行神迹，要么是接近万丈神光，让您浑身呈半透明状，这既省了油灯，也免去她们烦恼。

朱庇特 神明也会热衷于凭本来样貌而被人爱嘛。

墨丘利 我恐怕阿尔墨科涅会拒绝给您这个乐趣。您得坚持佯装成她丈夫的模样。

朱庇特 我会先佯装再见机行事。好墨丘利，你不明白忠诚的妻子可能带来何种意外。你是知道的，我只爱对丈夫忠诚的女人。我是正义之神，我认为她们有权得到这类补偿，而且不得不说，她们只能指望这个。对丈夫忠诚的女人从春天、阅读、香料和地震中获得其他女人从情人身上要来的启示。总的说来，除了不与其他男人私通之外，她们与整个世界联合起来背叛她们的丈夫。阿尔克墨涅在这条规则上不可能是例外。我会先尽安菲特律翁的本分。不过，借助一些关乎花草动物和基本概念的巧妙问题，我很快会知道哪一位经常在她的想象中萦绕不去，我会佯装成那人的模样……

这么一来我会凭本来样貌而被她所爱……现在，我的衣服合适吗？

墨丘利 您浑身都不能有差错……过来，站到亮光里，让我调整一下您化身成人类的统一模样……再靠近些，我看不清楚。

朱庇特 我的眼睛合适吗？

墨丘利 让我们看看您的眼睛……太亮了……只有虹膜没有角膜，更无泪腺的影子。说不定您会需要流泪呢！您的目光不是为了辐射视神经，而应有某个外在的辐射源，经由您的大脑传达…… 别用您属人类的目光去对太阳下命令。大地上的眼睛的光亮程度恰好等同于神明的天空彻底幽暗时……就算杀人凶手也只有一对珠子发光……您从前的艳遇里从没使过眼眸秋波吗？

朱庇特 从没，我忘了……眼眸秋波，是这样吗？

墨丘利 不不，不要带磷光……赶紧换掉这对猫般的眼！您眨眼的时候，透过眼皮还能看见眼珠子呢……这样的眼睛没法儿直视……您眼里得再加层底色。

朱庇特 砂金石色不错，带点儿金色光泽。

墨丘利 现在来看看皮肤！

朱庇特 我的皮肤吗？

墨丘利 您的皮肤太光滑柔嫩了……像孩童的肌肤。那得是吹过三十年劲风的皮肤，得是浸染在空气和海水中三十年的皮肤，简言之，这得是有特定滋味的皮肤，因为女人会品尝它的滋味。从前那些个女人发觉朱庇特的皮肤有孩童的滋味时莫非什么也没说吗？

朱庇特 她们的抚摸倒没有因此带更多母爱。

墨丘利 这样的皮肤经不起两趟夜里的来回奔波……收紧一点儿您那人类的皮囊，您在里头都能上下浮动了！

朱庇特　我觉得不舒服……现在我能感到心脏在颤动、动脉在鼓胀、血管在下沉……我感觉自己变成一张滤纸，一只滴血的沙漏……人类的时间敲打在我身上，简直要杀了我。我希望我所庇护的可怜人类不必受这份苦……

墨丘利　他们出生那天和死亡那天。

朱庇特　多不舒服呀！同时感到自己在出生和死去。

墨丘利　区分开来的出生和死亡不会更舒服。

朱庇特　你现在有没有感觉面前站着一个人类？

墨丘利　还没有。在人类面前，在活生生的人类身体面前，我尤其能够观察到，每分每秒他都在变化，在不停变老。从他眼底我甚至能瞥见不断变老的光芒。

朱庇特　咱们试试。为了习惯这个，我得不停对自己说：我要死了，我要死了……

墨丘利　哦！哦！太快了！我看得见您的头发指甲变长、皱纹加深……来，再慢一点，调整您的心房节奏。这会儿您接近一只猫或一条狗的生命。

朱庇特　怎么会？

墨丘利　心脏跳动间隔太长了。现在是鱼的心房节奏……来……来……这不紧不慢的速度，这侧对步的小跑，安菲特律翁从中认出他那对马儿，阿尔克墨涅从中认出她丈夫的心跳……

朱庇特　还有什么最后的忠告吗？

墨丘利　关于您的脑袋？

朱庇特　我的脑袋？

墨丘利　是的，您的脑袋……最好赶紧用人类的念头换掉神明的想法……您在想什么？您相信什么？您现在身为人类有什么世界观？

朱庇特　我的世界观？我认为这片平坦的大地是平坦的，水是水，空气是空气，自然是自然，精神是精神……这够吗？

墨丘利 您想不想分条头路再用定型液固定住头发？

朱庇特 挺想的。

墨丘利 您是不是觉得只有您是存在的，并且您只信得过自己的存在？

朱庇特 是的。这样被束缚在身体里还怪有趣的。

墨丘利 您是不是认为您总有一天会死？

朱庇特 不是。我的朋友们会死，可怜的朋友们，真让人叹息！但我不会死。

墨丘利 您是不是忘记您爱过的所有女人？

朱庇特 我？爱过？我从没爱过别人！我只爱阿尔克墨涅！

墨丘利 很好！那么天空呢？您对天空有什么想法？

朱庇特 我觉得天空属于我。自我变成凡人以来，天空比从前我做朱庇特时更加属于我！我觉得太阳系很小、大地很大。我突然还觉得我比阿波罗更美更勇敢，比马尔斯有更多艳遇，而且我头一次觉得我是名副其实的诸神之主。

墨丘利 那么您现在是名副其实的人类了！……去吧！

（墨丘利退场。）

第六场

阿尔克墨涅、朱庇特

（阿尔克墨涅在阳台上。朱庇特佯装成安菲特律翁。）

阿尔克墨涅（清醒地） 谁在敲门？谁在惊扰我的睡梦？

朱庇特 一个你高兴见到的陌生人。

阿尔克墨涅　我不认识什么陌生人。
朱庇特　　　一名将军。
阿尔克墨涅　这么迟了将军在路上游荡做什么？莫非是逃兵？莫非是败军？
朱庇特　　　是被爱情打败的败军。
阿尔克墨涅　他进攻将军以外的人必然有此风险！你是谁？
朱庇特　　　我是你的情人。
阿尔克墨涅　你是对阿尔克墨涅而不是对女仆在说话。我没有情人……为什么笑？
朱庇特　　　你刚才不是焦急地开窗往黑夜张望吗？
阿尔克墨涅　我是往黑夜张望。我可以告诉你黑夜是什么样的。它既温柔又美。
朱庇特　　　不久前你不是用金壶把冰水倾倒在一个躺着的战士身上吗？
阿尔克墨涅　啊！那是冰水！……那倒好……这是很可能的事……
朱庇特　　　你不是站在一张男人的画像前喃喃自语：啊！他不在家时，我但愿失去记忆！
阿尔克墨涅　我记不得了。有可能……
朱庇特　　　你不是在这些新升的星辰下感觉身体在绽放心却在抽紧，想念某个也许在别处的男人，我不得不承认，某个很蠢也很丑的男人？
阿尔克墨涅　他很俊，才智出众。事实上，我一说起他犹如口中吐蜜。我想起那只金壶了。我看见他在黑暗中。这说明什么？
朱庇特　　　说明你有个情人。他在这里。
阿尔克墨涅　我有个丈夫，他不在家。除了我丈夫，没有哪个男人能走进我的房间。就算他本人掩饰身份前

	来，我也不欢迎他。
朱庇特	此时此刻，连天空也被遮蔽了。
阿尔克墨涅	没眼力的人哪！你莫非以为，黑夜是伴装的白日，月亮是虚假的太阳？你莫非以为，妻子的爱有可能伪装成偷欢的爱？
朱庇特	妻子的爱如同责任。责任受到束缚。束缚扼杀欲望。
阿尔克墨涅	你说什么？你口里念的是什么名？
朱庇特	某个半神的名，欲望之名。
阿尔克墨涅	我们这儿只爱完全的神。我们把半神留给半童贞女[①]和半妻子。
朱庇特	这是在亵渎神明吗？
阿尔克墨涅	我有时还要更厉害呢。我很高兴，在奥林波斯没有一个管夫妻爱情的神。我很高兴，我是诸神未曾预见的造物……在此等欢乐之上，我感觉头顶没有哪个神在飞翔，只有一片自由的天空。你若真是个情人，很抱歉，你走吧……尽管你看上去顶漂亮康健，你的声音也够温柔。我多希望这声音是在呼唤忠诚而不是欲望啊！若不是对猎物猛然紧闭的陷阱，我多希望躺在这怀抱里啊！你的嘴看来既清新又热情。可是它说服不了我。我不会给情人开门。你是谁？
朱庇特	你为什么不想要情人？
阿尔克墨涅	因为情人离爱情永远比离被爱的女人近。因为我只能忍受没有边际的欢乐，没有保留的乐趣，没有限度的从容。因为我既不要奴隶也不要主人。

---

① 这个说法似乎出自 Marcel Prévost 的小说（*Les Demi-Vierges*，1894）。

因为背叛丈夫是没教养的做法,哪怕私通的对象是丈夫本人。因为我喜欢打开的窗和干净的床单。

朱庇特　身为女人,你确乎深谙你拥有这些趣味的理由。我祝贺你!开门吧!

阿尔克墨涅　你是不是那个人?我在清晨从他身边醒来,我让他多睡十分钟,带着在白日的边缘结成的睡意,我赶在日光和清水之前用目光先替他清洗脸颊。你是不是那个人?我从他迈出步子的长短和声音分辨出他在剃须还是穿衣,他在想事情还是什么也不想,我和他一起吃早餐午餐和晚餐,不管做什么,我呼出的气息总比他晚千分之一秒。你是不是那个人?我在夜里让他先入睡十分钟,带着从我的生命匆匆偷走的睡意,我在他沉入梦乡时感觉他那温暖的活生生的身体。倘若你不是那个人,不论你是谁我也不会开门。你是谁?

朱庇特　我不得不说。我是你丈夫。

阿尔克墨涅　怎么!是你,安菲特律翁!你这么回来,也不想想这多不谨慎啊!

朱庇特　军营无人起疑心。

阿尔克墨涅　好像跟军营有关似的!一个丈夫宣告出征后又意外现身,你不知道等待他的是什么吗?

朱庇特　别开玩笑。

阿尔克墨涅　你不知道温良的妻子在这个时辰正用湿润的臂膀搂住小情人,因为骄傲和害怕而气喘吁吁吗?

朱庇特　你怀里空空无人,且比月亮还清爽。

阿尔克墨涅　我借着闲聊拖延时间让他逃跑呢。这会儿他正走在忒拜的路上,不住抱怨赌咒,光着大腿只套件长袍。

朱庇特　给你丈夫开门……

阿尔克墨涅　你以为光凭是我丈夫就能这么进房吗？你带礼物了吗？你有珠宝首饰吗？

朱庇特　你是为珠宝首饰出卖自己的人吗？

阿尔克墨涅　出卖给我丈夫？我乐意着呢！可你什么也没带！

朱庇特　看来我只好走了。

阿尔克墨涅　等等！别走！……不过，安菲特律翁，你得答应我一个条件，不得讨价还价。

朱庇特　你要什么？

阿尔克墨涅　我们要当着黑夜发表从来只在白天发的誓言。我等这个机会很久了。我不要星辰、微风和夜蛾这些黑暗中美丽的移行物误以为我在今晚接待一个情人。让我们欢庆我们的夜间姻缘，此时此刻，有多少不法婚礼正在进行中……开始吧……

朱庇特　没有祭司也没有祭坛，在黑夜的虚空中发誓，这有何用！

阿尔克墨涅　恰恰是在窗玻璃划下的字没法儿抹灭。举起双手。

朱庇特　阿尔克墨涅，人类一边念诵誓言一边挥动这些个不能鸣雷的闪电，这在诸神看来多么可悲，但愿你能知晓呵！

阿尔克墨涅　他们只要能造出有热度的漂亮电光也就别无所求啦。伸出手掌，食指弯曲。

朱庇特　食指弯曲！这是最厉害的誓言。朱庇特会凭这样的誓言给大地召唤出灾祸。

阿尔克墨涅　弯曲你的食指，不然你走吧。

朱庇特　我不得不听从。（他举起双手。）忍住啊，属天的松脂！蝈蝈和肿瘤，跟上口令！发怒的小阿尔克墨涅强迫我做出这个动作。

阿尔克墨涅 我听着呢。

朱庇特 我，安菲特律翁，昔日将军们的儿孙，未来将军们的祖先，战争和荣耀的腰带上不可或缺的搭扣！

阿尔克墨涅 我，阿尔克墨涅，父母双亡且尚无子嗣，人类链条上目前处于孤立状态的微不足道的一环！

朱庇特 我发誓要让阿尔克墨涅的温柔之名和我的喧哗之名一样永远流传后世！

阿尔克墨涅 我发誓忠于我的丈夫安菲特律翁，若有违背情愿一死！

朱庇特 情愿什么？

阿尔克墨涅 情愿一死。

朱庇特 干吗召唤死亡，没它什么事！我求你。别说这个字。有那么多同义字呢。有些甚至还挺吉利。千万别说死！

阿尔克墨涅 话说出去了。亲爱的丈夫，现在咱们什么也别说。仪式结束了，我命令你上床……今晚你真不寻常！我一直在等你，门没关。你只要推开就行……你怎么啦，你在犹豫吗？你也许还等着我把你当作情人？我说过不可能！

朱庇特 我真的要进房吗，阿尔克墨涅？你真想这样吗？

阿尔克墨涅 我命令你，亲爱的！

（幕落）

第二幕

(一片黑暗。墨丘利浑身发光,独自半躺在舞台前方。)

第一场

墨丘利

墨丘利 我守在阿尔克墨涅的房前。我感觉到某种温柔的静默,温柔的抵抗,温柔的斗争。此刻阿尔克墨涅已怀上小半神。只是,朱庇特和别的情人幽会从来没有这么耽误时间……我不知道这片黑影对你们来说是否沉重。想到整个世界沐浴在日光下,留住本地的夜晚这个任务开始让我不安……现在是盛夏清晨七点。白日的光照无处不在,深沉充分,一直延伸到海上。唯独在立方形的玫瑰花丛之间,王宫还是圆锥形的黑物……真该叫醒我的主人了。他痛恨在离开时匆匆忙忙,他肯定会坚持在起床的交谈中向阿尔克墨涅显露他是朱庇特,享受对方的惊奇和骄傲,就像他和别的情人道别一样。再说了,我奉劝安菲特里翁在黎明时分赶回来给妻子惊喜。这么一来，他就是这场艳遇的头一个证人和担保人。我们欠他这点小殷勤，我也能避免发生误解。此时此刻，我们的将军悄悄上路，策马奔驰，一小时内能赶回王宫。太阳啊！展现你的光线吧，我要挑一款颜色照亮眼前这片黑暗……（太阳展示光线。）不要这款！绿光照在醒来的情人身上，那是最不祥的。他们会以为各自怀抱溺水的死尸。不要这款！紫色和绛红会刺激人的感官，留到今晚再用吧。这款对了，橘黄的光！这对提亮人类的暗淡肤质最有效……开始吧，太阳！

（阿尔克墨涅的房间出现在普照的阳光中。）

第二场

阿尔克墨涅、朱庇特

（阿尔克墨涅已起床。佯装成安菲特律翁的朱庇特还躺在床上睡觉。）

阿尔克墨涅　起床，亲爱的。太阳爬得老高了。
朱庇特　我在哪里？
阿尔克墨涅　在丈夫们醒来时从不相信的地方：你在你的房里，你的床上，你妻子身边。
朱庇特　这妻子叫什么名？
阿尔克墨涅　她的名白天夜里都一样。她永远叫阿尔克墨涅。
朱庇特　阿尔克墨涅，那高大丰腴的金发美人，那在爱中沉默的女人？

阿尔克墨涅 是的。她到黎明才爱说话。现在她要赶你这个丈夫出门。

朱庇特 别说话,再回我怀里吧!

阿尔克墨涅 别想了。丰腴的女人像一场梦,只有夜里才能搂抱在怀。

朱庇特 闭上眼,再享受片刻黑暗吧。

阿尔克墨涅 不,不,我一夜没闭眼。起床,不然我喊了。

(朱庇特站起身,凝望窗外光彩的风景。)

朱庇特 多么神圣的一夜!

阿尔克墨涅 今天早晨你在修辞方面相当无力,亲爱的。

朱庇特 我是说神圣!

阿尔克墨涅 你可以说神圣的一餐,神圣的牛排,没问题,你不是非得老有创造力。只是,说到昨天夜里,你本可以找到更好的修辞。

朱庇特 我可以找到什么更好的修辞?

阿尔克墨涅 几乎所有形容词都适用,除了你说的"神圣",那真不合时宜。"完美的","迷人的",特别是"可爱的",很适合这一类事情。多么可爱的一夜!

朱庇特 那么,这是我们度过的所有夜晚中最可爱的一夜,比其他夜晚可爱得多,是不是?

阿尔克墨涅 那可难说。

朱庇特 怎么难说?

阿尔克墨涅 亲爱的丈夫,莫非你忘了我们的新婚之夜?我在你怀里像个脆弱的小包袱,我们在头一回笼罩我俩的黑暗中心心相印,共同有了新发现。那才是我们最美的一夜。

朱庇特 最美的一夜,算是吧。不过,最可爱的一夜,那是昨天夜里。

阿尔克墨涅　你说呢？有天夜里，忒拜城中起了大火，你在黎明回来，镀了金似的沐浴着曙光，像刚出炉的面包一样发烫。那是我们最可爱的一夜，再没别的了！

朱庇特　那么，最让人惊讶的一夜，你说呢？

阿尔克墨涅　怎么让人惊讶？确实，前天夜里，你从海上救了那个被风暴困住的孩子，你回来时浑身散发海藻和月的光泽，浑身是诸神给你调出的咸味，你一整夜在睡梦中拦腰抱住我想要救我……那确实是顶让人惊讶的！……不，亲爱的，如果要用什么词语形容昨天夜里的话，我会说那是夫妻的一夜。有一种让我欢喜的安全感。我从来不曾像今天早晨这样，我确信你会有玫瑰般的气色，生机勃勃，饿着等吃早餐。而且我没有神圣的惊惧，每次看见你在我怀里一分一秒地死去，我总感到惊惧。

朱庇特　看来女人们也会使用"神圣"这个词？……
阿尔克墨涅　用来形容"惊惧"。永远如此。

（一阵沉默。）

朱庇特　多么美丽的房间！
阿尔克墨涅　你在偷闯进来的早晨特别喜欢它。
朱庇特　人类是多么心灵手巧呀！利用这套透明石墙和窗户的系统，在一个相对幽暗的星球做到让家里明亮可见，比谁都做得好。
阿尔克墨涅　真不谦虚，亲爱的。你自己发明了这套系统。
朱庇特　多么美丽的风景！
阿尔克墨涅　这你可以大声赞美，风景并非出自你手。

朱庇特　　　那是谁的手笔？
阿尔克墨涅　诸神之主。
朱庇特　　　叫什么名？
阿尔克墨涅　朱庇特。
朱庇特　　　你把诸神的名儿念得多好啊！谁教你用双唇咀嚼神圣食粮似的咀嚼这些名儿呢？好似一只雌羊找到一朵金雀花，仰着头吃将起来。不过，那金雀花是因为你的唇才有了芬芳。再说一遍。听说诸神这么被叫唤，偶尔会现出真身来应答。
阿尔克墨涅　涅普顿！阿波罗！
朱庇特　　　不，第一个神名，再说一遍！
阿尔克墨涅　让我把整个奥林波斯吃一遍……再说了，我喜欢一对对地念诸神的名：马尔斯和维纳斯，朱庇特和朱诺……我仿佛看见他们在云端手拉手鱼贯而行，永远如是……多么壮观啊！
朱庇特　　　而且快活……这么说，你觉得朱庇特的作品很美，这些悬崖巨石？
阿尔克墨涅　很美。只不过，他是有意的吗？
朱庇特　　　你说什么？
阿尔克墨涅　亲爱的，你是有意的，要么把李子嫁接到樱桃树，要么想象一把双刃刀。但你觉得朱庇特在创世那天真的知道他要做什么吗？
朱庇特　　　他得到过保证。
阿尔克墨涅　他造了大地。可大地上的美分分秒秒在自行生成。这美有奇妙之处。这美短暂即逝。朱庇特太严肃，不可能愿意创造短暂即逝的东西。
朱庇特　　　也许是你想象中的创世出了问题。
阿尔克墨涅　我想象中的末世无疑也是如此。我与两者间的距离正好一致，我的记忆因而不会超过我的预见。你也会想象吗，亲爱的？

朱庇特 我亲眼看见了……太初时，混沌支配一切……朱庇特真正了不起的想法在于将混沌分解成四大元素。

阿尔克墨涅 只有四种元素？

朱庇特 四种。第一元素是水。请相信，水绝不是最容易造的元素！乍眼看去，水似乎再自然不过。但是，想象水的创造，拥有水的理念，那是另一回事！

阿尔克墨涅 那时候女神们流的泪是什么做的，青铜吗？

朱庇特 不要打断我。我一心想要告诉你朱庇特究竟是谁。他有可能突然出现在你面前。你想不想让他自己来解释，让他现出伟大的真身？

阿尔克墨涅 他想必解释过太多次。你会往里头多添点儿想象。

朱庇特 刚才说到哪儿啦？

阿尔克墨涅 快说完太初的混沌……

朱庇特 对了！朱庇特突然想到要有一种能量，不能减缩但能转化，用以填充虚空，在未调和的大气中缓解碰撞冲突。

阿尔克墨涅 泡沫是他的主意吗？

朱庇特 不是。不过，水一经造出，他想到用不规则的岸来给水镶边，以便阻挡风暴。他还想到在水上播撒或可淹没或多石的陆地，以免诸神的眼看厌如镜面般的水平线。大地就此生成，大地上的奇观……

阿尔克墨涅 那松树呢？

朱庇特 松树？

阿尔克墨涅　五针松、雪松、柏树，所有绿的蓝的林木，少了它们风景就不存在……那回声呢？

朱庇特　回声？

阿尔克墨涅　你现在像个回声。那颜色呢？是朱庇特创造了各种颜色吗？

朱庇特　他创造了彩虹的七种颜色。

阿尔克墨涅　我是说我最爱的颜色，金褐、绛红、蜥蜴绿。

朱庇特　他交给染匠去操心这些事。不过，回到太空振动问题，在他的安排下，借助双分子碰撞的碰撞作用和初至折射的反折射作用，整个宇宙延展出成千上万种声音或颜色的网状系统，有些是人体器官能感知的，有些不可感知（反正他无所谓！）。

阿尔克墨涅　就像我刚才说的。

朱庇特　你刚才说什么？

阿尔克墨涅　他什么也没做！他光是把我们丢进某种汇聚着惊愕和幻想的可怕境地，我和我亲爱的丈夫，我们须得自己想办法脱身逃开。

朱庇特　你在渎神呢！阿尔克墨涅，你知道诸神听得见你说话！

阿尔克墨涅　诸神的听觉与我们不同。对至高无上的神明而言，我的心跳声肯定会掩盖平日的闲聊声，因为这是一颗单纯正直的心在跳动。何况他们为什么恼火呢？我不会特别对朱庇特心怀感恩，因为他创造出四大元素而不是我们原本可能需要的二十种元素，那是他在永生中的职责，反过来，我心中会洋溢对我亲爱的丈夫安菲特律翁的谢意，因为你在战斗的间歇发明了一套窗户滑轮装置和一种新葡萄嫁接法。你为我改善了樱桃的滋味和光照的面积。你是我的创造者。怎么啦？你用这样的眼神看我？赞美总是让你失望。你只在我面前才是骄傲的。说吧，我的想法太世俗吗？

朱庇特 （站起身，极为庄重地）你不愿少点世俗吗？
阿尔克墨涅 那会让我疏远你。
朱庇特 你从未渴望成为女神或像女神那样吗？
阿尔克墨涅 当然不。有什么用呢？
朱庇特 有众人的崇拜和尊敬。
阿尔克墨涅 我单单做女人就有这些，这更值得称许。
朱庇特 有更轻盈的身躯在空中和水上行走。
阿尔克墨涅 凡是嫁给好丈夫的妻子，沉重的肉身也做得到。
朱庇特 还能理解万物和其他世界的来龙去脉。
阿尔克墨涅 我对邻居不感兴趣。
朱庇特 还能永生！
阿尔克墨涅 永生？有什么用呢？
朱庇特 怎么！有什么用？可以不必死啊！
阿尔克墨涅 我不死会是什么样呢？
朱庇特 永远活着，亲爱的阿尔克墨涅，变成星辰闪耀在夜空，直到世界末日。
阿尔克墨涅 世界末日会来临吗？
朱庇特 永远不会。
阿尔克墨涅 那可真是迷人的夜晚！你呢，你会是什么样呢？
朱庇特 化成无声的暗影，融作冥府的轻雾。想到我妻子高高在上，在干爽的空气里发光，我会很高兴。
阿尔克墨涅 通常你更喜欢我们一同分享的乐趣呢……不，亲爱的，但愿诸神不要指望我干这个……再说了，夜里空气对我的金黄肤色没好处……在永生尽头，我会皲裂成什么模样呵！

朱庇特	可是，在死亡尽头，你会是冰冷空虚的！
阿尔克墨涅	我不怕死。这是生命的关键所在。既然你的朱庇特在大地上创造了死亡，不管他这么做对不对，我要与我的星宿运命保持一致。我与其他人类动物乃至植物在心性上息息相通，我太敏感，不可能不追随和他们一样的结局。只要这世上不存在什么不死的蔬菜，那就别对我谈永生的事。一个人类不死，那是背叛。何况，想到死亡在诸种微不足道的疲倦和焦虑中带给我们的莫大安宁，我心存感激，感激死亡的完满，乃至死亡的丰盛……六十年来对没染好的衣服和没做好的饭失去耐心，终于迎来死亡，稳定祥和的死亡，这简直是不成比例的报偿……为什么突然用尊敬的眼神看我？
朱庇特	因为你是我所遇到的第一个真正合乎人性的人类……
阿尔克墨涅	在人类当中，这算是我的特长。你说得倒也没错。在我认识的人里，没有谁比我更赞同和热爱命运。从生到死，没有哪次人生转变我不是全心接纳。就连家庭聚餐我也认真对待。我拥有审慎的见识，从不误入歧途。我敢肯定，这世上只有我一人以本真的尺寸看待水果和蜘蛛，以本真的滋味品尝诸种欢乐。我的心智也如此。我从中察觉不出游戏或过错的丝毫痕迹。在美酒、爱情或一次美好旅行的刺激下，一点游戏或犯错的倾向足以让人渴望永生不死。
朱庇特	你不希望有个儿子比你少些人性，有个儿子永生不死吗？

阿尔克墨涅　渴望有个儿子永生不死,这是合乎人性的事。
朱庇特　　他将成为最伟大的英雄,他从小征服狮子和怪兽?
阿尔克墨涅　从小! 他从小会有一只乌龟和一条猎狗。
朱庇特　　他在襁褓中就能制服前来勒死他的大蛇?
阿尔克墨涅　他不会孤单一人。这类奇遇只发生在清洁妇的儿子身上……不,我希望我儿子是娇弱的,会轻声叹气,连苍蝇也怕……你怎么啦?干吗这么激动?
朱庇特　　让我们认真谈一次,阿尔克墨涅。你真的情愿自杀也不肯背叛丈夫吗?
阿尔克墨涅　你真坏! 竟怀疑这个。
朱庇特　　自杀是很危险的事。
阿尔克墨涅　对我来说不会。亲爱的丈夫,我向你保证,我的死亡不会有悲剧成分。谁知道呢?死亡也许会发生在今晚,也许就在这里,如果战神过会儿命中你的话,再不然就是出于别的原因。不过,我会确保这一幕给观众带来安详而不是噩梦。死去的尸体必有某种解决问题的办法,比如微笑,或交叉着手。
朱庇特　　可是,你有可能把昨天夜里怀上的活了一半的儿子也带进死亡!
阿尔克墨涅　这对他来说只是一半死亡。他会在未来的运命里全赢回来。
朱庇特　　你不加考虑,故意这么简单地说这些话吗?
阿尔克墨涅　不加考虑?人们偶尔会问,那些终日欢笑快活、如你所说般丰腴的年轻女人究竟在想些什么。她们在想,倘若她们的爱情被侮辱或失望了,她们该用什么法子去死，既不惹出事端，也不像场悲剧……

朱庇特　（庄严起身）亲爱的阿尔克墨涅，请听我说。您很虔诚。我看出来，您能够了解世界的奥秘。我必须告诉您……

阿尔克墨涅　不不，亲爱的安菲特律翁！你对我说"您"。我很清楚这一本正经的敬称后头是什么。这是你的温柔表白。这叫我局促不安。下次你不妨探索一下说"你"的准确方式。

朱庇特　别开玩笑。我要对您谈谈诸神。

阿尔克墨涅　诸神！

朱庇特　是时候向您交代清楚诸神与人类的关系，诸神面对大地上的居住者及其妻子有哪些永远生效的障碍。

阿尔克墨涅　你疯了！偏要现在谈诸神。在人的一天当中，只有此时此刻是完全属人性的，人们为太阳心醉，兴兴头头去耕作捕鱼。何况军队在等你。你若想杀戮空腹的敌人就没剩几小时了。去吧，亲爱的，这样才能早些回家。再说了，这个家在召唤我呢，丈夫哪！我得去找女管家……亲爱的先生，您若待着不走，我只好用同样一本正经的语气对您谈谈女仆而不是诸神。我认为有必要开除娜娜扎。她洗地板光挑镶嵌瓷砖里头的黑方砖，除此怪癖外，她还像您说的对诸神屈服怀上了孩子。

朱庇特　阿尔克墨涅！亲爱的阿尔克墨涅！诸神恰恰在人类最无预料的时候现身。

阿尔克墨涅　安菲特律翁，亲爱的丈夫！女人恰恰在男人自以为掌控她们的时候消失!

朱庇特　男人的愤怒很可怕。他们不接受命令和嘲笑!

阿尔克墨涅　亲爱的,你接受一切,正因为这样我爱你……你甚至接受一个远远用手势比出来的吻!……今晚见……再见……

（她退场。墨丘利进场。）

第三场

朱庇特、墨丘利

墨丘利　怎么啦,朱庇特?我等您满带荣光走出房间,像从前走出别的房间那样。结果却是阿尔克墨涅先溜出来,她毫不慌张,反倒教训您?

朱庇特　确实不能说她慌张。

墨丘利　您两眼间竖起这条褶子算什么?是雷电的污迹?还是宣告您对人类的威吓?

朱庇特　褶子?……这是一道皱纹。

墨丘利　朱庇特不能有皱纹。这是从安菲特律翁身上过给您的。

朱庇特　不,不,这道皱纹是我的。现如今我明白人类为何长皱纹了。出于无知和好玩,我们全体神明还对此好奇不已。

墨丘利　您好像很累,朱庇特。您驼了。

朱庇特　一道皱纹竟成重负!

墨丘利　您终于体验到爱情带给人类的那种出了名的颓废啦?

朱庇特　我想我终于体验到了爱情。

墨丘利　您不是以经常体验爱情而著称嘛！

朱庇特　我头一遭怀抱一个女人却看不见她也听不见她……不但如此，我还理解她。

墨丘利　您当时在想什么？

朱庇特　在想我就是安菲特律翁。阿尔克墨涅大获全胜。从日落到天亮，我和她在一起只能做她丈夫不能做别人。我刚才有机会向她解释创世，却只想到枯燥学究的用语，在你面前我反倒口吐神圣话语。对了，要我向你解释创世吗？

墨丘利　万不得已您可以重来一次创世，这我没意见。但我不想听。

朱庇特　墨丘利，人类与诸神想的不同！[①] 我们以为人类是某种神性的嘲弄。人类骄傲的模样逗我们开怀，我们于是让他们误以为神人之间真有一场冲突。我们把火的用法强加给人类，费尽周折让他们误以为那是从我们这儿盗走的火种。我们在人类没用的脑瓜子里画复杂的卷状图形，好让他们发明织造、齿轮和橄榄油，一心幻想那是打败我们赢得的抵押……可是，冲突真的存在，现如今我就是牺牲品。

墨丘利　您夸大了阿尔克墨涅的力量。

朱庇特　没有夸大。阿尔克墨涅，温柔的阿尔克墨涅啊！她拥有某种比岩石更难为神圣法则所动摇的天性。她是真正的普罗米修斯。

墨丘利　她只不过是缺乏想象力。想象力启示人脑去领悟诸神的游戏。

朱庇特　阿尔克墨涅不受启示。她对光芒和表象不敏感。她没

---

① 此处似乎影射伏尔泰的《俄狄浦斯》第四幕第一场中的名句。

有想象力，也许也没有太多智慧。但是，在她身上有某种受限的东西无懈可击，那想必就是属人的无限性。她的生活如一面棱镜，诸如勇敢、爱和激情等等神人共有的财富在她身上一概变换成纯属人的美质，好比忠诚、温柔和效忠，属神的力量在这些方面彻底消亡。她是独一无二的凡间女子，我可以忍受她穿衣服戴面纱，她在场不在场一个样，她忙碌家务或闲时消遣都吸引我。和她面对面吃午餐甚至早餐，把细盐、蜂蜜和佐料（那是她的血肉赖以维生之物）递给她，轻触她的手，甚至她的勺子或餐盘……我眼下满脑子只想这个！我爱她。简言之，墨丘利，我现在就可以告诉你，她的儿子将是我偏宠的爱子。

墨丘利　全世界早都知道了。

朱庇特　全世界！我还以为无人知晓这场艳遇。

墨丘利　世上凡有耳朵的都知道，朱庇特在今天宠幸阿尔克墨涅。凡能出声的都忙着传播这条消息。我在日出时昭告天下。

朱庇特　你竟背叛我！可怜的阿尔克墨涅！

墨丘利　从前对您那些情人也是这么做的。否则这将是头一回为您的情事保密。您没有权利隐瞒这些爱的慷慨行为。

朱庇特　你是怎么宣告的？说我昨天夜里佯装成安菲特律翁的模样？

墨丘利　当然不是。如此不神圣的计谋可能遭误解。您渴望在阿尔克墨涅怀里过第二夜，这渴望隔着墙也显露无遗。我于是宣告她今晚将得到朱庇特的宠幸。

朱庇特　对谁宣告呢？

墨丘利　先是空气和水流，就像通常的做法。请听！眼下无论干的还是湿的波纹全在用各自的语言述说这件事。
朱庇特　没别人吗？
墨丘利　还有一个从王宫墙角走过的老女人。
朱庇特　那个耳聋的女门房？这下全完了！
墨丘利　干吗学人类说话呢，朱庇特？您活似个情人。莫非阿尔克墨涅要求您保守秘密直至您带她脱离大地的时刻？
朱庇特　这是我的不幸所在！阿尔克墨涅一无所知。昨天夜里，我有一百次试图说明我的真实身份。她也有一百次用一句或谦卑或迷人的话把属神的真相转化成属人的真相。
墨丘利　她没起疑心吗？
朱庇特　一刻也没有。我也受不了她起疑心……这是什么声音？
墨丘利　那个耳聋的老女人完成了使命。忒拜举城欢庆您与阿尔克墨涅的结合……游行队伍准备就绪，似乎要上王宫来……
朱庇特　别让游行队伍来王宫！让他们朝海边走，海水会淹没他们。
墨丘利　不可能。那都是您的祭司。
朱庇特　他们不会再有充足的理由信仰我。
墨丘利　您不能违背您自己设下的规矩。全世界都知道，朱庇特今天会让阿尔克墨涅怀上个儿子。阿尔克墨涅本人听说未必是坏事。
朱庇特　阿尔克墨涅会受不了的。
墨丘利　那就让阿尔克墨涅难过吧！那也是值得的。
朱庇特　她不会难过。我肯定她会自杀。我儿子赫拉克勒斯也会一块儿死……我将不得不像当初对你那样，在大腿或小腿肚子上开道口子，把胎儿藏在里头几个月。感激不尽！游行队伍上来了吗？

墨丘利　他们走得慢，但肯定会上来。

朱庇特　墨丘利，我头一回发现，老实的神明很可能是不老实的人类……那边唱什么歌？

墨丘利　那是听到消息欢欣鼓舞的童贞女，她们来祝贺阿尔克墨涅。

朱庇特　你真觉得没必要淹死这些祭司、惩罚这些童贞女一大早中暑吗？

墨丘利　您究竟想要什么？

朱庇特　哎呀！一个男人所想要的。成千上万种自相矛盾的渴望。我既想要阿尔克墨涅忠于她丈夫，又想要她真心对我投怀送抱。我既想要她在我爱抚时表现贞洁，又想要她看见我就燃烧起禁忌的情欲……我既想要她对这桩计谋一无所知，又想要她表示完全赞同。

墨丘利　我都糊涂了……我完成任务了。正如原先规定好的，全世界都知道，今晚您会上阿尔克墨涅的床……我能为您做点别的吗？

朱庇特　能。让我真正上她的床！

墨丘利　毫无疑问就是要有您昨天说的那种出了名的两情相悦？

朱庇特　是的，墨丘利。这事不再与赫拉克勒斯有关。赫拉克勒斯事件到此为止。幸亏如此。现如今这事与我有关。你要去见阿尔克墨涅，让她准备好我夜里的拜访，向她描绘我的爱情……对她显出原形……利用你那属于次神的单一流体，替我预先刺激她身上的人性。我允许你靠近她，触摸她。先扰乱她的神经，再扰乱她的血性，最后扰乱她的骄傲。此外我提醒你，

|||在她心甘情愿躺在我怀里让我心生欢悦以前，我不会离开这座城邦。我厌倦了这副羞辱的伴装打扮。我要以神的样子去找她。
墨丘利|就该这么办，朱庇特！您若肯放弃微服出行，我保证用不了几分钟，我会说服她在日落时等候您。她正好来了。请您先走一步。
阿尔克墨涅|哦！哦！亲爱的！
回　声|亲爱的！
朱庇特|她在叫谁？
墨丘利|她在对她的回声说安菲特律翁。您还说她不解风情！她不住对这回声说话。她甚至有一面反射话语的镜子。去吧，朱庇特，她来了。
朱庇特|向你致敬，清白纯洁的所在，那么清白，那么纯洁！……你笑什么？莫非你早就听过这句话？
墨丘利|是的，我提前听见了。未来数个世纪在对我叫喊这句话。我们走吧，她来了！

第四场

阿尔克墨涅、厄克里塞

（阿尔克墨涅和乳母厄克里塞从舞台另一头进场。）

阿尔克墨涅|你看来很激动，厄克里塞。
厄克里塞|夫人，我带了马鞭草，他喜爱的花。
阿尔克墨涅|谁喜爱的花？我更爱玫瑰。
厄克里塞|您敢在这样的日子用玫瑰装点房间吗？
阿尔克墨涅|为什么不呢？

厄克里塞　　人们总说朱庇特最恨玫瑰。① 不过，归根到底也许您是对的，对待诸神就像对待普通男人那样。这能教训他们。要我准备那件大红头巾吗？

阿尔克墨涅　　大红头巾？当然不用。朴素的麻布头巾足矣。

厄克里塞　　夫人，您真机灵！您是对的，王宫要有私密气氛，而不是节日光彩。我备下糕点，洗澡水洒了龙涎香。

阿尔克墨涅　　做得好。那是我丈夫最喜爱的香料。

厄克里塞　　确实，您的丈夫也会感到骄傲和快乐。

阿尔克墨涅　　厄克里塞，你是什么意思？

厄克里塞　　亲爱的夫人哦！您将在千秋万代闻名遐迩，说不定我也有份。我是你② 乳母。我的乳汁造就你的姿色。

阿尔克墨涅　　安菲特律翁出了什么好事吗？

厄克里塞　　出了一个王子所能梦想的成就荣耀幸福的好事。

阿尔克墨涅　　是胜利吗？

厄克里塞　　当然是胜利！并且是对最伟大的神明的胜利！您听见了吗？

阿尔克墨涅　　什么音乐，还有这些喧闹？

厄克里塞　　亲爱的夫人，整个忒拜听闻消息。众人欢欣鼓舞地获知，多亏您，我们的城邦在所有城邦中得到神明的偏爱。

阿尔克墨涅　　是多亏你家主人！

厄克里塞　　当然他也得到宠幸。

阿尔克墨涅　　只有他一人！

---

① 与神话传统不甚相符的说法：玫瑰是维纳斯之花，朱庇特不至于恨玫瑰。传统祭司以马鞭草装点、熏香朱庇特圣坛。
② 译按：敬称"您"转换成"你"，原文如此。下文中还有相似的例子。

厄克里塞　不，夫人，是您本人。全希腊在回响您的荣名。祭司们说，今天早晨公鸡打鸣高了一个调子。斯巴达王后勒达正好途经忒拜。从前化身天鹅的朱庇特爱上她。她要求拜访您。她的建议很可能有用。要不要请她进来呢？

阿尔克墨涅　当然……

厄克里塞　夫人啊！要想诸神不误会来索讨他们该得的东西，就不该像我这样天天看您沐浴！

阿尔克墨涅　我听不懂你的话。安菲特律翁是神吗？

厄克里塞　不是。不过他的儿子将是半神。（欢呼声、音乐声。）童贞女们到了。她们在上王宫的路上和祭司们走散了。当然，除艾丽西亚那个破鞋以外，他们拦住她了。夫人，您不必出面，这更妥当些……我来对她们说话吧？……姑娘们，你们问王后在吗？在，在，她在的。（阿尔克墨涅有些焦虑地走来走去。）她正安详地躺在床上呢。她的目光漫不经心地拂过一只突然从天花板吊下的大金球。她右手正往脸颊边放一束马鞭草，左手拨弄几颗钻石，给一只刚从窗户飞进来的大鹰啄食。

阿尔克墨涅　别开玩笑，厄克里塞。用不着这些骗人把戏也能欢庆胜利。

厄克里塞　她的衣裳？你们想知道她穿什么衣裳吗？不，她没有脱光。她穿一件不知用什么布料做的长袍，据说那叫丝绸，染成一种从没见过的红色，据说那叫茜红。腰带吗？为什么不系腰带呢？那边怎么有人在笑？啊！是你呀，艾丽西亚，但愿我能好好管教你！她的腰带是白金嵌绿玉。她会不会替他准备餐点？……她用的香水……

阿尔克墨涅　说够了没有，厄克里塞？

厄克里塞　她们想知道你用什么香水。(阿尔克墨涅做出制止动作。)姑娘们，这是秘密。不过，今夜整个忒拜城将弥漫同一种芳香……她会不会化作一颗半年才能见一回的星星？是的，我会提防着的。过程会是什么样的？好的，童贞女们，我向你们保证，到时我不会对你们隐瞒一个字。再会……她们走了，阿尔克墨涅。她们转身微笑，露出迷人的背！啊！一个微笑足以让背影光彩照人！可爱的姑娘们！

阿尔克墨涅　我从没见你这样发疯过！

厄克里塞　是的，夫人，发疯而且慌张！他会幻化成什么形象？会从天上、地下还是水里前来？会是神明、动物还是人类的模样？我不敢赶走那些鸟儿，他这会儿说不定在里头。我不敢拂逆那头跟着我对我叫的家鹿。它在那儿呢！那头讨人喜欢的小兽，正在门厅踢着前蹄呦呦叫呢！要不要开门让它进来？可谁知道呢？也许他会是这股吹动窗帘的风！我真该换上红窗帘！也许他这会儿正擦过你的老乳母的双肩。我打了个寒战，有一股风吹过我身。啊！我竟赶上一位永生神经过的踪迹！夫人啊！就因为这样，朱庇特是今天最机灵的神明：他的每次存在每个动作都会被视同神明！哦！看哪，是谁从窗户进来了！

阿尔克墨涅　你没看见那是一只蜜蜂吗？……把它赶出去！

厄克里塞　绝对不行！是它！是他，总之他就是它！夫人，求求您不要动！向你致敬，神圣的蜜蜂哦！我们

阿尔克墨涅	猜出你的身份。
阿尔克墨涅	它飞到我跟前,快帮帮我!
厄克里塞	你百般抗拒的模样真美呀!朱庇特逼你跳起畏惧和嬉戏的舞步真是太对了。再没有什么比这更能表现你的纯真和魅力了……它当然会蛰你了。
阿尔克墨涅	可我不想被蛰!
厄克里塞	可爱的一蛰哦!夫人,让它蛰吧!让它停靠在你的脸颊。哦!一定是他,他在找你的乳房!(阿尔克墨涅打死蜜蜂,用脚踢开。)天神啊!你做了什么?怎么?没有雷鸣闪电。该死的虫子!让我们好一场惊慌。
阿尔克墨涅	你究竟是怎么啦,厄克里塞?
厄克里塞	夫人,要不要先接待前来道贺的代表团?
阿尔克墨涅	安菲特律翁明天和我一起接待他们。
厄克里塞	当然,这更自然……我马上回来,夫人。我去找勒达。

第五场

阿尔克墨涅、墨丘利、厄克里塞(后进场)
(阿尔克墨涅略带不安地在房里走了几步。
她一回头,看见墨丘利就在眼前。)

墨丘利	向您致敬,夫人。
阿尔克墨涅	您莫非是位神明,才能这样既大胆又审慎地降临?
墨丘利	声名狼藉的神明,不过确是神明。

阿尔克墨涅　从您的脸庞辨认，莫非是墨丘利？
　　墨丘利　谢谢。其他人类只凭我的脚认出我，或者说认出我脚上的双翼。您说恭维话更机灵，或者说更称职。
阿尔克墨涅　我很有幸看见一位神明。
　　墨丘利　您若想触摸神明，我准许您这么做。看您的手，我承认您有这个权利……（阿尔克墨涅轻轻抚摸墨丘利露出的手臂，又去触摸他的脸。）看得出来，您对诸神很感兴趣。
阿尔克墨涅　我年轻时整天想象他们呼唤他们。他们当中的一位终于降临！……我在抚摸天空呢！……我爱诸神。
　　墨丘利　所有神吗？我也包含在这份爱慕之中？
阿尔克墨涅　大地在细节上爱自己，天空则在整体上爱自己……墨丘利，何况您有这么美的名。听闻您是能言善辩的神……您一现身我就看出来了。
　　墨丘利　从我的沉默看出来吗？您的脸庞也是一句很美的话……您没有特别喜爱哪位神明吗？
阿尔克墨涅　当然有，既然我也特别喜爱凡间的一个男人……
　　墨丘利　哪一位？
阿尔克墨涅　我非要说出他的名吗？
　　墨丘利　要不要我依照官方排名顺序念出诸神的名，您来喊停？
阿尔克墨涅　我现在喊停。就是那头一位。
　　墨丘利　朱庇特？
阿尔克墨涅　朱庇特。
　　墨丘利　您让我吃惊。诸神之王的头衔竟然这么有影响力吗？他游手好闲谁也无法企及，他毫无专长就在神圣工场充当工头，这不会让您反而想离他远点吗？
阿尔克墨涅　他拥有神圣的专长。这挺特别。
墨丘利　他对能言善辩、金银制品以及天上房里的音乐一窍不通。他没有才华。
阿尔克墨涅　他既俊美又忧郁，威严的脸没有一丝儿那些个匠神诗神常有的抽搐。
墨丘利　他确实挺俊，而且好追逐女人。
阿尔克墨涅　您这么说他可不体面。莫非您以为我不能理解那促使朱庇特投入凡间女人怀抱的突来激情究竟有何意义？我是从嫁接的枝芽里头领会到的，你们在天上也许知道，我丈夫发明了樱桃嫁接法。上学的时候，我们也得背诵，只有通过这类神的拜访，并且是和这类有幸身负高贵使命的女人，才能实现美的杂交，甚至与纯种的杂交。我说这些是不是惹您不开心呢？
墨丘利　您让我听得入神……这么说，勒达、达娜厄，所有这些朱庇特爱过或即将爱上的女人，在您看来她们的运命是幸福的吗？
阿尔克墨涅　无比幸福。
墨丘利　让人羡慕吗？
阿尔克墨涅　相当让人羡慕。
墨丘利　简单地说，您是不是羡慕她们？
阿尔克墨涅　我是不是羡慕她们？为什么问这样的问题？
墨丘利　您不羡慕她们吗？您没有猜出我来这儿的原因吗？我来是向您转达我家主人的什么消息吗？
阿尔克墨涅　愿闻其详。
墨丘利　他爱您……朱庇特爱您。

阿尔克墨涅　朱庇特认识我？朱庇特竟不吝知晓我的存在？我真幸运啊！

墨丘利　好些天来，他一直看着您，没错过您的一举一动，您被镌刻在他的闪亮目光中。

阿尔克墨涅　好些天来？

墨丘利　好些个白天夜晚。您脸色发白了！

阿尔克墨涅　可不是，我该脸红才是！……请原谅，墨丘利。我只是感到痛心，这些天来我并不总是配得上这样的目光！您若能预先告诉我就好了！

墨丘利　我该对他说什么呢？

阿尔克墨涅　请转告他，我会努力让自己配得上这份恩宠。王宫中已经设有一座献给他的银圣坛。等安菲特律翁回来以后，我们会再设一座金圣坛。

墨丘利　他想要的可不是您为他设圣坛。

阿尔克墨涅　凡这里的一切全属于他！请他不吝选取一件我最喜爱的物件！

墨丘利　他选好了。今天日落时，他会亲自来索取。

阿尔克墨涅　他选了什么？

墨丘利　您的床榻。（阿尔克墨涅没有表现出过度的惊讶。）请准备好！我刚刚对黑夜下达命令。积攒一个属天神的新婚之夜所需要的光芒和声响，用上整个白天也不算多。与其说是一个夜晚，不如说是您提早进入即来的永生。我很高兴在您尚是有死的时光中插入永生的片刻。这是我送给您的新婚礼物。您笑了？

阿尔克墨涅　就算比这更小的事也让人发笑。

墨丘利　您为什么笑？

阿尔克墨涅　很简单，因为您弄错人了，墨丘利。我是阿尔克

|||墨涅，安菲特律翁是我丈夫。
墨丘利|丈夫与世界的必然法则无关。
阿尔克墨涅|我是最普通不过的忒拜女人。我念书时成绩很差，而且全忘光了。很少有人说我聪明。
墨丘利|我的看法有所不同。
阿尔克墨涅|我提醒您注意，眼下说的不是您而是朱庇特。我不配接待朱庇特。他看见的我是那个被他自身光芒照亮的女人。我身上的光要微弱太多。
墨丘利|从天上看，您的身体照亮了整个希腊的黑夜。
阿尔克墨涅|是的，我有香粉香膏。再用上小钳子小锉刀，我还能看得过去。可是我既不会写也不会思考。
墨丘利|我看您的谈吐足够好了。再说了，未来的诗人们会负责书写您在这一夜说过的话。
阿尔克墨涅|他们大可以费心书写别的东西。
墨丘利|何必用这些言辞贬低他触碰过的东西呢？莫非您以为抹去您身上显露的高贵美貌就能回避诸神？莫非您没弄清楚您扮演多么重要的角色？
阿尔克墨涅|这是我千方百计想对您说的！我不适合这个角色。我生活的环境再人性不过，没有哪个神明能长久忍受这种氛围。
墨丘利|何必想象是长久关系呢？不过几小时的事。
阿尔克墨涅|您不明白。凭我的想象，朱庇特没耐心不让我意外。倒是他的兴趣让我惊讶。
墨丘利|您的身姿在女人中出类拔萃。
阿尔克墨涅|我的身姿，就算是吧。他知道夏天我晒得很黑吗？
墨丘利|在花园里，您的纤手比花儿更美。
阿尔克墨涅|我的手过得去，是的。不过一个人只有两只手。

160

　　　　　　　我还多长了一颗牙。
　　墨丘利　　您的步履满是诺言。
阿尔克墨涅　　这种话没意义。在爱情方面，我相当不成熟。
　　墨丘利　　没必要说谎。这方面朱庇特也考察过您。
阿尔克墨涅　　总是可以装样子……
　　墨丘利　　先别说话，也别假装……我看见什么？阿尔克墨涅，您在流泪吗？为了向您表示敬意，一场喜悦的雨水即将降临人间，您却在哭泣！这场雨是朱庇特的决定。他知道您心地善良，比起一场金子的雨，您更喜爱这样的骤雨。从今夜起，忒拜城将迎来欢乐的一年。再不会有瘟疫、饥荒和战争。
阿尔克墨涅　　我们一向只求这个！
　　墨丘利　　死亡将在本周带走城中的孩子，您真想知道的话，一共八个，四个男孩四个女孩，其中有您的小卡里萨。[①] 由于今夜的缘故，这些孩子也将得救。
阿尔克墨涅　　卡里萨？这是要挟！
　　墨丘利　　诸神的唯一要挟是健康幸福……您听到了吗？这些咏唱，这支乐曲，这份热情，全是献给您的。整个忒拜知道您今夜会接待朱庇特，城里装扮一新，为您欢欣鼓舞。多亏您，病人和穷人才重获生命和幸福，朱庇特在日落时分经过时会治愈他们满足他们。我通知您了。再会，阿尔克墨涅。
阿尔克墨涅　　啊！竟是这样的胜利！墨丘利，您这就走吗？

---

① 此处有轻微的含糊。行文让人误以为卡里萨是阿尔克墨涅的女儿，但阿尔克墨涅没有子女。译按：卡里萨（Charissa）似从"美惠女神"（Χάριτες-Charits）派生而来。

墨丘利　　我这就走。我要去告诉朱庇特您在等他。
阿尔克墨涅　您说谎。我不能等他。
墨丘利　　您说什么？
阿尔克墨涅　我不会等他。求求您，墨丘利。请从我身上移走朱庇特的恩宠吧！
墨丘利　　我不明白。
阿尔克墨涅　我不能做朱庇特的情人。
墨丘利　　为什么？
阿尔克墨涅　他会轻视我。
墨丘利　　别犯傻。
阿尔克墨涅　我不敬神。我常在爱情中渎神。
墨丘利　　您说谎……就这些吗？
阿尔克墨涅　我很累。我病了。
墨丘利　　假的。别以为能用摆脱人类的武器抵抗神明。
阿尔克墨涅　我爱一个男人。
墨丘利　　哪个男人？
阿尔克墨涅　我的丈夫。

　　　　　　（原本朝她倾斜身子的墨丘利重新站直。）

墨丘利　　啊，您爱您的丈夫。
阿尔克墨涅　我爱他。
墨丘利　　可我们都知道啊！朱庇特不是男人，从来不在不忠的妻子里挑选情人。再说了，您不必过分装天真。我们知道您的梦。
阿尔克墨涅　我的梦？
墨丘利　　我们知道您梦见过什么。忠实的妻子偶尔也会做梦，她们在梦中未必躺在丈夫怀里。
阿尔克墨涅　她们没有躺在任何人怀里。
墨丘利　　这些叫人信得过的妻子偶尔会称呼自家丈夫为朱

庇特。我们听见您这么喊过。

阿尔克墨涅　我丈夫有可能是朱庇特。朱庇特不可能是我丈夫。

墨丘利　真是人们通常说的固执到家！不要逼我生硬地说话，戳穿您那自以为是的天真的底细。我认为您说话放肆。

阿尔克墨涅　既然我赤身裸体被人抓住，只好赤身裸体捍卫我自己。您没有留给我选择话语的余地。

墨丘利　既如此，我也不卖关子。朱庇特坚决不肯伴装成男人上您的床……

阿尔克墨涅　您不妨搞清楚，我也不接待女人。

墨丘利　我们看得很清楚，自然界的某些景象某些香气和某些形貌会在您的身心引起轻微不快，您常常对人对物心生纷乱的畏惧，就算躺在安菲特律翁怀里也不能免。您喜欢游水。朱庇特大可以变成水，包围您，强迫您。或者以一株植物一头动物的形貌接受诸神之主的恩宠，如果您觉得这样能避免显得不忠，那么说出来，他会让您如愿的……您喜爱哪种猫科动物？

阿尔克墨涅　饶了我吧，墨丘利。

墨丘利　您说一个字，我就走。阿尔克墨涅，有个孩子必须从今夜的幽会中诞生。

阿尔克墨涅　想必这孩子连名儿也有了？

墨丘利　这孩子叫赫拉克勒斯。

阿尔克墨涅　可怜的小女孩儿，她不会出生的。

墨丘利　是个男孩儿，他会出生的。所有那些尚在蹂躏大地的怪兽，所有那些扰乱创世大业的混沌碎片，将由赫拉克勒斯承担摧毁和消灭它们的使命。您与朱庇特结合是早注定下的事。

阿尔克墨涅 如果我拒绝呢？

墨丘利 赫拉克勒斯必须出生。

阿尔克墨涅 如果我杀了自己呢？

墨丘利 朱庇特会让您复活。这个儿子必须出生。

阿尔克墨涅 私通生下的儿子，坚决不行。就算他是属天的儿子，迟早也有一死。

墨丘利 诸神的耐心是有限度的，阿尔克墨涅。您轻视诸神的礼貌。您在自讨苦吃。我们只不过在征求您的同意。您知道昨天……

（厄克里塞闯进来。）

厄克里塞 夫人……

阿尔克墨涅 什么事？

墨丘利 想必是安菲特律翁？

厄克里塞 不是的，大人。勒达王后到王宫了。也许我该请她先回去？

阿尔克墨涅 勒达……？不！请她留下！

墨丘利 好好招待她，阿尔克墨涅，她会给您很好的建议。我要走了，我得向朱庇特报告我们的谈话。

阿尔克墨涅 您会转达我的答复吗？

墨丘利 莫非您执意要眼看城邦毁于瘟疫或火灾？眼看您的丈夫战败丧失荣誉地位？我会告诉朱庇特您在等他。

阿尔克墨涅 您说谎。

墨丘利 女人以清晨的谎言造就夜晚的真相。今晚见，阿尔克墨涅。

（他退场。）

阿尔克墨涅 她是什么样子，厄克里塞？

厄克里塞　她的长袍吗？银色带天鹅绒滚边，不过很淡雅。
阿尔克墨涅　我是问她的脸……严厉而傲慢？
厄克里塞　高贵而安详。
阿尔克墨涅　去吧，快去，请她进来。我有个主意，绝妙的主意！也许勒达能救我。

（厄克里塞退场。）

第六场

勒达、阿尔克墨涅、厄克里塞（后进场）

勒　达　冒昧拜访，阿尔克墨涅。
阿尔克墨涅　欢迎之至，勒达。
勒　达　这就是即将流芳史册的房间吗？
阿尔克墨涅　我的房间。
勒　达　大海和群山，您收拾得真好！
阿尔克墨涅　尤其天空……
勒　达　他对天空也许无所谓……是今晚吗？
阿尔克墨涅　据说是今晚。
勒　达　怎么发生的呢？莫非您日日郑重祷告，倾诉苦痛和乡愁？
阿尔克墨涅　不。我祷告只会倾诉满足和幸福……
勒　达　这是求助的最佳方法……您见过他吗？
阿尔克墨涅　没有……他派您来的吗？
勒　达　我经过忒拜听闻消息，就来拜访您。
阿尔克墨涅　您不打算再见他吗？
勒　达　我从未见到他！……您不知道那场艳遇的细

节吗？

阿尔克墨涅　勒达，传说是真的吗？他化身成一只真的天鹅吗？

勒　　达　啊！您对这个感兴趣！从某种程度来说，像是鸟状的云朵，天鹅形状的阵风。

阿尔克墨涅　有真的天鹅绒毛吗？

勒　　达　老实说，阿尔克墨涅，我希望他不要幻化成同一个样子来见您。倒不是嫉妒，不过请让我保留一点特色。有那么多种鸟儿，好些比天鹅更珍稀！

阿尔克墨涅　和天鹅一样高贵，比天鹅更冷淡，这样的鸟极少！

勒　　达　当然。

阿尔克墨涅　我想它们的神态不像鹅或鹰那么蠢。至少它们会唱。

勒　　达　确实会唱。

阿尔克墨涅　无人听见天鹅唱，但它们会唱。他呢，他唱了吗？他说话了吗？

勒　　达　一连串发音清晰但语意不明的鸟的鸣啭，句法极其纯粹，让人猜出鸟族的动词和关系代词。

阿尔克墨涅　他的羽翼是不是真能发音，发出悦耳的噼啪响？

勒　　达　千真万确，像蝉儿那样，但少些金属质感。我用手指头触摸那些生成的羽翼：简直像一台羽毛做成的竖琴！

阿尔克墨涅　您事先知道他的选择吗？

勒　　达　当时是夏天。夏至以来，大天鹅在群星之间高高飞行。正如我丈夫开玩笑说的，我刚好属天鹅星座。

阿尔克墨涅　您丈夫对这种事开玩笑吗？

勒　达　　我丈夫不信诸神。所以，他只能将这场艳遇看成一种想象或者一个文字游戏。倒是挺方便的。

阿尔克墨涅　　您当时感到混乱和惊奇吗？

勒　达　　困顿，温柔的困顿。突然之间，抚摸我的不再是宛如受囚的群蛇的手指，不再是形同伤残的翅膀的手臂，带走我的不再是大地的运动，而是星辰的运行，某种永恒的摇摆。简单说来，那是一次美的旅行。过一会儿您会比我更清楚。

阿尔克墨涅　　他是怎么离开您的？

勒　达　　当时我平躺着。他直升至我的天顶。他让我拥有几秒钟超人类的远视能力，好让我追随他直到天顶的天顶。我在那里和他分手。

阿尔克墨涅　　那以后呢？再没有他的消息吗？

勒　达　　有他的恩宠，有祭司们的礼遇。偶尔我在沐浴时，一只天鹅的印子会落到我身上，用什么肥皂也洗不掉……一株见证那件事的梨树在我走过时会低垂下树枝。话说回来，我肯定受不了这种私通关系，哪怕和神明也不行。再来一次拜访也许无妨。可他不在乎这些礼仪。

阿尔克墨涅　　也许还有机会补救！自那以后您幸福吗？

勒　达　　幸福，啊呀，那可没有！不过至少幸运。您会发现，这场意外让您的全部存在永远地松弛下来，您的全部生活因此受惠。

阿尔克墨涅　　我的生活并不紧张。话说回来，我不会见他。

勒　达　　您会感觉到的。您会发现，您与丈夫的拥抱从此摆脱某种痛苦的无意识，某种剥夺家庭游戏魅力的必然性……

阿尔克墨涅　　勒达，您认识朱庇特，您觉得有没有使他让步的可能？

勒　达　　　我认识他？我只见过他化成鸟的样子！

阿尔克墨涅　可是，依据他化成鸟的举动，他作为神的性格会是什么样呢？

勒　达　　　思维连贯流畅，极不了解女人。不过，他听从细微征兆，感激诸种帮助……为什么这么问呢？

阿尔克墨涅　我决定拒绝朱庇特的恩宠。求求您！您肯救我吗？

勒　达　　　救您摆脱荣耀吗？

阿尔克墨涅　首先我配不上这份荣耀。您在王后中最美丽，也最有才智。除了您还有谁能听懂鸟族歌唱的句法呢？您不是还发明书写吗？

勒　达　　　不能指望诸神。他们永远发明不了阅读……

阿尔克墨涅　您精通天文学。您知道您的天顶和天底各在何处。我却分不清这两者。您像一颗星一般安顿在宇宙中。科学给女人身体带来某种酵母，某种让男人和诸神发疯的深度。看见您就能明白，与其说您是女人，莫若说您更像一尊活的雕像，总有一天您的大理石子嗣将会装点世界的各个角落。

勒　达　　　而您除了年轻貌美一无所是，正如世人所言。您究竟想怎样，亲爱的女孩儿？

阿尔克墨涅　我情愿自杀也不能忍受朱庇特的爱情。我爱我丈夫。

勒　达　　　一旦上了朱庇特的床，您恰恰不可能爱别人。没有哪个男人或神明敢碰您。

阿尔克墨涅　若果如此，我将被判去爱我丈夫。我对他的爱将不再是自由选择的结果。他将永无可能原谅我！

勒　达　　　说不定这是迟早的事，不如让神明开这个头。

阿尔克墨涅　救救我，勒达！报复朱庇特吧！他只拥抱过您一次，竟以为光凭一株梨树的致敬就能安慰您。

勒　达　如何报复一只可怜的白天鹅呢？

阿尔克墨涅　用一只黑天鹅报复。我来解释。您可以替代我！

勒　达　替代您！

阿尔克墨涅　这扇门后有间幽暗的密室，全按休憩的需求收拾好了。您戴上我的面纱，洒上我的香水。朱庇特会上当的，这也是为他好。女友之间不就应该互相帮助吗？

勒　达　是的，经常如此，心照不宣……可爱的女人！

阿尔克墨涅　您为什么笑？

勒　达　无论如何，阿尔克墨涅，也许我真该听您的话！我越是听见您，越是看见您，越是相信命运的到访很可能毁掉太多人类乐趣，我也越是为拉您参加聚会感到顾虑重重。在回归年的庆典上，朱庇特爱过的女人会在高耸的海角齐聚一堂。

阿尔克墨涅　那场诸神狂欢的出名聚会？

勒　达　诸神狂欢？这是诽谤。不如说是普遍思想的狂欢，亲爱的女孩儿。我们在那上头绝对是在自己人中间！

阿尔克墨涅　你们在那儿做什么？我能知道吗？

勒　达　您不一定能明白，亲爱的女友。所幸抽象语言不是您的强项。您明白"原型""思想力"和"中心点"这些字眼吗？

阿尔克墨涅　我知道"中心点"。那是肚脐的意思，对吗？

勒　达　我们一整天躺在岩石或长满水仙的稀疏草地，在一簇簇原初概念的启示下，我们代表某种形式的超乎美的神圣展现，并且这一回我们不是构想而

	是切实感觉到宇宙的诸种冲动在我们身上成形，我们被视为世界的诸种可能性的核心或子宫。如果我这样说，您能明白吗？
阿尔克墨涅	我明白这是极其严肃的聚会。①
勒 达	无论如何，极其特别！迷人的阿尔克墨涅，在类似的聚会里，您的魅力至少有一半缺乏根据！您是这么活泼快乐，这么自愿过蜉蝣般的人生！我想您是对的。您生来不是要充当某个母题，而是要做最亲切的人性子题。
阿尔克墨涅	谢谢，勒达！您会救我的！人们最热衷于救蜉蝣！
勒 达	我很愿意救您，亲爱的阿尔克墨涅。一言为定。不过我想知道得付出多少代价！
阿尔克墨涅	什么代价？
勒 达	朱庇特会幻化成什么形貌前来？至少得是我爱的模样。
阿尔克墨涅	啊！我不知道。
勒 达	能搞清楚的。他会扮成经常出没在您的欲望和梦中的形貌。
阿尔克墨涅	我一个也看不见。
勒 达	但愿您不爱蛇。我最讨厌蛇。可别指望我这个……除非是漂亮的蛇，浑身戴金环。
阿尔克墨涅	没有什么动物植物经常出没在我脑中……
勒 达	我也不接受矿物石。说到底，阿尔克墨涅，您有什么敏感点？
阿尔克墨涅	我没有敏感点。我爱我丈夫。

---

① 这个神话或混合了柏拉图的理念和歌德对母亲的相关说法。

勒　达　这就是敏感点！肯定是这样！您会在这一点上被征服。您从没爱过别的男人吗？

阿尔克墨涅　一向如此。

勒　达　我们居然没想到！朱庇特的计谋会是最简单的计谋。我一见您就感觉到了，他爱您身上的人性，和您相处的乐趣在于，从您的私密习惯和真正欢愉中认识人类身份的您。只需使个花招就能做到，那就是化身成您丈夫。不必怀疑，您的天鹅就是安菲特律翁！只等您丈夫不在家，朱庇特就会乘虚而入让您上当。

阿尔克墨涅　您吓到我了。安菲特律翁不在家！

勒　达　不在忒拜吗？

阿尔克墨涅　昨天夜里出发去打仗。

勒　达　何时回来？一支军队不可能打不超过两天的仗吧？

阿尔克墨涅　恐怕是这样。

勒　达　阿尔克墨涅，今天夜里朱庇特会扮成您丈夫的模样闯进门，您会毫不怀疑地委身于他。

阿尔克墨涅　我承认会是这样。

勒　达　至少这一回，男人总算是出自神的手笔。您会上当的。

阿尔克墨涅　确实。他会是更完美、更聪明、更高贵的安菲特律翁。我看他一眼就会恨他。

勒　达　当年他是只大天鹅，我却没能从河里的小天鹅边认出他……

（厄克里塞进场。）

厄克里塞　有人报信，夫人，是意想不到的消息！

勒　达　安菲特律翁到了！

厄克里塞　　您怎么知道？是的，王子很快就到王宫。我看见他骑马越过护城河。

阿尔克墨涅　从来没有人骑马越过护城河！

厄克里塞　　他策马一步跳过了。

勒　达　　他是一个人吗？

厄克里塞　　是一个人。不过好似被一支看不见的骑兵队簇拥着。他浑身发光。没有一丝打仗回来常有的疲惫神情。相比之下，初升的太阳也显得苍白。就像一大块强光跟着一个人影。夫人，我该怎么办？朱庇特就在附近，我家主人会招惹诸神愤怒。他走进护墙环路的时候，我好似听到一声雷鸣……

阿尔克墨涅　去吧，厄克里塞。

（厄克里塞退场。）

勒　达　　现在您信了吧？那是朱庇特！那是假安菲特律翁。

阿尔克墨涅　那好！他会遇到假阿尔克墨涅。多亏您，亲爱的勒达！我恳求您，让我们把这出即来的诸神悲剧转化成女人们的一点乐子吧！让我们复仇吧！

勒　达　　您丈夫长什么模样？有他的画像吗？

阿尔克墨涅　在这儿。

勒　达　　长得不坏……我喜欢这对漂亮眼睛，几乎看不见眼珠子，跟雕像似的。如果雕像能说话有感觉，我情愿爱上雕像。他是棕发吗？但愿不是鬈发吧？

阿尔克墨涅　勒达，他是暗色头发，像乌鸦的翅膀。

勒　达　　军人身材？粗糙皮肤？

阿尔克墨涅　当然不是！浑身是肌肉，但柔韧极了！

勒　达　　您不介意我抢走您爱的身体样貌吧？

阿尔克墨涅　保证不会。
勒　达　您不介意我抢走您不爱的神明吧?
阿尔克墨涅　他来了。跟我来。
勒　达　就是那间密室?
阿尔克墨涅　是的。
勒　达　不用在黑暗中下台阶吧? 我讨厌踩空。
阿尔克墨涅　地板光滑又平坦。
勒　达　放沙发的那面墙不是铺大理石吧?
阿尔克墨涅　上等羊毛挂毯。您不会在最后时刻动摇吧?
勒　达　我承诺过的。我很看重友谊。他来了。您先逗他一会儿,再让他过来。也许有一天真安菲特律翁会让您难过,不妨先报复假安菲特律翁……

第七场

阿尔克墨涅、安菲特律翁

奴隶的声音　主上,马儿怎么办? 它们累坏了。
安菲特律翁　无所谓。我得马上走。
阿尔克墨涅　他对马儿无所谓,这不是安菲特律翁。

（安菲特律翁向她走近。）

安菲特律翁　是我!
阿尔克墨涅　不是另一个,我知道。
安菲特律翁　你不拥抱我吗,亲爱的?
阿尔克墨涅　过会儿,如果你想的话。这儿太亮。过会儿,去那间密室吧。
安菲特律翁　这就去吧! 我箭一般飞奔回来就为了这一刻。

阿尔克墨涅　还越过岩石，趟过河流，跨过晴空呢！不，不，到太阳光里来，让我看看你！你不害怕让妻子看吧？你知道的，她熟悉这张脸上的每处美每个斑点。

安菲特律翁　这就来，亲爱的，这张顶像样的脸。

阿尔克墨涅　确实仿得顶像。寻常的妻子想必会上当。全在上头呢！这两道忧伤的皱纹用来微笑，这块好笑的凹沟用来流泪，这些鬓角边的纹路用来标记岁数，也不知是什么鸟的爪痕，想必是朱庇特的鹰？

安菲特律翁　亲爱的，是我的鱼尾纹。通常你会亲吻它们。

阿尔克墨涅　这一切全像我丈夫！不过少了昨天那条抓痕。古怪的丈夫呦！从战场回来反倒少了一道伤疤。

安菲特律翁　空气治疗伤口很有效。

阿尔克墨涅　战斗的空气，这倒是人尽皆知！瞧这对眼睛。哦！亲爱的安菲特律翁，你出门时有一双欢快坦诚的大眼。现如今为何右眼沉重？为何左眼闪烁虚伪的光？

安菲特律翁　夫妻不该经常互相注视，否则难免有意外发现……来吧……

阿尔克墨涅　等一下……你的眼里飘过浮云，我从前不曾注意到……我的朋友啊！不知你今晚怎么啦，我看着你感觉眩晕，我仿佛产生过去的知识和未来的预知……我猜出远方的世界和秘密的科学。

安菲特律翁　亲爱的，亲热前总是这样。我也是。会过去的。

阿尔克墨涅　这不同寻常的宽额头在想什么？

安菲特律翁　想美丽如一的阿尔克墨涅。

阿尔克墨涅　这越挨越近的脸在想什么？

安菲特律翁	想吻你的唇。
阿尔克墨涅	我的唇？你以前从没说起我的唇？
安菲特律翁	想轻咬你的颈。
阿尔克墨涅	你疯了吗？你以前没有勇气称呼我身上的任何部位！
安菲特律翁	昨天夜里我很自责，我想喊出它们的名儿。我在军队点名时突然生出念头。今天我要叫它们挨个儿点名喊到：睫毛、喉咙、颈部、牙齿。你的唇！
阿尔克墨涅	还有我的手。
安菲特律翁	怎么啦？我扎疼你啦？让你不舒服吗？
阿尔克墨涅	昨天夜里你睡在哪儿？
安菲特律翁	荆棘丛里，头枕一捆枝蔓。醒来一把火烧了！……亲爱的，我得马上走，今天早晨要开战……来吧！你怎么啦？
阿尔克墨涅	我总能摸摸头发吧。你的头发从来没有这么发亮干燥！
安菲特律翁	肯定是风吹的！
阿尔克墨涅	风是你的奴仆。你的头颅突然不一样了！我从没见过这么让人肃然起敬的头颅。
安菲特律翁	那是才智，阿尔克墨涅。
阿尔克墨涅	才智是你的女儿……
安菲特律翁	这是我的眉毛，既然你坚持想知道，我的枕骨，我的颈部静脉……亲爱的阿尔克墨涅，为什么你一碰我就浑身发抖呢？你像未婚妻不像妻子。你在丈夫面前怎么突然羞怯起来？你瞧，你在我眼里也成陌生人啦。今天我的全部发现都是新的……

阿尔克墨涅　肯定是这样……
安菲特律翁　你不想要什么礼物吗？你没有什么心愿吗？
阿尔克墨涅　在进房间以前，我希望你用唇吻我的发丝。
安菲特律翁　（抱住她，吻她的脖子）好了。
阿尔克墨涅　你在干吗？我是说，远远地吻我的发丝。
安菲特律翁　（吻她的脸）好了。
阿尔克墨涅　你没说话。我在你眼里莫非是秃头吗？
安菲特律翁　（吻她的唇）好了……现在我带你去……
阿尔克墨涅　等一下！等一下再进来！等我叫你，我的爱人！

（她进房。安菲特律翁一个人等着。）

安菲特律翁　多么可爱的妻子！这不带嫉妒和风险的生活多么甜美，这阴谋和贪恋不会损及的布尔乔亚幸福多么甜美！无论黎明还是黄昏回到王宫，我只会发现我自己藏好的东西，只会与安静不期而遇……我能进来吗，阿尔克墨涅？……她不答话：我了解她，这说明她准备好了……多么体贴啊！她用沉默向我示意。这是怎样的沉默啊！这沉默在发出回响！她在召唤我！好的，好的，我来了，亲爱的……

（他进房，阿尔克墨涅悄悄走回来，面带微笑跟在后头，掀起帷幔，回到舞台中央。）

阿尔克墨涅　好了，游戏玩过了！他在她怀里了。别再对我说世界太邪恶。一个小姑娘的简单游戏足以让一切变得无足轻重。别再对我说命运太残酷。这只会因人的懦弱应运生成。男人的诡计和诸神的欲望比不过一名贤妻的意愿和爱情……你同意吗，回声？你总是给我最佳建议……我忠实可靠，何必畏惧诸神和男人？没有，没有什么可畏惧的，

　　　　　　　对吗？
　　回　声　有！有！
阿尔克墨涅　你说什么？
　　回　声　没有！没有！

　　　　　　　　　　　　　　　　　（幕落）

第三幕

（王宫附近的露台）

第一场

索希亚、小号手、厄克里塞、舞者（后进场）

小号手　今晚你公告什么？
索希亚　女人。
小号手　好极了！女人的危险？
索希亚　战时妻子们的忠贞自然状态……作为特例，此次公告可能兑现，战争只持续一天。
小号手　快念吧。

（他吹响小号。）

索希亚　忒拜人哦！战争在诸多益处之外……
厄克里塞　打住。
索希亚　怎么？厄克里塞，战争结束啦！你面前站着两个凯旋者。我们比军队早到一刻钟。
厄克里塞　我说打住。听哪！
索希亚　听你不说话，这倒新鲜。

厄克里塞　不是我说话，是上天在说。天上的声音向忒拜人宣告某个未知英雄的丰功伟绩。

索希亚　未知？你是说小赫拉克勒斯吗？阿尔克墨涅必须在今夜怀上的朱庇特之子吗？

厄克里塞　你都知道啦！

索希亚　全军都知道啦。你问小号手。

小号手　请相信我，全军上下欢欣鼓舞。战士将领一致认为，我军此战迅速报捷，须得归功这一幸事。夫人，没有一个战死者，战马全是左腿受伤。唯独安菲特律翁还不知情。不过，他想必从天上的声音收到消息了。

厄克里塞　安菲特律翁从平原能听到声音吗？

小号手　一字不漏。众人聚在王宫脚下。我们一块儿听的。真是惊心动魄！特别是您家未来小主人与牛头怪兽的那场小搏斗，大伙儿听得喘不过气。赫拉克勒斯勉强脱险……注意听！这是后续故事。

天上的声音　忒拜人哦！牛头怪兽铲除不久，一条龙停在城门前。龙有三十个脑袋，专吃人肉，你们的肉，只有一个脑袋吃素。

人　群　哦！哦！哦！

175　天上的声音　阿尔克墨涅今夜即将怀上的朱庇特之子赫拉克勒斯啊！他用一张三十根弦的强弓射穿那三十个脑袋。

人　群　呀！呀！呀！

小号手　我不明白他干吗射穿那个吃素的脑袋。

索希亚　看哪！阿尔克墨涅在阳台。她全听见了。朱庇特真机智！他知道王后想生孩子，向她描述赫拉克勒斯，这样她才会爱上他，任凭他征服。

厄克里塞　可怜的夫人！她是迫不得已。这巨人般的儿子困

	住了她，把她像孩子般抱住了。
小号手	我若是朱庇特，就让赫拉克勒斯说话。阿尔克墨涅会更兴奋。
索希亚	闭嘴！那个声音在说话！
天上的声音	我将从父亲朱庇特那里继承平坦的小腹和卷曲的头发。
人　群	哦！哦！哦！
厄克里塞	诸神和你想法一样，小号手。
小号手	是的，比我慢了点。
天上的声音	我将从母亲阿尔克墨涅那里继承温柔忠诚的目光。
厄克里塞	小赫拉克勒斯，你母亲在这儿。你看见她了吗？
天上的声音	我看见了，我敬仰她。
人　群	啊！啊！啊！
索希亚	你家夫人怎么猛地关窗？竟然打断天上的声音，真过分！厄克里塞，她拉着奔丧的脸是什么意思？王宫为什么气氛阴郁？这种时候，节日彩旗早该飘扬在风中。军中盛传，你家夫人请来勒达征求最终建议，她俩一整天又是玩又是笑。莫非不是真的？
厄克里塞	是真的。不过勒达一小时前走了。她刚走，天上的声音就宣告朱庇特在日落时分来拜访。
索希亚	祭司们证实这个消息啦？
厄克里塞	他们刚走。
索希亚	阿尔克墨涅准备好啦？
厄克里塞	我不知道。
小号手	夫人，忒拜城里盛传让人难堪的消息。关于您家夫人和您本人。传说要么出于幼稚要么故作姿态，阿尔克墨涅假意不欣赏朱庇特的恩宠，一心阻拦救世主降生人间。
索希亚	是的。传说你在这桩弑婴罪行中协助她。

厄克里塞　怎么能诬陷我！我迫切地期盼这个孩子！你想想，我会和他最先展开拯救大地的征战。我会在十年间为他扮演七头蛇和牛头兽！我会让他习惯那些怪兽发出的吼叫！

索希亚　别急。说说阿尔克墨涅。忒拜真不体面，竟献给诸神一位阴郁不快的王后！她真的千方百计阻挠朱庇特的计划吗？

厄克里塞　恐怕是这样。

索希亚　也不想想，万一真找到办法，忒拜就完了，城里会起瘟疫和暴动，安菲特律翁会被人群用石头砸死。忠诚的妻子全一个样，只顾自己忠诚，完全不顾丈夫。

小号手　放心吧，索希亚！她不会找到办法，朱庇特不可能变更计划。神明的属性是固执。人类若能顽固到底也就成神明了。瞧瞧那些学者！他们之所以从空气或金属提取属神的秘密，仅仅因为犯上了倔脾气。朱庇特是固执的。他会发现阿尔克墨涅的秘密。一切准备就绪，只等他来。好比一次月食。全忒拜城的小孩为了看见神王的赛车驶过而不至于害眼病，忙着把玻璃片熏黑，还烧痛手指头。

索希亚　你通知乐人和厨师啦？

厄克里塞　我准备了萨摩斯岛产的葡萄酒和一些甜点。

索希亚　瞧呀！乳母只知私通不知婚姻。看来你没明白，这不是一次幽会，而是一场婚礼，真正的婚礼！聚会呢？人群呢？朱庇特要求每次爱的行动都有人群环绕四周。这么迟了你想叫谁来呢？

厄克里塞　我正想去城里召集所有穷人、病人、残疾人和天生丑陋的人。我家夫人要他们聚集在朱庇特经过的路上，以便触摸他，求得他怜悯。

小号手　召集一群驼子跛子欢迎朱庇特！向他展示这世界有他所不知的缺陷，这会让他恼火的！您不能这么做……

厄克里塞　我不得不这么做！我家夫人下了命令。

索希亚　她错了。小号手说得有理。

小号手　向创造我们的神证明创世失败了，这是罪过。他对这世界殷勤和气，恰恰因为他认为这世界是完美的。如果看见我们长着罗圈腿或只有一条胳膊，如果知道我们为黄疸病和肾结石而受苦，他会对我们发怒。更不用说他宣称是按自己的形象来创造我们人类：谁照到难看的镜子都不痛快。

厄克里塞　他也透过天上的声音召唤忒拜城中的不幸者。

小号手　他会见到的。我听到那声音说的，刚刚已全办妥了。这些不幸者只需促使他对人类的不幸形成高贵想法。不必担心，索希亚，一切就绪。我带来一支瘫痪者的特殊团队。

厄克里塞　瘫痪者不可能走上王宫！

小号手　她们全走上来啦，您马上会看见。进来吧，姑娘们，进来吧！让诸神之王看看你们可怜的肢体。

（一群年轻舞女进场。）

厄克里塞　这是舞女！

小号手　她们是瘫痪者。至少在朱庇特面前她们会被介绍成瘫痪者。她们将代表神王所知的人类最严重的残疾状况。还有十来个歌女等在小灌木丛后，她们将扮成哑巴咏唱圣歌。作为点缀，还有几个巨人扮作侏儒。朱庇特看到这群不幸者不会因创世而羞红脸，将会满足你家夫人和忒拜人的诸种心愿。他会从哪里来？①

厄克里塞　祭司们说，他将背对太阳而来。今天日落时分会有双层火烧云。

小号手　他必须在光亮中看见面包店老板娘的脸。安排几个在那里。她们将扮成麻风病人。

舞者之一　我们呢？小号手先生，我们做什么？

索希亚　跳舞。我猜你们只会这个吧？

舞者之一　跳哪支舞？严重脱离者的符号体系？

索希亚　不能有热情。别忘了在朱庇特眼里你们是跛子。

舞者之一　啊！为朱庇特跳舞。我们有鳟鱼的步态和模仿闪电的颤动，这能讨他欢喜。

小号手　不要有幻想。诸神从高处而不是从下面看见舞者，这足以说明他们为何不像人类那样对舞蹈有感觉。朱庇特更喜爱浴女。

舞者之一　我们正好有一支名为《波浪》的舞，全是大腿以上的旋后动作。

小号手　告诉我，索希亚，那个爬上山谷的战士是谁？是安菲特律翁吗？

厄克里塞　确实是安菲特律翁。天啊！我在打哆嗦。

索希亚　我倒不觉得难堪。此人有判断力和怜悯心。他会让妻子回心转意。

舞者之一　瞧他跑得多快！

小号手　我理解他为什么着急。许多丈夫把妻子搞得筋疲力

---

① 厄克里塞与小号手的对话让人想到福音书中耶稣治愈病人和残疾人的相关段落。不过，小号手的战略有可能源自叶卡特琳娜二世视察克里米亚期间的普谭金。另一种参考可能性是歌德的法语诗，传说玛丽王后出巡斯特拉斯堡期间，城里的残疾人和乞丐全被关起来，歌德作诗对比耶稣基督的神迹，讽喻这件事（*Souvenirs de ma vie. Poésie et vérité*. Trad. Pierre du Como, bier, Paris, Aubier, pp.234—235）。

尽，就是要让她们在神的怀里只剩一具没有灵魂的身体……来吧，姑娘们。我们会配合你们准备好音乐。多亏我俩，这场仪式终将不辱来访的贵客。我们来得是时候……索希亚，快念公告吧。

(他吹响小号。)

索希亚 忒拜人哦！战争在诸多益处之外往女人的身上披挂一件不带接缝的钢铁护身甲，无论欲望还是手指均无可能伸入……

第二场

安菲特律翁、厄克里塞

(安菲特律翁做手势打发走索希亚和小号手。)

安菲特律翁 厄克里塞，夫人在吗？
厄克里塞 在，大人。
安菲特律翁 在房里？
厄克里塞 是的，大人。
安菲特律翁 我等她……

(天上的声音在一片寂静中回响。)

天上的声音 阿尔克墨涅今夜即将怀上的朱庇特之子深知女人无一忠实，贪恋幸福逢迎荣耀。
人　群 啊！啊！啊！
天上的声音 他诱惑她们，耗光她们的精力又抛弃她们。他辱骂被冒犯的丈夫。他死在她们手里……
人　群 哦！哦！哦！

第三场

阿尔克墨涅、安菲特律翁

阿尔克墨涅 怎么办,安菲特律翁?
安菲特律翁 怎么办,阿尔克墨涅?
阿尔克墨涅 还没全完呢,既然他让你先到!
安菲特律翁 他几点到?
阿尔克墨涅 再过几分钟,啊呀!就在日落时分。我不敢看天边!你能在鹰看见你以前先看见鹰。你没发现天上有什么吗?
安菲特律翁 有颗没吊好的星星摇摇欲坠。
阿尔克墨涅 那是他经过!你有什么计划吗?
安菲特律翁 我的声音,我能说话,阿尔克墨涅!我要劝朱庇特!我要说服他!
180 **阿尔克墨涅** 可怜的朋友!你从未说服过世间任何人,除我以外,而且不是凭靠说话。我最怕朱庇特和你密谈。谈完你会无比绝望,甚至把我让给墨丘利。
安菲特律翁 这下全完了,阿尔克墨涅!
阿尔克墨涅 相信他的善心吧……我们在节庆迎贵宾的地方等他。我感觉他对我们的爱情一无所知。要让他从奥林波斯高处看见我们肩并肩站在门槛,要让夫妻形象逐渐打消他原先孤立的女人形象……抱着我!紧紧搂住!在亮处吻我!让他看清楚夫妻二人实乃同一个生命体。天上始终没有动静吗?
安菲特律翁 黄道带动弹了,想是被他碰了一下。我还搂着

|||你吗？
阿尔克墨涅|||不用。平庸做作的关系没用。就让我们之间保留一段甜美的间隔，一扇温柔的门户，真正的夫妻都如此，孩子啊猫啊鸟啊喜欢从中间穿过。

（人群喧哗和音乐。）

安菲特律翁|||祭司们放出信号了。他不远了……阿尔克墨涅，我们要在他面前道别，还是现在道别？先得想好。

天上的声音|||（宣告）阿尔克墨涅与安菲特律翁道别！

安菲特律翁|||听到了吗？

阿尔克墨涅|||听到了。

天上的声音|||（重复）阿尔克墨涅与安菲特律翁道别！

安菲特律翁|||你不害怕吗？

阿尔克墨涅|||亲爱的，你没有遇到这样的时候吗？当生活突然放大时，你感觉有个未知声音在你身上为这些时刻命名。我们第一次相见那天，我们第一次在海里沐浴那天，你听到有个声音在你身上高喊：安菲特律翁的订婚礼！阿尔克墨涅的初次海水浴！不是这样吗？今天诸神的临近无疑带来隆重的气氛，此时此刻的无声名号在发出回响。我们道别吧。

安菲特律翁|||坦白说我不苦恼，阿尔克墨涅。打从我认识你的那一刻起，我就把这声道别放在心里，不像最后的呼唤，而像某种特别温柔的宣告，某种全新的招供。出于偶然，我今天不得不喊出来，这也许是你我生命终结的日子，理论上倒也合乎时宜。然而，在我们最快乐的时刻，在我们的结合完全不受威胁的时刻，向你道别的需求总让我心情沉

重，让我心中膨胀上千次无名爱抚。

阿尔克墨涅　上千次无名爱抚？那是什么？

安菲特律翁　我清楚地感到我要对你说出全新的秘密。对着这张我看不到一道皱纹的脸，对着这双我看不到一滴泪的双眼，对着这些绝不会掉一根的睫毛！我要斗胆发出心愿。那就是道别。

阿尔克墨涅　别提细节，亲爱的。否则的话，我身上那些没有被你提到的部位将因为被忽略而在赴死时痛苦不堪。

安菲特律翁　你说死亡真的在等我们吗？

阿尔克墨涅　不！朱庇特不会杀我们。他会报复我们拒绝他，最有可能的做法是将我们变形。他会抹杀我们的趣味和共同欢乐。他会把我们变成不一样的生物。又一对以爱情著称的夫妻彼此分离，原因不是仇恨，而是种族差异：夜莺与癞蛤蟆、柳树与鱼……我不能继续给他出主意！往常就连你用勺子我用叉子，我也觉得吃饭的乐趣陡减。倘若你用鳃呼吸而我用叶脉呼吸，倘若你呱呱叫而我按音阶发声，那还有什么生活乐趣啊！

安菲特律翁　我会去找你，留在你身边。爱人们是同一个种族，在场的种族。

阿尔克墨涅　我的在场吗？说不定我的在场对你来说是最深重的痛苦。说不定我们在黎明重逢，面对面，还是原来的身子，只不过你毫发无伤，我却因为神明丧失贞洁，女人本该在丈夫的亲吻里守护的贞洁。你能想象和一个看不起自己声名败坏的妻子生活在一起，哪怕她是被太多的荣耀所败坏，是被永生神所玷污吗？你能想象从此总有第三者的名字在我们嘴边欲说还休，给我们的每一餐每个亲吻带来苦涩的滋味吗？我做不到。每当天上打雷时，每当全世界满布影射那位玷污我的神的闪电时，你会怎么看我呢？就连他造的万物，那万物之美也在对我们发出羞辱的提醒。啊！我情愿被变形成低等却纯洁的生物。你光明磊落，拥有履行男人使命的良善意愿，即便你化身成鱼或树，我也能从你迎风、吃食或游水的认真模样认出你。

安菲特律翁　天牛星升上来了，阿尔克墨涅。他快到了。

阿尔克墨涅　别了，安菲特律翁。我多想和你一起慢慢变老，眼见你腰背弯曲，验证老夫妇真的都有夫妻脸，和你分享炉火和记忆的欢乐，再和你几乎一个模样地死去！安菲特律翁，如果你愿意的话，让我们分享一分钟变老的时光吧。想象我们不是新婚十二个月，而是度过漫长人生。你爱我吗，老头子？

安菲特律翁　一生一世！

阿尔克墨涅　在我们银婚的时候，你没有另找一个十六岁的童贞女吗？她比我年轻得多，既娇羞又热情，为你的相貌和成就心驰荡漾，轻盈迷人，一个小妖女。

安菲特律翁　你永远比青春本身更年轻。

阿尔克墨涅　我们过五十岁时，我陷入更年焦虑，常常没来由地哭笑，还鬼使神差逼你去找一些坏女人，借口说这有利于刺激我们的爱情，你什么也没说，什么也没做，你没有听我的话，对吗？

安菲特律翁　没有。我想让你到时候为我们俩感到骄傲。

阿尔克墨涅　多么美好的老年时光！死亡可以就此降临！

安菲特律翁　我们对遥远的时日拥有多么真实的回忆啊！阿尔克墨涅，今天黎明时，我在开战前赶回家，在黑暗中拥抱你，你还记得吗？

阿尔克墨涅　黎明？你是说黄昏吧？

安菲特律翁　黎明还是黄昏，有什么要紧呢！也许是正午。我只记得，我骑马越过最宽阔的护城河，我在那个早晨所向披靡。亲爱的，你脸色发白，你怎么啦？

阿尔克墨涅　求求你告诉我，安菲特律翁，你来的时候究竟是黎明还是黄昏？

安菲特律翁　亲爱的，你要我说什么都行……我不想你难过。

阿尔克墨涅　是在夜里，对吧？

安菲特律翁　在那间幽暗的密室，在漆黑的夜里……你说得对。死亡可以就此降临。

天上的声音　死亡可以就此降临。

（喧哗。朱庇特在墨丘利的陪同下进场。）

第四场

阿尔克墨涅、朱庇特、墨丘利、安菲特律翁

朱庇特　你们说死亡降临？只是朱庇特罢了。

墨丘利　神王啊！我向您介绍阿尔克墨涅，倔强的阿尔克墨涅。

朱庇特　为什么有个男人在她身边？

墨丘利　那是她丈夫安菲特律翁。

朱庇特　　　在柯林斯大战役中打胜仗的安菲特律翁吗?
墨丘利　　　您说早了。他五年后才征服柯林斯。不过是他没错。
朱庇特　　　谁叫他来这里? 他来做什么?
安菲特律翁　神王啊! ……
墨丘利　　　显然他要亲手把妻子交给您。您不是在天上看见他拥抱她、安抚她、鼓励她,为她做思想准备,好让您的夜晚大获成功吗? ……谢谢,王子。
安菲特律翁　墨丘利错了,神王。
朱庇特　　　啊! 墨丘利错了吗? 你好像不相信我今夜有必要躺在你妻子身旁,替代你履行丈夫的职责。我倒深信不疑。
安菲特律翁　我不这么看,神王!
墨丘利　　　没时间说话了,朱庇特,太阳落山了。
朱庇特　　　太阳落山,那是太阳的事。
墨丘利　　　一旦诸神与人类开始私下交谈和争吵,美好时光就此终结。
安菲特律翁　我要保护阿尔克墨涅与您抗争,神王,不然我情愿死。
朱庇特　　　听啊,安菲特律翁! 你我同是男性。你知道我的大能。我能无影无形上你的床,哪怕你在场。这一点你不会故作不知吧! 单用园中的草,我能制出媚药让你妻子爱上我,甚至让你渴望有幸做我的情敌。啊呀! 这场冲突不是根本的冲突,只是形式的冲突,就像所有导致政教分离或新兴宗教的冲突一样。问题不是我能不能得到阿尔克墨涅,而是我如何得到她。为了短暂一夜,为了这些套路,莫非你不惜与诸神发生冲突?

安菲特律翁　我不能交出阿尔克墨涅，我情愿接受另一套路，也就是死亡。

朱庇特　你得理解我的好意！我不光喜欢阿尔克墨涅，如果是那样的话，我不必和你打招呼，只需设法做她的情人。我喜欢你们这对夫妻。我喜欢你们这对高大漂亮的身体，犹如船首的雕像，镌刻在人类纪元之初。我以朋友的身份降临你们当中。

安菲特律翁　您早就在我们当中，早就得到敬拜。我不接受。

朱庇特　随便你！墨丘利，不要耽误庆典。召集全城的人。既然他对着干，就让真相大白于世吧，包括昨天夜里的真相和今天的真相。我们有属神的方法来说服这对夫妻。

安菲特律翁　奇迹不能说服一名将军。

朱庇特　这是你的最终答案吗？你执意和我作对吗？

安菲特律翁　如有必要，是的。

朱庇特　我想你是足够机智的将军，只在拥有同等武器时才对我开战。这是兵法常识。

安菲特律翁　我有武器。

朱庇特　什么武器？

安菲特律翁　我有阿尔克墨涅。

朱庇特　我们不要浪费时间吧。我从容不迫等候你的武器。我甚至请求你让我和这武器单独待会儿。来吧，阿尔克墨涅。你们两个先走。

第五场

阿尔克墨涅、朱庇特

阿尔克墨涅 终于只剩我们！
朱庇特 说得倒也没错。很快你会属于我。
阿尔克墨涅 很快我会活不成！
朱庇特 别说这些要挟话吧……和咱俩不相配……是的，确乎是头一回面对面，我深谙你的美德，你知道我的渴望……终于只剩下我们！
阿尔克墨涅 依照传说，您经常这样是吗？
朱庇特 很少这样陷入爱情，阿尔克墨涅。从未如此虚弱。换作别的女人，我不会忍受她的轻蔑。
阿尔克墨涅 诸神的语言也有"爱情"这个字眼吗？我还以为那是世界终极法则，在某些时代敦促诸神前来轻咬凡间美人的脸。
朱庇特 "法则"是粗俗的字眼。不如说"命运"吧。
阿尔克墨涅 阿尔克墨涅不是致命的女人，她的命运不叫您扫兴吗？好比黑纱遮住金发。
朱庇特 你倒是赋予命运某种出其不意的颜色，头一回叫我喜欢的颜色。你是命运手心的一条鳗鱼。
阿尔克墨涅 还是您手心的一件玩具。朱庇特哦！我真的讨您喜欢吗？
朱庇特 如果"喜欢"一词不只是从"乐趣"派生而来，也是从"激动的母鹿"和"开花的杏仁"派生而来，那么你确实讨我喜欢，阿尔克墨涅。

186

阿尔克墨涅	这是我仅有的机会。倘若我有一丝儿惹您讨厌，您为了报仇不会犹豫强行爱我。
朱庇特	我讨你喜欢吗？
阿尔克墨涅	您不相信？若是让我反感的神明，我会强烈感觉在欺骗我丈夫吗？那对我的身体是一场灾难，但我不会觉得辱没贞洁。
朱庇特	你爱我所以放弃我？你心属于我所以抗拒我？
阿尔克墨涅	这就是爱情。
朱庇特	今晚你迫使奥林波斯使用一种风雅的语言。
阿尔克墨涅	这没坏处。你们的语言里有个字眼，最简单的字眼，如此生硬，似乎足以摧毁世界……
朱庇特	忒拜城今儿真的不必冒险。
阿尔克墨涅	凭什么阿尔克墨涅必须冒险呢？为什么您非得折磨我，拆散一对完美的夫妻，取一时欢愉而留下整片废墟呢？
朱庇特	这就是爱情……
阿尔克墨涅	要是我送给您比爱情更好的东西呢？您可以和其他女人品尝爱情的滋味。但我情愿与您建立某种更温柔更有力的关系。普天下的女人只有我做得到。我把它送给您。
朱庇特	那是什么？
阿尔克墨涅	友情！
朱庇特	友情！这是什么字眼？解释一下。我头一回听说。
阿尔克墨涅	真的吗？何其荣幸！我不再犹豫！我把友情送给您。您将收到原汁原味的友情……
朱庇特	什么意思？这个字眼在大地上很流行吗？
阿尔克墨涅	很流行。

朱庇特　　　友情……我们住得太高，确实还不了解人类的某些行为……我听你的……有些人学我们躲在一旁，从破烂衣兜里取出金币，又是数又是亲。这是友情吗？

阿尔克墨涅　不是，那是吝啬。

朱庇特　　　有些人在满月时分脱光衣服，眼望月亮，双手抚摸全身，大做月光浴。这些人是朋友吗？

阿尔克墨涅　不是，那是精神病患者。

朱庇特　　　说明白！有些人不是爱女人，而是光想着那女人的一只手套或一只鞋子，偷走以后天天亲吻那块牛皮或小羊羔皮。这些人是朋友吗？

阿尔克墨涅　不是，那是性虐狂。①

朱庇特　　　向我描述友情吧。一种激情？

阿尔克墨涅　疯狂的激情。

朱庇特　　　它的意义何在？

阿尔克墨涅　意义？关乎整个身体，没什么意义。

朱庇特　　　我们可以利用奇迹修复它的意义。它的目的何在？

阿尔克墨涅　它给最不相像的造物配对，使之互相平等。

朱庇特　　　我想现在我明白了！有时我们从天上观察到，不同生物两个一组地单独相处。我们不明白个中原因，因为表面上没有什么把他们连在一起。一个部长每天去看望一个园丁，笼中的狮子寻找卷毛狗，水手与教授，豹猫与野猪。他们看上去完全相互平等，共同面对日常烦恼，面对死亡。我们原本还以为，他们是因为某种秘密的身体构造连在一起。

---

① 纯洁的阿尔克墨涅似乎并不真的了解什么叫性虐狂。

阿尔克墨涅　极有可能。总的说来，这就是友情。
朱庇特　　我看见这只豹猫围着心爱的野猪不住蹦跳，随后躲进一株橄榄树。每当小野猪哼哼叫地从树根经过，它会故意摔下来，一身绒毛和猪鬃毛扭作一团。
阿尔克墨涅　是的。豹猫是出色的朋友。
朱庇特　　部长和园丁在林荫道并肩走一百步。部长谈嫁接和蛞蝓。园丁谈政府质询和税收。两人把各自的话说完，在林荫道尽头停住脚步，友谊之沟想必也挖到了那里。有好一阵子，他们望着彼此，亲昵地眨眼，捋着胡子。
阿尔克墨涅　总是如此，这就是朋友。
朱庇特　　我们成为朋友会做什么？
阿尔克墨涅　首先，我会想念您而不是信仰您……想念发自内心，是自愿的，信仰则是一种源自祖先的习俗……我的祷告不再是祈求而是交谈。我的动作不再是仪式而是示意。
朱庇特　　不会让你太忙碌吗？
阿尔克墨涅　哦！不会。来自诸神之王的友情，来自既摧毁一切也创造一切的大能者的情谊，这对女人来说是最低限度的友情。女人通常没有朋友。
朱庇特　　我呢？我做什么？
阿尔克墨涅　每当人类的陪伴让我厌烦时，我会看见您悄无声息地现身，安然坐在我的沙发前——别使劲儿抚摸那些豹皮的爪子尾巴，否则就是爱情——随后您会忽然消失……您到时得在！明白吗？
朱庇特　　我想我明白了。提问吧。说说你召唤我的场合，我试着回答一个好友须得做什么。

阿尔克墨涅　好主意！准备好了吗？
朱庇特　好了！
阿尔克墨涅　如果丈夫不在家呢？
朱庇特　我会释放一颗彗星为他指路。我会给你双倍的视力让你老远看见他，再给你双倍的话语让他能听见。
阿尔克墨涅　就这些吗？
朱庇特　哦！对不起！我还会让他在场。
阿尔克墨涅　如果无趣的亲戚朋友来访呢？
朱庇特　我会在访客头上散播瘟疫，让眼珠子掉出眼眶。我会抛洒一种吞噬肝脏的疾病，让大脑得腹泻症。①天花板塌下来，镶嵌地板开裂……不是这样的！
阿尔克墨涅　太过了，或者说太不够！
朱庇特　哦！对不起！我会让他们不在场……
阿尔克墨涅　如果一个孩子生病呢？
朱庇特　全世界一片哀伤。花儿不再吐芳。动物低垂下脑袋！
阿尔克墨涅　您不治好他吗？
朱庇特　当然要治！我真笨！
阿尔克墨涅　诸神总是健忘的。他们怜悯病人，憎恨坏人。他们只是忘了治疗和惩罚。不过总的说来您明白了。您通过了考试。
朱庇特　亲爱的阿尔克墨涅！
阿尔克墨涅　不要这么微笑，朱庇特，不要这么残忍！您从来

---

① 拉伯雷式的用词不当。季洛杜以此暗示，住在高高的奥林波斯山顶的朱庇特神王既不了解友情也不了解疾病。

不曾对您造的生物让步吗？

朱庇特　　我不曾有机会。

阿尔克墨涅　您现在有了。您会放过这个机会吗？

朱庇特　　振作起来吧，阿尔克墨涅。你该得到补偿。自今天清晨开始，我欣赏你的勇气和固执，你制定诡计不失正直，在说谎时保持诚恳。你打动我了。你若能找到方法向忒拜人证明你有理由拒绝我，今夜我不会强行来找你。

阿尔克墨涅　何必对忒拜人说这些？让全世界误以为我是您的情人，您知道我能接受这个，安菲特律翁也会接受！这会招来一些嫉恨的人。不过，为您受苦是件愉快的事！

朱庇特　　到我怀里来，阿尔克墨涅，和我道别吧！

天上的声音　阿尔克墨涅与她的情人朱庇特道别。

阿尔克墨涅　听到了吗？

朱庇特　　听到了。

阿尔克墨涅　我的情人朱庇特？

朱庇特　　情人也是朋友的意思。天上的声音有可能借用高贵的语言风格。

阿尔克墨涅　我害怕，朱庇特！我心里突然被这个字眼搅乱啦！

朱庇特　　放心。

天上的声音　朱庇特与他的情人阿尔克墨涅道别。

朱庇特　　墨丘利的玩笑。我会处理的。你怎么啦，阿尔克墨涅？怎么脸色苍白？还得再说一遍吗？我接受友情。

阿尔克墨涅　毫无保留？

朱庇特　　毫无保留。

阿尔克墨涅　您接受得真快！您好像挺满意！
朱庇特　我确实满意。
阿尔克墨涅　因为不做我的情人吗？
朱庇特　我不是这个意思……
阿尔克墨涅　我也不这么想！朱庇特，既是朋友，请实话实说吧。您肯定从没做过我的情人吗？
朱庇特　干吗问这个？
阿尔克墨涅　您刚才和安菲特律翁开玩笑，在他的爱情与您的渴望之间并没有真的冲突……这是您的把戏……您提前放弃我……凭我对男人的了解，我猜这是因为您已经得到满足。
朱庇特　已经？已经是什么意思？
阿尔克墨涅　您肯定从没闯入我的梦，从没扮成安菲特律翁吗？
朱庇特　完全肯定。
阿尔克墨涅　也许您忘了。这么多艳遇，倒是不意外……
朱庇特　阿尔克墨涅！
阿尔克墨涅　这证明不了您对我有真爱。当然我不会再犯。不过睡在朱庇特身边一回，这本该是小布尔乔亚女人毕生难忘的回忆。也罢了！
朱庇特　亲爱的阿尔克墨涅，你在对我下圈套！
阿尔克墨涅　圈套？这么说，您担心被套住？
朱庇特　我能看穿你的心思，阿尔克墨涅。我看见你的痛苦和计划。我看得出来，如果我做过你的情人，你决意自杀。但我没有。
阿尔克墨涅　拥抱我吧。
朱庇特　我很乐意，小阿尔克墨涅。好些没？
阿尔克墨涅　是的。

191 朱庇特　　对谁说呢?
阿尔克墨涅　是的,心爱的朱庇特……您瞧,我喊您心爱的朱庇特,您是不是觉得很自然?
朱庇特　　你叫得很自然。
阿尔克墨涅　为什么会这样?真让我困惑。我的身体对您感到亲近和信任,是什么缘故呢?我在您面前很自在,似乎和您有关。
朱庇特　　是啊。我们心意相通。
阿尔克墨涅　不,我们并不心意相通。在好些问题上,比如您的创世,再比如您的穿着打扮,我的看法完全不同。但我们的身体相契。我们彼此吸引,像两个练体操的人在练习过后那样。我们何时练习过?向我坦白吧!
朱庇特　　我说过了,从来没有。
阿尔克墨涅　那我的困惑从何而来?
朱庇特　　也许是因为,在你怀里我不由自主想扮成安菲特律翁。也许是因为,你开始爱上我。
阿尔克墨涅　不对,是另外的开始。莫非是您在忒拜起火那夜浑身发烫地上了我的床?
朱庇特　　不是。也不是我浑身湿透地回家,在你丈夫捞起孩子那天夜里……
阿尔克墨涅　瞧!您知道这些事!
朱庇特　　你的事我全知道,不是吗?可惜不是我,是你丈夫。多么柔顺的发丝啊!
阿尔克墨涅　我总觉得您不是头一次抚弄这缕发丝,也不是头一次这样朝我低下头……您究竟在黎明还是黄昏来征服我?
朱庇特　　你明知道是黎明。莫非你以为我不晓得勒达的小

|||伎俩？我接受勒达是为了讨你欢喜。

阿尔克墨涅 诸神之主哦！您能带来遗忘吗？

朱庇特 我能像鸦片那样带来遗忘，像缬草那样让人失聪。天上的完整神明与自然的零星神灵有大致相同的力量。你想遗忘什么？

阿尔克墨涅 遗忘这个白天。我当然愿意相信一切发生得光明正大。可是，某种可疑的东西凌驾其上，让我透不过气。我不是承受得住动乱日子的女人，哪怕一生只有一回。我的身体为认识您的时刻欢喜，我的灵魂为同一时刻不安。我本该有相反的感受，不是吗？请赐给我和我丈夫力量，让我们遗忘这个白天，单单牢记您的友情。

朱庇特 就让你如愿吧。回到我怀里来，这次要用你最温柔的样子。

阿尔克墨涅 好吧！既然我会遗忘一切。

朱庇特 必须这样。我得通过亲吻才能让你遗忘。

阿尔克墨涅 您也会亲吻安菲特律翁吗？

朱庇特 既然你会遗忘一切，阿尔克墨涅，不想听我预言未来吗？

阿尔克墨涅 神不答应。

朱庇特 相信我，是幸福的未来。

阿尔克墨涅 我知道什么叫幸福的未来。我深爱的丈夫活过又死去。我心爱的儿子出生、活过又死去。我活过又死去。

朱庇特 为什么不要永生？

阿尔克墨涅 我讨厌冒险。永生是一场冒险！

朱庇特 阿尔克墨涅，亲爱的女友，我要你加入诸神的生活，哪怕只是一秒钟。既然你会遗忘一切，你不想在一道闪电的瞬间看见并领会世界的真相吗？

阿尔克墨涅　不，朱庇特，我不好奇。

朱庇特　你不想看清楚无限是何种虚空，一系列虚空，无边际虚空吗？你若害怕看到乳状的混沌样貌，我会安排在角落盛开你爱的花，玫瑰或菊花，好让你的武器带有片刻的无限标记。

阿尔克墨涅　不。

朱庇特　啊！你和你丈夫不能在今天弃绝我的全部神性！你不想看看人类从生成到终结的完整过程吗？你不想看看点缀人类历史的十一位伟人吗？看看那犹太人的美丽脸庞，那洛林姑娘的小尖鼻子？①

阿尔克墨涅　不。

朱庇特　我最后问一次，亲爱的固执女人！既然你会遗忘一切，你不想知道你们的幸福由何种表象构成，你们的美德因何种幻影成形吗？

阿尔克墨涅　不。

朱庇特　阿尔克墨涅，你不想知道我对你而言的真实身份吗？你不想知道你腹中、你宝贵的母腹中藏着什么吗？

阿尔克墨涅　快点吧！

朱庇特　既然如此，遗忘一切吧！只记得这个吻！

（他吻她。）

阿尔克墨涅　（回过神）什么吻？

朱庇特　哦！关于这个吻，别对我撒谎！我特意把它放在遗忘之外。

---

① 此处分别指耶稣和贞德。

第六场

阿尔克墨涅、朱庇特、墨丘利、安菲特律翁（后进场）

墨丘利　朱庇特！忒拜人聚集在王宫脚下，等着看您在阿尔克墨涅的拥抱下现身。

阿尔克墨涅　来吧，朱庇特！我们会让所有人看见，大伙儿都会满意。

墨丘利　他们要求您说两句，朱庇特。不必顾虑朝他们大喊。他们全侧站，以防耳膜破损。[1]

朱庇特　（高声）我终于遇见你了……亲爱的阿尔克墨涅！

阿尔克墨涅　（低声）是的，我们就要分手了，亲爱的朱庇特。

朱庇特　我们的夜晚开始了，促进世界繁衍的夜晚！

阿尔克墨涅　我们的白天结束了，我开始喜爱的白天！

朱庇特　在骄傲出色的忒拜人面前……

阿尔克墨涅　可悲的大人先生们！他们为我犯错高声欢呼，还会辱骂我的美德[2]……

朱庇特　我第一次拥抱你，欢迎你。

阿尔克墨涅　对我来说是第三回。[3] 永别了！

---

[1] 古怪的防患措施。显然不是炮手的做法。忒拜人的耳膜肯定会因此受伤。季洛杜的疏忽吗？或是为了表明，墨丘利和他的主人朱庇特一样并不真的了解对于人类来说什么是好的？

[2] 影射《圣经·旧约》中犹太人对耶稣的态度。

[3] 如果第二次指第三幕第五场结尾处"遗忘之外的吻"，那么第一次指哪一次？是朱庇特伴装成安菲特律翁的那一夜，还是阿尔克墨涅把丈夫误当成朱庇特的那个早晨？如果是前一种可能，那么阿尔克墨涅知道真相；如果是后一种可能，那么阿尔克墨涅始终受骗。后一种解释无疑更合理，不过季洛杜似乎有意保持含糊性，避免给观众明确的答案。

（他们在栏杆前来回走动。阿尔克墨涅带朱庇特走向小门。）

朱庇特　　　现在呢？

阿尔克墨涅　现在，符合诸神的传说成立了，让我们利用妥协创造符合人类的故事吧……没有人看见我们……让我们回避必然法则吧……安菲特律翁，你在吗？

（安菲特律翁打开小门。）

安菲特律翁　我在这儿，阿尔克墨涅。

阿尔克墨涅　亲爱的，谢谢朱庇特吧！他坚持亲自把我毫发无损地交还给你。

安菲特律翁　唯诸神有这等用心。

阿尔克墨涅　他想考验我们！他只想让我们生个儿子。

安菲特律翁　九个月后会有的，神王，我发誓！

阿尔克墨涅　我们承诺叫他赫拉克勒斯，既然您爱这个名字。他会是温柔听话的小男孩。

朱庇特　　　是的，我现在就能看见他……就此别过，阿尔克墨涅，要过得幸福！墨丘利，乐趣之神，在我们离开以前，为了表达我们的友情，请给这对重逢的夫妻适当补偿。

墨丘利　　　给一对重逢的夫妻？任务很简单！为了见证他们的欢爱，我召集诸神，还有你勒达，你还得学着点，还有你们这些勇敢的人，马夫、战士、小号手，你们在这个白天同时担任爱情和战争的下属！睁大眼睛吧！让歌唱、音乐和雷声回荡在婚床四周以掩盖他们的呻吟吧！

（墨丘利提及的各色人等挤满整个舞台。）

阿尔克墨涅　朱庇特哦，请不吝阻止他吧！这是阿尔克墨涅。

朱庇特　　　又是阿尔克墨涅！总是阿尔克墨涅！墨丘利显然

错了！此刻是私语中的私语，沉默中的沉默。诸神和各色人等，走吧，回到我们的天穹和洞穴吧！观众，你们不要说话，装出最完全的冷漠神情离场吧！就让阿尔克墨涅和她丈夫最后一次单独出现在这道光圈里，就让我的手臂从此只用来指点幸福的方向，就让这对夫妻在过去未来永不受通奸伤害，永不知晓非法亲吻的滋味！还有高处的帷幕，你们在暗夜中忍耐了一小时，用天鹅绒禁闭这片名曰忠诚的林中空地吧！幕落吧！

（剧终）

特洛亚战争不会爆发

两幕剧

| 人 物 |

安德洛玛克
海伦
赫卡柏
卡珊德拉
和平女神
伊里斯
众侍女、众特洛亚妇女
小波吕克赛娜
赫克托尔
奥德修斯
得摩科斯
普里阿摩斯
帕里斯
奥伊阿克斯
布西里斯
水手
几何学家
阿布涅奥斯
特洛伊罗斯
奥尔庇狄斯
众老人
众报信人

* 1935 年 11 月 22 日，本剧由路易·儒韦执导在雅典娜剧院首演。

第一幕

（一截城墙的平台，往上另有一层平台，往下可俯瞰其他城墙。）

第一场

安德洛玛克、卡珊德拉

安德洛玛克 特洛亚战争不会爆发，卡珊德拉！①
卡珊德拉 我和你打赌，安德洛玛克。
安德洛玛克 那希腊使者来得在理。他们会好好接待他，会把小海伦包作礼物交还给他。
卡珊德拉 他们会无礼地接待他，不会把海伦还给他。特洛亚战争会爆发。

---

① 卡珊德拉：普里阿摩斯和赫卡柏的女儿，赫克托尔、帕里斯、波吕克赛娜的姐妹。她是阿波罗的女先知，拥有预言能力，同时遭神诅咒，世人从不相信她的预言。译按：开场第一句话与标题重合。据说季洛杜正式定名前想过不同的标题，诸如"海伦""前奏之前奏"（Préludes des préludes），还有"伊利亚特前传"（Préface à l'Iliade）。整出戏发生在荷马诗中的特洛亚战事爆发前夕，终场直接过渡到荷马的《伊利亚特》："特洛亚诗人死了，轮到希腊诗人开始吟唱。"

安德洛玛克	赫克托尔不在是会这样！……可是他快到了，卡珊德拉，他快到了！你听得见号角声……这会子他正凯旋进城。我想他肯定有话说。三个月前他出征时向我发誓，那是最后一场战争。
卡珊德拉	那会儿是最后一场战争。转眼下一场战争等着他。
安德洛玛克	老看到和预见到可怕的事情，你不累吗？
卡珊德拉	安德洛玛克，我什么也没看到，什么也没预见到。我只考虑两件事：人类的愚蠢和自然元素的愚蠢。
安德洛玛克	战争为什么要爆发？帕里斯不在乎海伦了，海伦也不在乎帕里斯了。
卡珊德拉	问题就在他俩身上。
安德洛玛克	问题在哪里？
卡珊德拉	帕里斯不在乎海伦！海伦也不在乎帕里斯！你看，命运对否定句感兴趣。
安德洛玛克	我不知道命运是什么。
卡珊德拉	我来告诉你。命运就是加速形式的时间。命运真可怕。
安德洛玛克	我不懂抽象的东西。
卡珊德拉	随你，我们可以用譬喻。想象一头老虎。这你懂吗？一头沉睡的老虎，用来譬喻少女？
安德洛玛克	让老虎睡吧。
卡珊德拉	我也盼着呢。可是各种肯定句把老虎惊醒了。有一阵子，特洛亚满城是这类话。
安德洛玛克	满城是什么？
卡珊德拉	满城是这类话，说什么世界和世界的走向总的来说掌握在人类手里，特别是在特洛亚的男人和女

人手里。

安德洛玛克　我听不懂。

卡珊德拉　赫克托尔回特洛亚吗？

安德洛玛克　是的。赫克托尔回妻子身边。

卡珊德拉　赫克托尔的妻子要生孩子吗？

安德洛玛克　是的。我要生孩子。

卡珊德拉　这不就是肯定句吗？

安德洛玛克　别吓我，卡珊德拉。

年轻侍女　（抱着衣服经过）天真好啊，太太！

卡珊德拉　啊！是吗？你这么觉得吗？

年轻侍女　（走下场）今儿是特洛亚开春最晴好的一天。

卡珊德拉　连洗衣槽也这么肯定！

安德洛玛克　哦！说的是嘛，卡珊德拉！你怎么能在这样的晴天里谈战争呢？幸福临在人间！

卡珊德拉　真真一场大雪临在人间。

安德洛玛克　美也临在人间。你看太阳。阳光普照特洛亚城郊，在那上头聚敛比深海更多的珍珠。每户渔家每棵树传出贝壳的低语。倘若真能有幸亲眼看见人类找到和平生活的解决方案，那就是今天……愿他们谦卑……愿他们不死。

卡珊德拉　是啊，那些被拖着经过人家门口的瘫痪者就感到自己总也不死。

安德洛玛克　愿他们善好！……你看，那个先遣队的骑兵从马镫上俯身抚摸一只雉堞上的猫……也许从今天开始，人类会与动物和解。

卡珊德拉　你的话太多。安德洛玛克，这是命运在骚动。

安德洛玛克　命运只在没嫁人的姑娘心里骚动。我不信你的话。

卡珊德拉　你错了。啊！赫克托尔荣归心爱的妻子身边！……

他（它）①睁一只眼……啊！那些偏瘫者坐在小轮椅上感到自己总也不死！……他（它）伸个懒腰……啊！今儿运气好，和平在人间！……他（它）舔着嘴巴……安德洛玛克要生儿子！重骑兵全从马镫上俯身抚摸雉堞上的公猫！……他（它）抬脚走了！

安德洛玛克　别说了！

卡珊德拉　他（它）悄无声息爬上宫殿台阶。他（它）伸头推门……他（它）来了……来了……

赫克托尔　（只有声音）安德洛玛克！

安德洛玛克　你说谎！……那是赫克托尔！

卡珊德拉　谁说不是他呢？

第二场

安德洛玛克、卡珊德拉、赫克托尔

安德洛玛克　赫克托尔！

赫克托尔　安德洛玛克！……（二人相拥。）你好，卡珊德拉！去把帕里斯叫来行吗？越快越好。（卡珊德拉迟迟不走。）你有什么话要说吗？

安德洛玛克　别听她的！……满嘴都是灾难！

赫克托尔　说吧！

卡珊德拉　你妻子怀孕了。

---

① 译按：此处的主语既可以理解为赫克托尔，也可理解为被抚摸的猫，还可理解为命运。对观第二幕第十三场奥德修斯对命运的说法。

第三场

安德洛玛克、赫克托尔

（他搂住她，扶她到石凳坐下，坐在她身旁。沉默片刻。）

赫克托尔 是个儿子，还是女儿？
安德洛玛克 当初你嚷着要孩子，是想生个什么呢？
赫克托尔 一千个男孩……一千个女孩……
安德洛玛克 为什么？莫非你以为搂着一千个女人？……你得失望了。是个儿子，就一个儿子。
赫克托尔 那是很有可能的……战后出生的男孩多过女孩。
安德洛玛克 战前呢？
赫克托尔 别提战争吧，也别提这场战争……它刚结束。它夺走你的父亲和兄弟[①]，但它放回你的丈夫。
安德洛玛克 它太仁慈。它会卷土重来……
赫克托尔 冷静点儿。我们不会再给它机会。过会儿我走开，要到广场上隆重地关闭战争之门。[②] 那些门再也不会打开。
安德洛玛克 你关吧。门还会开的。
赫克托尔 你甚至还能告诉我们大门打开的日子吧？
安德洛玛克 等到麦子金黄沉甸，葡萄园丰收，每户人家成双

[①] 季洛杜此处指一个兄弟。参看《伊利亚特》卷六中，安德洛玛克对赫克托尔说："你成了我的尊贵的母亲、父亲、亲兄弟，又是我的强大的丈夫。（429—430）"另一处还说，阿喀琉斯在同一天里杀了她的父亲和七个弟兄（414—424）。

[②] 在古罗马，雅努斯神庙大门在战争期间打开，在和平时期关闭。不过此处是特洛亚而不是罗马。

成对，等到那一天！

487 赫克托尔　无疑也是等到和平走向巅峰的那一天？
安德洛玛克　是的。等到我儿子茁壮成长光彩照人的那一天。

（他拥抱她。）

赫克托尔　你儿子也许会是懦夫。那倒是一种保障。
安德洛玛克　他不会是懦夫。不然我情愿剁掉他右手的食指。①
赫克托尔　就算普天下的母亲剁掉自家儿子的右手食指，全世界的军队还是会发动没有食指的战争……就算全部砍断右腿，还是会有独腿军队……就算全部挖去双眼，还是会有盲人军队。终归是有军队的。他们会在混战中摸索对方的要害，互相偷袭腹股沟，要不掐住喉咙……
安德洛玛克　我情愿杀了他。
赫克托尔　这倒是母亲终结战争的真正办法。
安德洛玛克　你别笑。我还可以在他出生前杀了他。
赫克托尔　你不想看他一眼吗？就看一眼。看完再考虑……看一眼你的儿子。
安德洛玛克　我只对你的儿子感兴趣。因为他是你的，因为他是你，我才担心。你想象不到他多像你。他还在虚无中就有了你带给我们日常生活的一切东西。他有你的温存你的沉默。你若爱战争，他也会爱战争……你爱战争吗？②
赫克托尔　干吗问这个？
安德洛玛克　承认你有时也爱战争吧。
赫克托尔　如果人会爱上那剥夺希望、幸福和至珍贵者的

---

① 一战期间确有通过自残逃避兵役的现象发生。
② 季洛杜作品中的战争问题，参看 Jacques Body, *Giraudoux et l'Allemagne*, 尤见"被叙述的战争"一章。

东西……

安德洛玛克　你说得再好不过……人会爱上那样的东西。

赫克托尔　如果人会听任自己被诸神在战斗时刻赐予的小小委托所迷惑……

安德洛玛克　啊？你在战斗时刻感觉自己是神吗？

赫克托尔　常常胜过感觉自己是人……不过，有些早晨从地上爬起，浑身轻盈，满心惊讶，仿佛脱胎换骨。身体和武器有前所未有的分量，好似由另一种合金铸成。感觉自己无懈可击。某种温存浸润你，淹没你，那是战斗的温存变幻无穷。因为无情，所以温存，想必这就是诸神的温存吧。于是慢慢向敌人进发，几乎漫不经心，但满带温存。一路上小心不去踩金龟子，挥走而不打死蚊子。人类走在路上从来不曾这样尊重生命。

安德洛玛克　然后，对手到了？……

赫克托尔　然后，对手到了，唾沫横飞，面目可憎。让人同情他，一眼看穿他，那唾沫和眼白底下全是他的无能和卖命，茫茫人生中的可怜角色，可怜的做丈夫的和做女婿的，可怜的做表亲的，贪图几口茴香酒几粒油橄榄的可怜虫。让人对他生出爱意。爱他脸上的肉瘤，爱他眼里的翳。爱他……可他一意孤行……于是杀了他。

安德洛玛克　再如神一般俯身看那可怜的尸体。但人不是神，没法儿叫他死里复生。

赫克托尔　没工夫俯下身。其他对手等着呢。其他对手也唾沫横飞满目仇恨。其他对手也有家室，也爱吃油橄榄，也想望和平。

安德洛玛克　于是杀了他们？

赫克托尔　于是杀了他们。这就是战争。

安德洛玛克　全杀光吗？

赫克托尔　这次全杀光了。我们是存心的。对方是名副其实的战争种族，正是他们让战争在亚细亚生发蔓延。只有一个人逃脱了。

安德洛玛克　千年后，所有人类将是这个人的后代。何况免除战争也无用……我儿子也会爱战争，因为你爱战争。

赫克托尔　我倒觉得我恨战争……既然我不再爱战争。

安德洛玛克　如何可能不再爱一度崇拜的东西呢？说说看。我有兴趣。

赫克托尔　你知道发现朋友撒谎是什么样吗？从他口中听到的一切全像是假的，哪怕他说的是真相……说来也许奇怪，但是战争一度向我承诺善好、慷慨和轻视卑劣。我原以为全拜战争所赐，我才有生活的热忱和乐趣，我才有你……直到最后这场战争，没有一个敌人是我不爱的……

安德洛玛克　你刚才说过，人只能杀自己所爱的。

赫克托尔　你无法了解，战争的音阶是何等协调，使我相信战争的高贵。夜间行军的马蹄声，重装步兵团的餐具叮当响，军服擦过营帐的窸窣声，鹰在警戒森严的大片军营上空的鸣叫声，在此之前，一切声响是那么合调，那么奇迹般地合调……

安德洛玛克　这一次战争的声响跑调了吗？

赫克托尔　是什么原因呢？是年纪吗？或者只是职业性疲劳呢？就像木工有时对付一条桌子腿，突然感到疲惫不堪；有天早晨，我俯身正要结果一个和我同龄的对手，也突然感到疲惫不堪。从前我要杀的人仿佛和我一概相反。这一次我像是跪在一面镜子上。我所造成的死亡有几分像自杀。不知道木工在这种时候会怎么办,是撒手丢开长刨和清漆,还是继续干……我继续干了。然而,自那一刻起,完美的和声荡然无存。我的长枪滑过盾牌的声响像在跑调。被杀的人撞到地上的声响像在跑调,几个小时以后,宫殿轰然倒塌的声响像在跑调。战争看出我已然明了,也就不再躲着掖着……那些将死的人的哭号像在跑调……我到现在还能听见。

安德洛玛克　在其他人听来,一切声响还是那么合调。

赫克托尔　其他人和我一样。我带回来的军队恨战争。

安德洛玛克　这支军队耳朵不灵了。

赫克托尔　不是。你没法想象,就在一小时前,军队远远望见特洛亚城,一切声响突然又变得合调了。听到那和声,没有一支兵团不焦灼不安地驻足。我们甚至不敢长驱直入城门,而是绕着城墙成群结队分散开来……这是配得上一支真正军队的唯一任务:和平包围不设防的祖国。

安德洛玛克　你没明白,这正是最坏的假象。赫克托尔,战争在特洛亚城里!战争刚才在城门口迎接你。是战争而不是爱情把无措的我交给你。

赫克托尔　你在说什么?

安德洛玛克　你不知道帕里斯拐走海伦吗?

赫克托尔　我刚听说……然后呢?

安德洛玛克　希腊人想要回海伦,他们派出的使者今天到,不交人就开战。你不知道吗?

赫克托尔　干吗不交人?我会亲手交出海伦。

安德洛玛克　帕里斯绝不会同意。
赫克托尔　帕里斯用不了几分钟就会向我妥协。卡珊德拉去叫他过来。
安德洛玛克　他不会向你妥协。按你们的说法，他的荣誉不允许他妥协。也许还有，按他的说法，他的爱情也不允许他妥协。
赫克托尔　等着瞧吧。你快去问普里阿摩斯能不能马上和我谈话。放心吧。所有打过仗和能打仗的特洛亚男人都不想要战争。
安德洛玛克　还有其他人呢。[①]
卡珊德拉　帕里斯来了。

（安德洛玛克退场。）

第四场

卡珊德拉、赫克托尔、帕里斯

赫克托尔　祝贺你，帕里斯。我们不在的时候你可没闲着。
帕里斯　还行吧，谢谢。
赫克托尔　那么，海伦的事儿怎么说？
帕里斯　海伦是极可爱的人儿。是不是，卡珊德拉？
卡珊德拉　她很漂亮，但一般可爱。
帕里斯　她不像一头可爱的小羚羊吗？
卡珊德拉　不像。
帕里斯　是你亲口说的，她像头羚羊。

---

① 一战以来普遍存在前方战士与后方人士的对比。

卡珊德拉　　我看错了。后来我又见过一头羚羊。
赫克托尔　　我被你们的羚羊烦透了。她就那么不像个女人吗?
帕里斯　　　哦！显然她不是本地类型的女人。
卡珊德拉　　什么叫本地类型的女人?
帕里斯　　　像你这样的，好妹妹。一种极黏人的类型。
卡珊德拉　　你的希腊女人和你亲热时也挺疏远吗?
帕里斯　　　听听咱们的女孩儿家怎么说话！……你知道我的意思。我有相当多亚细亚女人。她们拥抱如胶似漆，她们亲吻好似强行撬锁入门，她们说话有如狼吞虎咽。她们一件件除去衣衫，赤身裸体倒像穿戴装饰过多的华服。她们浓妆艳抹，存心要在我们身上留下印子。她们确乎留下了印子……总之她们够叫人消受的……海伦就算在我怀里也离我很远。
赫克托尔　　很有意思！不过，光是为了帕里斯能够疏远地做爱，你认为值得发动一场战争吗?
卡珊德拉　　疏远……他爱疏远的女人，不过得和她们贴近了才行。
帕里斯　　　海伦在场时又不在场，这比什么都值。①
赫克托尔　　你是怎么拐走她的，是她情愿的，还是强迫的?
帕里斯　　　哎呀，赫克托尔。你和我一样深谙女人的心思。她们只有在强迫下才会情愿。也才有激情。
赫克托尔　　当时骑马啦? 在她窗下拉一堆马粪，留下诱拐者的线索啦?
帕里斯　　　这是查案子吗?
赫克托尔　　是查案子。这次你得尽量说清楚。你没有侮辱人家

---

① 丈夫抱怨妻子不在场，参看《厄勒克特拉》中的阿伽忒(659及相关注释)。

夫妻的居所，也没有侮辱希腊的土地吗？

帕里斯　希腊的水倒有点儿。她当时在沐浴……

卡珊德拉　她本来就是从水波中出生的嘛！冷冰冰的美人和维纳斯一样从水波中出生。

赫克托尔　你没有依照老习惯在宫殿的柱脚涂满什么得罪人的话语或图案吧？你没有率先脱口说出什么字眼导致所有的回音眼下还在对那个受骗的丈夫复述吧？

帕里斯　没有。墨涅拉奥斯当时一丝不挂站在岸边，正忙着甩开一只夹住脚趾头的螃蟹。他眼看我的小船开走，就好像看着大风吹跑了衣服。

赫克托尔　他像在发火吗？

帕里斯　一个被螃蟹夹了脚的君王不可能满脸欢喜。

赫克托尔　没有其他目击者吗？

帕里斯　有我的水手。

赫克托尔　好极了！

帕里斯　怎么好极了？你是什么意思？

赫克托尔　我说好极了，因为你没犯下不可挽回的过错。总的说来，既然海伦当时一丝不挂，那么她的衣衫物件就没有一件受到侮辱。唯独身子玷污了。这可以忽略不计。我相当了解希腊人，他们会就此传说一个神圣奇遇故事，完全配得上他们的荣誉：这个希腊小王后去海中潜水，几个月后安静地浮出水面，一脸无辜。①

卡珊德拉　我们可以担保那张无辜的脸。

帕里斯　你以为我会把海伦送还给墨涅拉奥斯！

赫克托尔　我们不指望你做到，也不指望他……希腊使者会处

---

① 在欧里庇得斯的《海伦》中，海伦的贞洁得到保全。

理妥当……他会像移植水草那样，亲自将海伦转移到海上指定的地点。今晚你就把海伦交给他。

帕里斯 我不知道你有没有意识到你在做多么残酷的事，竟然设想一个男人本可以和海伦共度一夜却欣然放弃。

卡珊德拉 你可以和海伦共度一个下午。这更符合希腊人的做派。

赫克托尔 不必坚持。我们了解你。这不是你头一回忍受分离。

帕里斯 亲爱的赫克托尔，这是真的。在此之前，我一向洒脱地接受分离。和一个女人分手，哪怕是最心爱的女人，也带有某种我比任何人更擅长品味的愉悦。和爱人最后一次拥抱后，头一回在城市街头独自漫步；在哭红鼻子的心爱情人走后，头一回看见女裁缝格外冷漠又格外新鲜的小脸；在绝望中嗓子嘶哑地诀别后，头一回看见洗衣女或卖水果女郎的笑容。这些构成一种乐趣，我情愿为此牺牲其他的乐趣……只此一人你失去，世人为你汹涌来①……世上女人重新为你而生，全属于你，而这符合自由和尊严，也让人良心平安……是的，你说得对，爱情包含某些真正激发热情的时刻，那就是分手……为此我永不会和海伦分手，因为和她在一起让我感觉和所有女人断绝了关系，我就此拥有上千种自由和上千种高贵情怀，而不仅仅是一种。

赫克托尔 那是因为她不爱你。你说的话无不证明这一点。

帕里斯 你这么说也行。不过比起一切爱情，我更爱海伦不爱我的方式。

---

① 此处戏仿拉马丁在《孤独》中的名句："只此一人你失去，世上渺无人迹。"（收入诗集《第一次诗的冥想》）

赫克托尔　实在遗憾。不过你得交还海伦。
帕里斯　这里不归你当家做主。
赫克托尔　我是你的兄长,也是未来的主人。
帕里斯　那就等到未来再发号施令吧。眼下我只听从父亲的命令。
赫克托尔　那正合我意。你同意我们去找普里阿摩斯定夺吗?
帕里斯　完全同意。
赫克托尔　你肯发誓吗?我们一起发誓好吗?
卡珊德拉　当心,赫克托尔!普里阿摩斯对海伦着了迷,他宁肯交出亲生闺女。
赫克托尔　你说什么?
帕里斯　她总算说了一回现在的事,而不是预言将来的事。这是真的。
卡珊德拉　还有我们的兄弟,我们的叔伯,我们的叔公!……海伦有一支仪仗队,纠集了城中所有老人。看哪!赶上她出门散步的时候……你看城垛上那些须发苍苍的脑袋……活像一群鹳鸟在城墙上咕咕叫。
赫克托尔　多漂亮的景象。白的须发,红的脸。
卡珊德拉　是的。那是脑门充血。他们本该到斯卡曼德洛斯城门,迎接凯旋进城的军队。可是没有,他们全挤在斯开埃城门[①]等海伦出来。
赫克托尔　他们突然齐刷刷俯下身,就像一群鹳鸟看见跑过一只老鼠。
卡珊德拉　那是海伦经过……
帕里斯　哦,是吗?
卡珊德拉　她在城楼的第二层平台。她站住了,整了整凉鞋,有意跷高着腿。

[①] 参看《伊利亚特》卷二中海伦在斯开埃城门现身(145起)。

赫克托尔　不可思议！全体特洛亚老人在那上头看海伦。

后　　台　美神万岁！

赫克托尔　他们在喊什么？

帕里斯　他们在喊美神万岁！

卡珊德拉　我同意。愿他们早死！

后　　台　维纳斯万岁！

赫克托尔　现在又在喊什么？

卡珊德拉　维纳斯万岁……他们牙掉光了，只能喊喊不带小舌音的话……美神万岁……维纳斯万岁……海伦万岁……他们以为在高声喊叫，其实只是拼了老命在嘴里嘟哝几声罢了。

赫克托尔　维纳斯与此何干？

卡珊德拉　他们想象是维纳斯把海伦送来给我们……为了奖赏帕里斯第一眼就把金苹果判给她。①

赫克托尔　你那天倒干得漂亮！

帕里斯　承蒙兄长夸奖！

第五场

卡珊德拉、赫克托尔、帕里斯、两个老人②

第一个老人　下面看她更清楚……

第二个老人　咱们可真是好好瞧见她了！

---

① 帕里斯在赫拉、雅典娜和阿福洛狄特三女神之间选美，并将金苹果赠与最美的女神。希腊女神阿福洛狄特，即罗马女神维纳斯。老人们发不出"福洛"这个小舌音。季洛杜在下文直接用阿福洛狄特（542）。

② 两个老人可以与剧中的两个哑角合并，一个是欧奈亚（522），一个是米诺斯（524）。

第一个老人　可是从这儿她听得更清楚。来啊！一、二、三！
　　二　老　海伦万岁！
第二个老人　咱们这把年纪还老在台阶上费劲地上下折腾，一会儿下去看她，一会儿上来朝她欢呼，真够呛。
第一个老人　要不换着来？一天朝她欢呼，下一天看她。
第二个老人　你疯了，一整天看不见海伦！……想想咱们今儿瞧见她的模样！一、二、三！
　　二　老　海伦万岁！
第一个老人　现在下去看吧！……

（二人跑下。）

卡珊德拉　你看见他们了，赫克托尔。我寻思着他们的老肺怎么经得起折腾。
赫克托尔　我们的父亲不可能这样。
帕里斯　告诉我，赫克托尔，在我们和父亲谈话以前，你也许可以先看一眼海伦。
赫克托尔　我不在乎什么海伦……哦！父亲，向你致意！

（普里阿摩斯进场，赫卡柏、安德洛玛克、诗人得摩科斯和另一位老人簇拥在旁。赫卡柏手拉着小波吕克赛娜。）

第六场

普里阿摩斯进场，赫卡柏、安德洛玛克、卡珊德拉、
赫克托尔、帕里斯、得摩科斯、另一位老人
小波吕克赛娜、年轻使女

普里阿摩斯　你说什么？

赫克托尔	父亲，我说我们得赶紧关闭战争之门，上紧栓，挂好锁，连一只苍蝇也不让飞过。
普里阿摩斯	你刚才没说这么一长串话。
得摩科斯	他刚才说他不在乎海伦。
普里阿摩斯	俯下身来……（赫克托尔听命照做。）你看见她啦？
赫卡柏	他当然看见了。我寻思着谁会看不见她，又有谁还没见过她。她在满城巡视呢。
得摩科斯	那是美的巡视。
普里阿摩斯	你看见她啦？
赫克托尔	是啊……那又怎么样？
得摩科斯	普里阿摩斯是问你看见了什么！
赫克托尔	我看见一个年轻女子在整凉鞋。
卡珊德拉	她可花了好一阵工夫整凉鞋。
帕里斯	我带走她的时候，她赤身裸体，一件衣衫也没有。那是你的凉鞋。她穿着有点大。
卡珊德拉	小女人穿什么都大。
赫克托尔	我看见两片迷人的屁股。
赫卡柏	他看见的，你们也全都看见了。
普里阿摩斯	可怜的孩子！
赫克托尔	什么？
得摩科斯	普里阿摩斯说，可怜的孩子！
普里阿摩斯	是啊，我没想到特洛亚年轻人竟然到了这种地步。
赫克托尔	哪种地步？
普里阿摩斯	忽略美的地步。
得摩科斯	从而也是忽略爱的地步。竟然到了现实主义的地步，怎么！我们诗人把这称作现实主义。

赫克托尔	这么说特洛亚的老人深谙美和爱？
赫卡柏	这挺正常。那些还能谈情说爱的，还拥有青春美貌的，本就不必理解爱和美。
赫克托尔	美很常见呀，父亲。我不是说海伦，但美确实满街跑。
普里阿摩斯	赫克托尔，认真点儿。你在生活中有过这种经验。你看见一个女人，感觉她不仅仅是她本身，诸种思想情感在她的身体里如潮涌动大放光彩。
得摩科斯	故此红宝石是鲜血的化身。
赫克托尔	对于见过流血的人可不是这样。我刚刚打完仗。
得摩科斯	一种象征①罢了！虽为战士，你好歹听说过象征吧！你总该遇见过一些女人，远远瞥一眼就能感觉到，她们是智慧、和谐或温柔的化身。
赫克托尔	我是见过。
得摩科斯	那你怎么做的？
赫克托尔	挨近她们，不就完了……眼下这位是什么的化身呢？
得摩科斯	再重复一遍，美的化身。
赫卡柏	那赶紧把她送还给希腊人，如果你们想让她长久做美的化身。那是个金发姑娘。②
得摩科斯	和这些女人简直没法儿说话！
赫卡柏	那就别谈论女人！反正你们既不懂殷勤也不爱国。每个民族都会把象征寄托在自家妻子身上，管她是塌鼻子也好，厚嘴唇也罢。只有你们去寄托在别的地方。

---

① 季洛杜用"象征"（symbol）对比"现实主义"（réalisme），似在嘲笑自己珍视的若干想法。
② 在《安菲特律翁三十八世》中，金发的阿尔克墨涅自言脆弱（146）。

赫克托尔　父亲，我和战友们归来，个个筋疲力尽。我们给这片大陆带来永久和平。从今往后，我们就想过幸福生活，就想让妻子无忧无虑地爱我们且生养子女。

得摩科斯　多明智的信念，只是战争从未妨碍人类生孩子。

赫克托尔　告诉我，为什么光有个海伦就让整座城邦变了样？告诉我，她究竟带给我们什么值得和希腊人闹翻？

几何学家　人人都会告诉你！我就能告诉你。

赫卡柏　几何学家来了！

几何学家　是的，几何学家来了！别以为几何学家不必关心女人！几何学家像丈量土地般丈量女人形貌。我不想多说，就为了你们的大腿厚皮、脖子赘肉，几何学家承受过多少痛苦……这么说吧，迄今为止，几何学家对特洛亚周边地带并不满意。平原和山丘的连接线绵软无力，山丘和高峰的连接线硬似铁丝。然而，自从海伦来了以后，风景有了意义，变得坚实。真正的几何学家对这类事尤其敏感。涉及空间和体积，从此只剩下海伦这个通用度量单位。人类为了把世界变小而发明的诸种工具就此消亡。没有米，没有克，没有海里。只有海伦的步子、海伦的肘长、海伦的目光和声音所及的距离，而她走过的气流就是测量风的尺度。她是我们的气压计和风速表！这就是几何学家对你说的话。[①]

---

① 在大小事物之间建立让人意想不到的关联，在人类的重量高度与宇宙和谐之间进行比照，这是季洛杜偏爱的叙述方式。此处的气压计（baromètre）和风速表（anémomètre）与几何学家（géomètre）一词押韵，同时也是一种时代混淆（anachronisme）的写法。

赫卡柏　　他哭了,可真蠢。

普里阿摩斯　亲爱的孩儿,只要看看这群人,你就能明白海伦是什么。她是一种救赎。你看见在那边窥探的老人,那些白发苍苍耗在城头的老人,还有那些偷过东西的人,拐卖过妇女的人,一生碌碌无为的人。海伦向他们所有人证明,在他们内心深处尚有一种美的秘密诉求。如果当初他们能够接近美,就像今天海伦近在眼前,那么他们想必不会偷抢朋友,出卖女儿,挥霍家产。海伦是他们的宽恕,是他们的补偿,也是他们的未来。

赫克托尔　我对老人的未来漠不关心。

得摩科斯　赫克托尔,我是诗人,我以诗人的眼光做评判。你能想象我们的语汇从来不曾为美所触及吗?你能想象"赏心乐事"(délice)这个词根本不存在吗?

赫克托尔　没有也一样过得去。我已经忽略不计了。除非被强迫,我从来不说"赏心乐事"这个词。

得摩科斯　是啊,那么你想必也会忽略"快感"(volupté)这个词?

赫克托尔　如果要付出战争的代价来买"快感"这个词,那我情愿不要。

得摩科斯　你可是付出战争的代价才找到最漂亮的词:"勇气"。

赫克托尔　那是划得来的。

赫卡柏　　找到"懦弱"这个词也要付出同等代价。

普里阿摩斯　孩儿啊,为什么你不肯理解我们呢?

赫克托尔　我非常理解你们。你们偷换概念,假称要我们为美而战,实则为一个女人而战。

普里阿摩斯　你不肯为任何女人而战吗?

赫克托尔　当然不!

赫卡柏　他能这样就太对了。

卡珊德拉　也许只肯为一个女人而战。不过眼下这个数目大大不可控。

得摩科斯　你不肯为夺回安德洛玛克而战吗?

赫克托尔　安德洛玛克和我早就商量好了挣脱牢笼长相厮守的秘密方法。①

得摩科斯　是说希望落空时能长相厮守吗?

安德洛玛克　也包括这个。

赫卡柏　干得好,赫克托尔!你戳穿了他们。他们想为一个女人发动战争。这是性无能者的爱的方式。

得摩科斯　这是过分抬高女人们的身价吗?

赫卡柏　哼!当然是!

得摩科斯　请原谅我不能苟同。我尊重女性,那是我母亲的性别,我甚至尊重那些最不值得尊重的女性代表。

赫卡柏　我们知道。你早就表现过这样的尊重……

（侍女们听到争吵跑过来,一阵大笑。）

普里阿摩斯　赫卡柏!姑娘们!怎么回事,闺房造反啦?现在开会讨论要不要为你们中的一个赌上整座城邦,你们为此受侮辱啦?

安德洛玛克　对女人只有一种侮辱,那就是不公平。

得摩科斯　看到女人们最不了解女人②是什么,真叫人难过啊!

---

① 此处指自杀。依据斯多亚派哲学教诲,死亡是通往自由之路。
② 季洛杜此处细分了单数的女人（la femme）和复数的女人们（les femmes）,一概而论的思维方式对他来说即是一种错误。

年轻侍女	（重新走过场）啊呀呀！
赫卡柏	女人们完全了解。让我告诉你们女人是什么。
得摩科斯	普里阿摩斯，别让她们开口。天晓得她们会说出什么来。
赫卡柏	她们会说出真相。
普里阿摩斯	好姑娘们，只要想想你们当中的任何一位，我就了解女人是什么。
得摩科斯	首先，女人是男人的力量之源。赫克托尔，这你再清楚不过。战士背包里不藏一幅女人肖像，在战场上简直不会打仗。
卡珊德拉	说得对，是你们的傲慢之源。
赫卡柏	是你们的邪恶之源。
安德洛玛克	女人是一堆没主见的可怜虫，一堆担惊受怕的可怜虫。她们仇恨沉重的东西，喜欢庸俗轻易的东西。
赫克托尔	亲爱的安德洛玛克！
赫卡柏	很简单，我做女人五十年，还是没法儿知道我究竟是怎么回事。
得摩科斯	其次，女人是勇气的唯一犒赏，不管她肯不肯……去问最不起眼的小兵吧。杀一个男人就能赢得一个女人。
安德洛玛克	女人爱懦夫，爱浪荡汉。赫克托尔若是懦夫或浪荡汉，我也一样爱他。也许还会更爱他。
普里阿摩斯	安德洛玛克，别把话说过分了。不然事与愿违，你倒会证明相反的东西。
小波吕克赛娜	她贪吃，还说谎。
得摩科斯	女人在人类生活中还代表忠诚和贞洁，这些我们一概不提吗？

侍　　女　啊呀呀！①

得摩科斯　你瞎喊什么？

侍　　女　啊呀呀！我怎么想就怎么说。

小波吕克赛娜　她摔坏玩具，把玩具娃娃的脑袋丢进开水里。

赫卡柏　我们女人随着年岁渐长倒是看清了男人是什么东西，就是一群伪君子、牛皮匠和好色鬼。男人随着年岁渐长却将女人粉饰得十全十美。在你们的记忆里，蹲在墙后干粗活的女仆也化身成爱的造物。

普里阿摩斯　你欺骗过我？

赫卡柏　我只和你在一起时欺骗过你，能有上百次。

得摩科斯　安德洛玛克也欺骗过赫克托尔吗？

赫卡柏　让安德洛玛克清静点吧。女人的是非与她毫不相干。

安德洛玛克　赫克托尔若不是我丈夫，我会和他一起欺骗我丈夫。就算他是个跛脚弯腿的渔夫，我也会跟他住进窝棚里。我会睡在蚝壳海藻堆里。我会给他私生个小子。

小波吕克赛娜　她夜里偷着玩，闭着眼睛不睡觉。

赫卡柏　（对波吕克赛娜）好啊，你倒敢说！真叫我恼火！别让我再抓到你。

侍　　女　没有比男人更坏的了。可是瞧瞧这一位哟！

得摩科斯　男人活该被女人欺骗！女人活该看轻自身的尊严和价值！既然女人没有能力保持这副理想形象，没有能力做到不善变，灵魂不长皱纹，那就让我们来吧……

---

① 侍女的喊叫与众人的雄辩演讲相映成趣。

侍　女	哟！挺好的鞋撑子！
帕里斯	只有一件事她们忘了说：她们不嫉妒。
501　普里阿摩斯	好姑娘们！就连你们的抗议也证明我们在理。你们眼下为和平奋战，还有比这更高贵的慷慨举动吗？和平只会让你们的丈夫胆小怕事，游手好闲，推卸责任，战争却能把他们改造成男人！……
得摩科斯	改造成英雄。
赫卡柏	我们也懂得用词的讲究。战争时期男人被称作英雄，用不着表现得比平时更勇敢，还可以撒腿逃跑。至少他是逃命的英雄。①
安德洛玛克	父亲啊，我恳求你。如果你对女人心存友爱，请听普天下的女人②通过我的声音对你说话。就让我们的丈夫保持原样吧。诸神在他们周围造了多少有生命无生命的教练，好让他们保持敏捷勇敢。哪怕只有暴风雨！哪怕只有猛兽！只要还有狼群、大象和雪豹，男人们就拥有比人类本身更强大的竞争对手。所有这些在我们周围飞旋的大鸟，所有这些毛皮被我们女人错看成欧石楠的兔子，比起另一种靶子，比起敌人用盔甲掩护的心脏，所有这些更能确保我们的丈夫拥有敏锐的眼力。每次我看见一头鹿或一只鹰被猎杀，我总是心存感激。我知道那头鹿或那只鹰是替赫克托尔死的。为什么你要让我盼望其他人去替赫克托尔死呢？

---

① 参看《伊利亚特》卷二十二，158。"逃跑者固然英雄，追赶者更强。"
② 1935 年 4 月，法国报纸集中报道了"商谈世界和平"为主题的世界妇女大会。

普里阿摩斯　　我也不想这样，亲爱的孩儿。不过，你知道为什么你们今儿能在这儿，个个美丽又勇敢吗？那是因为你们的丈夫、父辈和祖先全是战士。假设他们疏忽了用兵练武，假设他们不知道生活这项乏味愚蠢的营生随时会因为人类的轻视而突显其正当性并大放光彩，那么就该是你们胆怯残忍地呼吁发动战争。人世间没有第二种永生的方案，唯有遗忘人终有一死。

安德洛玛克　　哦！是这样的，父亲啊，你全明白。战死沙场的全是勇敢的人。想要不被杀死，须得碰上运气，或者特别机灵。须得在危险面前不止一次低头下跪。列队游行通过凯旋门的士兵全是在死亡面前逃跑的人。一个国家既然丧失荣誉和力量，又怎么可能同时赢得这两样东西呢？

普里阿摩斯　　孩儿啊，头一次怯懦相当于在人民的脑门上刻第一道皱纹。

安德洛玛克　　哪种怯懦更坏呢？是面对他人显得怯懦但确保和平，还是内心胆怯却要挑起战争？

得摩科斯　　怯懦就是情愿有别的死法而不肯为祖国送死。

赫卡柏　　我正等着这个拐弯处冒出诗意呢，果然不负所望。①

安德洛玛克　　人总是为祖国而死的！一个人在祖国活得有尊严，积极明智，这同样是在为祖国而死。普里阿摩斯，战死的人在地下并不太平。他们化作泥土并不能得到休憩和永恒的安顿。他们不能成为大地上的良田，大地的血肉。每次从地下发现一具

---

① 诗人在终场时分确乎给了赫克托尔致命打击。

　　　　　　骸骨，旁边总有一把剑。那是大地的一根骨头，一根枯骨。那是一名战士。

赫卡柏　　再不然就只让老人去打仗。整个国家只有年轻人。[1] 等到年轻人死去，这个国家也亡了。

得摩科斯　你们竟拿少年人烦我们。三十年后，少年人也成了老人。

卡珊德拉　错了。

赫卡柏　　错了！成年人一过四十就被当成老人。他本人消失不了。前后之间只剩外表的联系。少年人身上没有什么东西在老人身上继续存在。

得摩科斯　赫卡柏，我对诗名的在意还继续存在。

赫卡柏　　这倒是真的。风湿病也继续存在。

　　　　　　　　　　　　　　　　（侍女又一次大笑。）

赫克托尔　帕里斯，你光听别人说，一言不发！你没想过牺牲一场艳遇好让我们免却经年的纷争和屠杀吗？

帕里斯　　你要我说什么好呢！我这是国际性事件。

赫克托尔　帕里斯，你真的爱海伦啊？

卡珊德拉　他们是爱的化身。他们甚至不必再相爱。

帕里斯　　我崇拜海伦。

卡珊德拉　（在城墙边）海伦来了。

赫克托尔　如果我说服海伦上船离开，你能接受吗？

帕里斯　　我接受。

赫克托尔　父亲，如果海伦同意回希腊，你会强行挽留她吗？

普里阿摩斯　何必问这种不可能发生的问题？

---

[1] 1935年4月26日，季洛杜曾在《费加罗报》撰文讨论法国出生率下降问题。此外在当时整个欧洲的青年运动此起彼伏。

赫卡柏　　怎么不可能？倘若女人有四分之一像你们所宣称的样子，那么海伦就会主动离开。

帕里斯　　父亲，这回是我恳求你。你已经见过他们，也听过他们说话。一说到海伦，我们这个皇族立即变成无愧于布尔乔亚最佳称号的公婆小姑大派对。作为大家族的子弟，我不知道还有比勾引家更丢人的角色。我受够了他们含沙射影。我接受赫克托尔的挑战。

得摩科斯　帕里斯，海伦不属于你一人。她属于整个城邦。她属于国家。

几何学家　她属于风景。

赫卡柏　　几何学家，闭嘴。

卡珊德拉　海伦到了……

赫克托尔　父亲，我请求你，让我试试。听我说……那边在招呼大家参加庆典。让我留下，过会儿和你们会合。

普里阿摩斯　帕里斯，你真的接受吗？

帕里斯　　我恳求你。

普里阿摩斯　好吧。孩儿们，走吧。我们去准备关闭战争之门。

卡珊德拉　可怜的门！开门容易关门难，得多上油才行！

（普里阿摩斯及其随从退场。得摩科斯留下不走。）

赫克托尔　你在等什么？

得摩科斯　诗神附身。

赫克托尔　你说什么？

得摩科斯　每次海伦现身，我就灵感大发。我会陷入狂迷，口吐白沫，即兴创作。天神啊，灵感来了！

>美人海伦，斯巴达的海伦，
>温柔的胸，高贵的头颅。
>诸神不准我们放你走，
>放你回去找墨涅拉奥斯。

赫克托尔　你这就作完诗啦？简直就像拿锤子敲打人的脑袋。
得摩科斯　这是我的发明。还有更惊人的呢。听哪——

>无所畏惧走向赫克托尔吧，
>斯卡曼德洛斯的荣耀和恐惧！
>你在理而他错了，
>全因他心硬而你多情……

赫克托尔　滚！
得摩科斯　这么看我干吗？你这副样子像是既恨战争也恨诗歌。
赫克托尔　快走。战争和诗歌本是一丘之貉。

（诗人退场。）

卡珊德拉　（通报）海伦到！

第七场

海伦、帕里斯、赫克托尔

帕里斯　海伦，亲爱的，这是赫克托尔。他对你有些打算，挺简单的打算。他要把你交还给希腊人，要向你证明你不爱我……在我留下你和他谈话以前，告诉我你爱我……真心实意地告诉我吧。

海　伦　　我崇拜你，亲爱的。

帕里斯　　告诉我，那将你带离希腊的海浪是美的。

海　伦　　美极了！美极了的海浪！你在哪儿见到海浪啦？当时大海那么平静……

帕里斯　　告诉我，你恨墨涅拉奥斯。

海　伦　　墨涅拉奥斯？我恨他。

帕里斯　　还没说完呢……我永远不回希腊。说一遍。

海　伦　　你永远不回希腊。 505

帕里斯　　不，说的是你。

海　伦　　当然啦！我真笨！……我永远不回希腊。

帕里斯　　不是我让她说的……现在轮到你了。

（他走开。）

第八场

海伦、赫克托尔

赫克托尔　　希腊美不美？

海　伦　　帕里斯觉得希腊很美。

赫克托尔　　我是问你，[①] 没有海伦的希腊美不美？

海　伦　　我替海伦感谢你。

赫克托尔　　说到底，这么多人说起的希腊究竟是什么样子？

海　伦　　有许多君王和许多山羊，全散布在大理石上头。

赫克托尔　　如果是镀金的君王和安哥拉山羊，日出时应该顶壮

[①] 译按：赫克托尔与海伦互用敬称。《安菲特律翁三十八世》（如见154等）和《厄勒克特拉》（如见597—602）均出现了剧中人在同一场戏中有意混淆"你"和"您"的称呼，本剧不存在相似情况，试统一译作"你"。

观吧。

海　伦　我一向起得晚。

赫克托尔　诸神呢，有很多吧？帕里斯说天上挤满诸神，女神的大腿都从天顶垂悬下来了。

海　伦　帕里斯看东西总是鼻孔朝天。他有可能看见过女神。

赫克托尔　你呢，你没看见过吗？

海　伦　我没有那个天分。我从未在海中看见一条鱼。我回去以后兴许能看得更清楚。

赫克托尔　你刚才告诉帕里斯永远不回希腊。

海　伦　他求我说的。我爱听帕里斯的话。

赫克托尔　我明白了。说到墨涅拉奥斯也一样。你不恨他吧？

海　伦　我为什么要恨他？

赫克托尔　就为了那个叫人真正恨起来的唯一理由。你看烦他了。

海　伦　墨涅拉奥斯？哦，没有啊！我从未真正看见过墨涅拉奥斯。恰恰相反。

赫克托尔　从未看见过你丈夫吗？

海　伦　在静物和生物中，有些在我看来是有颜色的。这些我能看见，也就相信。但我从未能看见墨涅拉奥斯。

赫克托尔　可是他就在你身边。

海　伦　我能触摸他。但我不能说我看见过他。

赫克托尔　传说他一刻也不离开你。

海　伦　自然是这样。我应该有好几回不知不觉从他的身体穿行而过。

赫克托尔　相反你看见帕里斯啦？

海　伦　在天上，在地上，就像一道剪影。

赫克托尔　他现在还像剪影吗？看哪，他就在那儿，背靠城墙。

海　伦　你肯定那是帕里斯吗？

赫克托尔　是他在等你。

海　伦　噢！他远不如之前清晰呢！

赫克托尔　按说城墙才新刷过石灰。看哪，那是他的侧影！

海　伦　真奇怪，等你的人远不如你等的人有清晰的身影！

赫克托尔　你肯定帕里斯爱你吗？

海　伦　我不太喜欢知道别人的感觉。那真叫人不自在。这就像赌博的时候，一旦看清对方的赌注，你肯定就输了。

赫克托尔　那你爱他吗？

海　伦　我也不太喜欢知道我自己的感觉。

赫克托尔　啊呀！每当你和帕里斯亲热过后他躺在你怀里沉睡时，每当他拦腰抱住你让你得到满足时，在这种时候你就没有任何想法吗？

海　伦　我的戏在这种时候就演完了。我听任全世界代替我思考。这比我自己思考强得多。

赫克托尔　可是欢乐让你和某个人扯不断，有可能是别人，也有可能是你自己。

海　伦　我尤其了解别人的欢乐……这种欢乐远不止两个男人。

赫克托尔　在帕里斯以前，还有过许多别人吗？

海　伦　有那么几个。

赫克托尔　在他之后也还会有那么几个，也将在天边、墙上或床单映出一道剪影，对吧？我猜就是这样。海伦，你不爱帕里斯。你爱的是男人！

海　伦　我不讨厌男人。拿他们来摩擦身子，就像大块肥皂似的，那怪叫人惬意的。完了还格外干净……

赫克托尔　卡珊德拉！卡珊德拉！

第九场

海伦、卡珊德拉、赫克托尔、众报信人

卡珊德拉　出什么事了？
赫克托尔　你真叫我好笑。女预言家老问别人出什么事。
卡珊德拉　你叫我干吗？
赫克托尔　卡珊德拉，海伦今晚随希腊使者动身回去。
海　伦　我吗？你在说什么呀？
赫克托尔　你刚才不是告诉我你并不特别爱帕里斯吗？
海　伦　那是你的解释。说到底，随你便。
赫克托尔　那我引用原话。你说你喜欢拿男人来摩擦身子就像大块肥皂似的，不是吗？
海　伦　是的，或者像沐浴浮石似的，随你高兴。那又怎样？
赫克托尔　那就是说，要么返回你并不讨厌的希腊，要么引发像战争那样可怕的灾难，两者选择一个，你不会犹豫不决吧？
海　伦　赫克托尔，你完全不了解我。我做选择不会犹豫。为了办成这件事或那件事，让我做这做那，这样说说太容易。你发现我很软弱，这叫你喜出望外。男人发现女人身上的弱点，就好像猎人在正午发现一道清泉，当场喝个饱。但你千万不要以为，说服了最软弱的女人就算是说服了未来。人不可能通过操纵孩子去决定命运……
赫克托尔　我不懂希腊人的牛角尖和琐碎事。

海　伦　这跟牛角尖和琐碎事无关。至少事关巨兽和金字塔的问题。

赫克托尔　你选择走,到底是不是?

海　伦　别逼我……我选择事件也像选择静物和人一样。我选择那些在我看来不是暗影的。我选择我能看见的。

赫克托尔　这我知道,你说过了:那些在你看来有颜色的。你看不见过几天你会回到墨涅拉奥斯的宫殿吗?

海　伦　没有。这个很难看到。

赫克托尔　到时可以安排你丈夫穿戴光鲜迎接你。

海　伦　就算涂满从所有贝壳提炼出的绛红染料①,我也看不见他。

赫克托尔　卡珊德拉,你有竞争对手了。这一位也能预见未来。

海　伦　我不是预见未来。只不过,我能看见未来某些图景是有颜色的,另一些图景灰暗无光。迄今为止,总是那些有颜色的图景真的发生了。

赫克托尔　那我们就在正午准点把你送还给希腊人,就在那片耀眼的沙滩上,位于酒色大海②和赭色城墙之间,全体特洛亚人将披挂黄金盔甲红色战袍。在我的白战马和普里阿摩斯的黑牝马陪同下,我的妹妹们一身墨绿长袍,把你一丝不挂交给希腊使者。我猜,希腊使者的银头盔会插红羽毛。我想这一切你都看见了吧?

海　伦　没有,我什么也没看到。全太模糊了。

---

① 推罗的绛红染料从贝壳提炼而出。
② 译按:La mer violette 直译当做"紫色的海"。季洛杜沿用荷马常用语,故仍译作"酒色"。

赫克托尔　你在开我玩笑吧?

海　伦　我为什么要开你玩笑?好啊!既然你想这么办,那就这么办!我们快准备把我送还给希腊人。走着瞧吧。

赫克托尔　你觉出你在侮辱人性吗?还是根本意识不到?

海　伦　我侮辱什么?

赫克托尔　你没觉出你的彩色图卷是对世界的嘲弄吗?我们所有人在这儿拼命抗争作出牺牲,就为了争取到属于我们的片刻时光,而你却在那儿翻阅现成的永生图卷!……你看到什么啦?你那茫然的目光在哪幅图卷上停驻不动呢?想必就是你站在同一道城墙上观赏战斗吧?① 你看见战斗了吧?

海　伦　看见了。

赫克托尔　你看见这座城邦倒塌或被火烧了吧?

海　伦　看见了。那是鲜红色的图景。

赫克托尔　帕里斯呢?你看见帕里斯的尸体拖曳在一辆战车后头了吗?②

海　伦　啊!你觉得那是帕里斯吗?我看见一团曙光在尘土中滚动。那手上的钻戒闪闪发光……可不是嘛!……我经常认错人脸,但认得准珠宝。那是帕里斯的戒指。

赫克托尔　很好……我不敢问安德洛玛克和我本人……关于安德洛玛克和赫克托尔这组人怎么样……你看见了!不要否认。你看见什么啦?幸福的,变老的,这图景亮吗?

---

① 译按:此处影射海伦在城墙上观战,参看《伊利亚特》,卷二,145起。
② 译按:此处影射赫克托尔本人的尸体被阿喀琉斯拖曳在战车后,参看《伊利亚特》卷二十二,395起。

海　伦　　我努力不去看。

赫克托尔　那么，安德洛玛克在赫克托尔的尸体旁哀哭，[①]这图景亮吗？

海　伦　　你也知道……我有可能看见一幅图景很亮，闪闪发亮，却压根儿没有发生。谁也说不准。

赫克托尔　不必再说。我懂了……在哀哭的母亲和父亲的尸体中间，有没有一个儿子呢？

海　伦　　有的……他在摆弄父亲凌乱的头发……他很可爱。

赫克托尔　这些图景全在你眼里吗？别人也能从你的眼睛看见吗？

海　伦　　我不知道。你试试看吧。

赫克托尔　全没了！全没了！只见大火过后一片灰烬，宝石黄金化作尘埃！这双世界的眸镜多么明净啊！想必不是用眼泪来清洗的吧……海伦，如果有人要杀你，你会哭吗？

海　伦　　我不知道。不过我会叫喊。赫克托尔，你再往下说，我觉得我也要喊起来……我要喊起来了。

赫克托尔　今晚你必须回希腊，不然我就杀了你。

海　伦　　我愿意回去呀！我准备好回去了。只不过，再说一遍，我完全看不见那艘带走我的船。我看不见桅杆的铰链闪闪发光，看不见船长的鼻环闪闪发光，也看不见小水手的眼白闪闪发光。

赫克托尔　那就是你回去的路上大海灰暗，日光也灰暗。无论如何，我们要和平。

海　伦　　我看不见和平。

赫克托尔　那就让卡珊德拉指给你看。她是巫师。她能召唤来

[①] 安德洛玛克哀悼赫克托尔，参看《伊利亚特》卷二十四，723 起。

魂影和精灵。

报信人　赫克托尔，普里阿摩斯召你去！祭司们反对关闭战争之门！他们说，诸神会觉得这是一种亵渎。

赫克托尔　真奇怪！诸神在事情难办的时候总是避免亲自发话。

报信人　诸神亲自发话了。响雷打在神庙上，牺牲内脏的兆示也反对送走海伦。

赫克托尔　我倒是愿意拿出许多祭品，好去求问祭司们的内脏……你走吧，我马上到。

（报信人退场。）

赫克托尔　这么说，你同意啦，海伦？

海　伦　是的。

赫克托尔　从现在起，我让你说什么你就说什么，让你做什么你就做什么，对吧？

海　伦　是的。

赫克托尔　在奥德修斯面前，你不会反驳我，会完全附和我，对吧？

海　伦　是的。

赫克托尔　听听她说的，卡珊德拉！听听这个否认分子说是！人人向我妥协。帕里斯向我妥协。普里阿摩斯向我妥协。现在海伦也向我妥协。可我感觉我反倒输了，每一次胜利徒有其表。我以为和巨人搏斗很快能赢，不承想是在对抗某种不可改变的东西，某个女人视网膜上的映像。海伦，你对我满口称是也枉然。你眼里的固执在嘲弄我。

海　伦　这有可能。我无能为力。那不是我的固执。

赫克托尔　世界究竟出了什么岔子，才会将这双镜子般的眼眸安在这样迟钝的脑袋上呢？

海　伦　　当然这叫人惋惜。不过，你找到办法对付镜子的固执吗？

赫克托尔　　是的。我寻思了好一阵子。

海　伦　　就算打碎镜子，上头的映像大概也不会变少吧？

赫克托尔　　问题就在这里。

另一名报信人　　赫克托尔，赶快去吧。有人在沙滩上造反。希腊人的船只在海面上望得见了。他们的旗帜没有升到桅杆，而是挂在帆桁①。这有损我国海军的荣誉。普里阿摩斯担心希腊使者一上岸就会被杀害。

赫克托尔　　卡珊德拉，海伦交给你了。我过会儿下达命令。

第十场

海伦、卡珊德拉

卡珊德拉　　我什么也看不见，无论有颜色的，还是灰暗无光的。不过，每种生物一靠近就会对我产生压力。根据血脉受扰程度，我能感知他们的命运。

海　伦　　在那些有颜色的图景中，我有时能看到某个细节比别的更亮。我没告诉赫克托尔。他儿子的脖子闪闪发亮，就在颈动脉的地方②……

卡珊德拉　　我像摸索行路的瞎子。不过，我是走在真相中的瞎子。他们所有人能看见，却只看见假象。我能触摸

---

① 桅杆和帆桁，同见于《奥德赛》中的奥德修斯造船场景（卷五，254，318）。关于旗帜的位置说法乃是季洛杜的杜撰。

② 赫克托尔的小儿子在亡城时被从城墙上摔死，参看《伊利亚特》卷二十四，735；另参欧里庇得斯，《特洛亚女人》，730起。

到真相。

海　伦　我们的长处就在于预见和记忆相混淆，过去和未来相混淆。人变得不那么敏感……你真的是巫师吗？真能召唤来和平女神吗？

卡珊德拉　和平女神？再容易不过。她装扮成乞丐在每扇门后偷听……她来了。

（和平女神出现。）

海　伦　她真好看！

和平女神　救命啊！海伦，帮帮我！

海　伦　可她脸色真苍白。

和平女神　我脸色苍白吗？怎么回事，苍白！你看不见我头发上的黄金首饰吗？

海　伦　哟，是灰色的金饰吗？这倒新鲜①……

和平女神　灰色的金饰！我的黄金首饰是灰的吗？

（和平女神消失。）

海　伦　她不见啦？

卡珊德拉　我猜她是去抹点胭脂。

（和平女神浓妆艳抹，再次出现。）

和平女神　这样呢？

海　伦　我越发看不见你了。

和平女神　这样呢？

卡珊德拉　海伦越发看不见你了。

和平女神　你看得见我，既然你还跟我说话。

卡珊德拉　我特别擅长对隐形者说话。

和平女神　出了什么事？为什么城里和沙滩上的人们这样

---

① 二战期间的首饰店常见有这种"灰色的黄金首饰"，乃是金银铁铅的混合体。在古典政治悲剧中穿插当代时尚细节，确是季洛杜的常用手法。

　　　　　　叫喊？
卡珊德拉　好像是他们的诸神掺和进来了，还有他们的荣誉。
和平女神　他们的诸神！他们的荣誉！
卡珊德拉　是啊……你生病了！

第二幕

（王宫内庭，拐角均有观海亭。正中有座建筑物，即战争之门。大门敞开。）

第一场

海伦、少年特洛伊罗斯

海　　伦　喂，那边的！对，就是喊你！……过来。
特洛伊罗斯　我不。
海　　伦　你叫什么名字？
特洛伊罗斯　特洛伊罗斯。
海　　伦　过来。
特洛伊罗斯　我不。
海　　伦　过来，特洛伊罗斯！……（特洛伊罗斯走过去。）啊，你来啦！别人喊你的名字，你才肯听话。你跑得像头小猎狗。怪讨人喜欢的。你知道吗？你逼得我头一回冲男人喊起来。男人们总挨得那么紧，我只要动动嘴唇就行。我冲海鸥喊过，冲鹿喊过，冲回声喊过，但从来没有冲男人喊过。你可得赔我呀……你怎么啦？你在发抖？

特洛伊罗斯 我没发抖。

海　伦 你发抖了，特洛伊罗斯。

特洛伊罗斯 是的，我发抖了。

海　伦 你为什么老跟着我？我背对太阳停下脚步时，你的影子总会绊到我的脚。刚好就在脚边，差点儿被我踩到。告诉我，你想要什么……

特洛伊罗斯 我什么也不想要。

海　伦 特洛伊罗斯，告诉我你想要什么！

特洛伊罗斯 一切！我想要一切！

海　伦 你想要一切。月亮吗？

特洛伊罗斯 一切！超过一切！①

海　伦 你说话已经像个真正的男子汉啦。怎么！你想拥抱我吧。

特洛伊罗斯 不！

海　伦 你想拥抱我，是不是，我的小特洛伊罗斯？

特洛伊罗斯 过后我会马上自杀！

海　伦 过来……你多大啦？

特洛伊罗斯 十五岁……唉！

海　伦 好一声感叹哪……你拥抱过小姑娘吧？

特洛伊罗斯 我恨她们。

海　伦 你拥抱过她们吧？

特洛伊罗斯 她们全被人抱过了。我宁肯死也不抱她们。

海　伦 我觉得你已经有过不少经验啦。为什么不对我直说：海伦，我想拥抱你？……我看不出你拥抱我

---

① 加缪戏剧《卡里古拉》中的主人公形象（第一幕第四场）很可能受到特洛伊罗斯的影响。

会有什么不好……拥抱我吧。

特洛伊罗斯 我不。

海　伦 黄昏时我坐在城垛上看海岛日落,你要悄悄走来,伸手捧住我的头转向你,把我的脸从金色的夕照转到阴影里,这样你就看得不那么清楚了——你要拥抱我,我会很快活……我会在心里想,啊呀,小特洛伊罗斯拥抱我了!……拥抱我吧。

特洛伊罗斯 我不。

海　伦 我明白了,你要是拥抱过我,你就会恨我。

特洛伊罗斯 啊!男人们可真有机会说出心里话呀!

海　伦 你就说得挺好![①]

第二场

海伦、帕里斯、少年特洛伊罗斯

帕里斯 海伦,当心哪。特洛伊罗斯是危险人物。

海　伦 才不是呢。他想拥抱我。

帕里斯 听着,特洛伊罗斯,你要是敢抱海伦,我会杀了你!

海　伦 他才不在乎送命呢,就算死上几回也一样。

帕里斯 怎么着?他冲过来啦?……他要扑到你身上吗?……他太可爱了!拥抱海伦吧,特洛伊罗斯,我准许你这么做。

---

① 《厄勒克特拉》中场的园丁诉歌同样提到不得不口是心非(640及相关注释)。

海　伦　你要是能让他下这个决心，你可比我机灵多啦。

（特洛伊罗斯本要向海伦奔过去，突然又闪开了。）

帕里斯　听着，特洛伊罗斯。城邦元老全到齐了，要关闭战争之门……你当着他们的面拥抱海伦，就会一举成名。你想不想将来做个名人呀？

特洛伊罗斯　我不。偏要默默无名。

帕里斯　你不想出名吗？你不想做个有钱有势的人吗？

海　伦　我不。偏要又穷又难看。

帕里斯　我还没说完哪！……这样才能拥抱所有女人。

特洛伊罗斯　我一个女人也不要，一个也不要！

帕里斯　元老们到了！让你选择，要么你当着他们的面拥抱海伦，要么我当着你的面拥抱她。你更希望让我来对吧？很好！看着！……哦！海伦，你给了我一个从未有过的吻呢！

海　伦　这本来是给特洛伊罗斯的吻。

帕里斯　你不知道刚才错过什么，小兄弟！啊呀，你要走吗？再见！

海　伦　我们会拥抱的，特洛伊罗斯。我向你保证。（特洛伊罗斯走开。）特洛伊罗斯！

帕里斯　（有点恼火）你喊得够大声的，海伦！

第三场

海伦、得摩科斯、帕里斯

得摩科斯　等一下，海伦！看向我。我手里有一只极美的鸟正要放飞……喏，准备好了吗？……就这样……你

|||理理头发，再甜甜地笑一个。
帕里斯|||我不明白，海伦的头发蓬松点儿，再甜甜地笑一下，那鸟能飞得更高吗？
海　伦|||反正不费什么事。
得摩科斯|||别动……一、二、三！行啦！……好了，你可以走了。
海　伦|||鸟呢？
得摩科斯|||那是一只会隐身的鸟。
海　伦|||下次见到别忘了问它隐身的秘诀。

（海伦退场。）

帕里斯|||这演的是哪一出？
得摩科斯|||我在作一首诗，专颂海伦的脸。我得好好端详她，把她的笑貌发卷全刻进记忆中。现在成了。①

第四场

得摩科斯、帕里斯、赫卡柏、小波吕克赛娜
阿布涅奥斯、几何学家、几个老人

赫卡柏|||说到底，你们会关闭这大门吧？
得摩科斯|||当然不关。就算关了，说不定今晚又得重新打开。
赫卡柏|||赫克托尔想关。他会说服普里阿摩斯。
得摩科斯|||我们走着瞧吧。再说我给赫克托尔留了一手奇招。
小波吕克赛娜|||妈妈，这大门通向哪里啊？

---

① 这场戏乃是季洛杜稍后补加的，再现了当时盛行的"没有摄影机的照片"之说。

阿布涅奥斯	通向战争，孩子。大门打开就是有战争。
得摩科斯	朋友们……
赫卡柏	战争不战争，你们搞这种象征很蠢。这样真的不好收拾，两扇门老开着！招来满城的狗。
几何学家	这可不是家务事。这是战争和诸神的事务。
赫卡柏	我就是这个意思，诸神不知道关好他们的门。
小波吕克赛娜	妈妈，我知道把门关好，是吧！
帕里斯	（亲吻小波吕克赛娜的手指）宝贝，你关门会夹到手的。
得摩科斯	帕里斯，我能不能要求诸位肃静一点？……阿布涅奥斯，还有你，几何学家，还有你们，诸位朋友，我提前召集你们来，就是要抢先开头一次会议。这是个好兆头，第一次战事会议的成员不是众将军，而是众文人。战争时期，光给战士提供武器不够，还须得鼓舞士气。在进攻时刻，将领靠密封储藏的松脂酒①让战士的身体兴奋起来，倘若没我们诗人促使战士的精神也同时兴奋起来，照样打不败希腊人。尽管年事过高不能参战，我们至少得发挥余热确保战斗无情。阿布涅奥斯，我看出你有想法，接下来由你发言。
阿布涅奥斯	是的。我们得有一首战歌。
得摩科斯	说得对。战争就得有战歌。
帕里斯	迄今为止，没有战歌不也过来了。
赫卡柏	那是战争自个儿唱得够响亮……

---

① 译按：松脂酒（Ρετσίνα），古希腊的一种白葡萄酒或桃红葡萄酒，以树脂密封酒瓶而带有松脂香味著称。

阿布涅奥斯	没有战歌也过来了，那是因为我们从前只和蛮族打仗。那就像打猎。吹响号角足矣。和希腊人打仗，我们进入了更高级别的战争领域。
得摩科斯	太对了，阿布涅奥斯。希腊人可不是和所有人都打仗。
帕里斯	我们已经有一首国歌。
阿布涅奥斯	是的。不过那是和平歌。
帕里斯	唱的时候搭配表情和动作，和平歌也能变成战歌……咱们那首的歌词是什么来着？
阿布涅奥斯	你知道的。歌词乏善可陈——"我们要收割庄稼，我们要压榨葡萄鲜血！"
得摩科斯	更像是一首向庄稼开战的歌。光是威胁黑麦，可不足以吓退斯巴达人。
帕里斯	唱的时候手握长枪脚踩死尸，你就看着吧。
赫卡柏	歌词里头有"鲜血"这个词。战歌都这样。
帕里斯	还有"收割"这个词。战争也好这个。
阿布涅奥斯	何必讨论呢？得摩科斯在两小时内就能重作一首新歌。
得摩科斯	两小时，只怕来不及。
赫卡柏	别担心，两小时绰绰有余！作完战歌，你再作祷歌。写完祷歌，你还能写大合唱。[①] 战争一爆发，诗人更是一发不可收拾。押韵就是最有力量的战鼓。
得摩科斯	也是最有效的战鼓。赫卡柏，你说得再好不过。我了解战争。只要没打起来，只要战争之

[①] 祷歌（hymne）源自古希腊，大合唱（cantate）则起源于意大利。季洛杜的混用手法。

门紧闭不开，人人可以随意辱骂、诋毁战争。战争无视人们在和平时期的冒犯。可是，一旦打起来，战争的傲慢所向无敌。只有恭维、逢迎战争，才有可能赢得青睐和胜利。这也是擅长言说和书写的人的使命，要歌颂，要时刻奉承，要不停恭维战争庞大躯体上或清晰或含糊的部位。否则就会惹恼战争。你们看见那些军官了。对敌人勇敢，对战争胆怯，这是正统将军的信条。

帕里斯 你已经有了写战歌的想法啦？

得摩科斯 绝妙的想法，你比别人更能理解……战争总是被装饰以墨杜莎①的头发，或戈耳戈姐妹的嘴唇，想必对此早已厌烦。我想用海伦的脸比较战争的脸，这模样儿定会叫战争欢喜。

小波吕克赛娜 妈妈，战争的样子像什么呢？

赫卡柏 像你海伦婶子。

小波吕克赛娜 那很漂亮呀。

得摩科斯 讨论结束。战歌的事就这么定了。几何学家，你干吗坐立不安？

几何学家 有些事远远比战歌更紧迫。

得摩科斯 你是想说军功章、假传消息之类吗？

几何学家 我是想说骂仗的用语②。

赫卡柏 骂仗的用语？

518

---

① 译按：《安菲特律翁三十八世》中安菲特律翁的头盔即用墨杜莎做装饰（125—126）。依据古希腊诗人赫西俄德的《神谱》，墨杜莎是戈耳戈三姐妹（la Gorgoge）之一（274—279）。

② Les épithètes：荷马诗中原指"固定修饰语"，季洛杜此处用来指骂仗话。骂仗在荷马诗中同样并不少见，参看《伊利亚特》卷一，149，159 起；卷二十，198 起，等等。

几何学家　希腊战士在互投长枪以前，总会先嚷一通骂仗的用语……他们会互相叫唤：癞蛤蟆家的！公牛养的！……就是互相辱骂呗！这是有道理的。一旦自尊心被激怒，人的身体更易受攻击。出名冷静的战士一旦被骂成大肉瘤或甲状腺肿大，当场就会丧失冷静。我们特洛亚人太缺少这类骂仗的用语啦。

得摩科斯　几何学家说得对。只有我们不先辱骂一通再杀死对手。

帕里斯　你不觉得平民百姓互相辱骂就够了吗，几何学家？

几何学家　军队须与平民百姓同仇敌忾。你了解军队，这方面挺让人失望的。只要放任他们自行其是，敌我军队就会彼此珍重起来。双方铺开的战线很快变成世上唯一带有真正博爱情怀的平行线，战场上弥漫着敌我互敬的气氛，把仇恨赶回到学校、客厅和集市。如果我们的士兵不能在骂仗上和对方打成平手，那么他们就会丧失侮辱诽谤的兴趣，结果势必对战争失去兴趣。

得摩科斯　提议通过！今晚就给他们组织一场比赛。

帕里斯　我想他们都是大人，能自己想出骂仗的用语。

几何学家　大错特错！你这么个机灵人，你能自己想出骂仗的用语吗？

帕里斯　肯定能。

得摩科斯　那是错觉。你站到阿布涅奥斯对面，开始骂吧。

帕里斯　为什么要对着阿布涅奥斯骂呢？

得摩科斯　因为他准备好骂仗了，他这个大肚鬼和罗圈腿！

阿布涅奥斯　来啊，你这个软货！

帕里斯　不要。阿布涅奥斯不能给我灵感。但我可以对着你骂，如果你愿意。

得摩科斯　对我？好极了！我让你见识一下什么叫即兴创作的骂人话！各数十步……好了……开始……

赫卡柏　盯着他看。你就会有灵感。

帕里斯　老寄生虫！臭脚诗人！

得摩科斯　等一等……先喊人名再叫骂，避免引起误会……

帕里斯　有道理……得摩科斯！牛眼汉！嫩皮树！

得摩科斯　语法倒还准确，可惜太天真。你叫我嫩皮树，怎么可能气得我口吐白沫恨不能杀了你呢？嫩皮树根本不是骂人话。

赫卡柏　他还叫你牛眼汉了。

得摩科斯　牛眼汉稍微好些……不过你明白了吧？帕里斯，你根本不知所云。找找看什么能刺痛我。在你看来，我的缺点是什么？

帕里斯　你是胆小鬼，满口臭气，毫无才华。

得摩科斯　你讨打吗？

帕里斯　我是讨好你才这么说呀。

小波吕克赛娜　妈妈，为什么要骂得摩科斯叔叔？

赫卡柏　宝贝，因为他是一只金丝雀。

得摩科斯　你说什么，赫卡柏？

赫卡柏　我说你是一只金丝雀，得摩科斯。我说，如果金丝雀也会做傻事，爱吹嘘，长得丑，且比秃鹫臭，那你就是一只金丝雀。

得摩科斯　看哪，帕里斯！你母亲比你强多啦。要向她学习。每个士兵每天练习一小时。赫卡柏在骂人用语上技高一筹。说到战歌，我不知道交给她来作是不是更好……

赫卡柏　随便。但我不会说战争像海伦。

得摩科斯　在你看来，战争像谁？

赫卡柏　等战争之门关上了，我再告诉你。

第五场

人物同上、普里阿摩斯、赫克托尔、布西里斯
卫兵、报信人，继而是安德洛玛克，继而是海伦

（战争之门关闭时，安德洛玛克把小波吕克赛娜拉到一旁，
交代她一件事或一个秘密。）

赫克托尔　门马上会关的。

得摩科斯　等一下，赫克托尔！

赫克托尔　关门典礼还没准备好吗？

赫卡柏　准备好了。门轴全上过橄榄油。

赫克托尔　那还等什么？

普里阿摩斯　赫克托尔，我们这些朋友的意思是，战争也准备好了。你想想，他们说得没错。你关上这扇门，很可能下一分钟就得重新打开。

赫卡柏　一分钟的和平也值得拥有。

赫克托尔　父亲啊！你应该明白，对于经年累月浴血奋战的人来说，和平意味着什么。那就像淹水或陷入流

沙的人总算触到底。就让我们触到一方和平之地、感受片刻和平吧，哪怕只来得及触碰脚指头也行。

普里阿摩斯 赫克托尔，你要这么想，眼下往城邦投下"和平"一词，就和投毒一样有罪。你等于让战士们脱下盔甲解下武器。你等于用"和平"一词铸造回忆、情感和希望的通用货币。战士们会拿去抢购和平之面包，痛饮和平之酒，搂抱和平之女人，可过一小时，你又要叫他们被迫面对战争。

赫克托尔 战争不会爆发！

（港口传来一阵喧嚣。）

得摩科斯 不会吗？听啊！

赫克托尔 关门吧。一会儿我们要在这里接待希腊人。谈判会很艰难。最好在和平气氛中迎接对方。

普里阿摩斯 孩儿啊，我们甚至不知道该不该让希腊人上岸呢！

赫克托尔 他们会上岸的。和奥德修斯会晤是最后一丝和平的希望。

得摩科斯 他们不会上岸的。事关我们的幸福。这会让我们沦为全世界的笑柄。

赫克托尔 你负责向元老会提议这项引动战争的措施吗？

得摩科斯 我负责？你弄错了。布西里斯，来吧，你的使命到了。

赫克托尔 这个外国人是谁？

得摩科斯 这个外国人是当今最著名的民法专家。我们运气好，他刚好路过特洛亚。他不是什么有偏倚的证人。他是中立人士。[①] 元老会赞同他的见解，到明天这也将是各邦国的共识。

[①] 布西里斯作为中立专家的发言也许影射了1935年意大利和埃塞俄比亚军事冲突中的希腊法学家波利提斯（Nicolas Politis）。

赫克托尔　　你有什么见解?

布西里斯　　我的见解,王公们,根据亲眼目击和事后调查所做出的评估,我认为希腊人对特洛亚构成了违反国际法的三重罪行。准许他们上岸,你们将丧失受侵犯的资格,而这个资格有助于你们在冲突中争取国际上的同情。

赫克托尔　　愿闻其详。

布西里斯　　首先,他们的旗帜升到桅杆而不是挂在帆桁。王公们,诸位同事,一艘战船只在一种情况下将舰旗升到桅杆,那就是回敬一艘运载牛的货船。当着一座城邦及其民众这么干,那是不折不扣的侮辱。这方面已有先例。去年希腊人的船只开进奥菲亚[①]的海港,也把旗帜升到桅杆。对方反应很激烈。奥菲亚宣战了。

赫克托尔　　结果呢?

布西里斯　　奥菲亚战败了。国破人亡。

赫卡柏　　好嘛!

布西里斯　　一个民族的消亡绝不会改变它在国际上突出的精神地位。

赫克托尔　　请继续说。

布西里斯　　其次,希腊船队在驶入贵方领海时采用正攻阵形。在上届国际法大会上,这种阵形被写进了攻防措施条款。我有幸推动与会者重新界定攻防措施的真正性质:这是一种海上封锁的潜在阵形,换言之,足以构成最高级别的违法行为!这方面同样有先例。五年前,希腊船队在马格内西亚前

---

① 奥菲亚(Ophéa)和马格内西亚(Magnésie)均系季洛杜的杜撰。

	方海域停泊也采用这种阵形。马格内西亚当即宣战了。
赫克托尔	打赢了吗?
布西里斯	输了。整座城池被夷为平地。一块墙砖也没留下。但我的条款留下来了。
赫卡柏	祝贺你。我们还替你担心呢。
赫克托尔	请讲完。
布西里斯	第三项违法较不严重。一艘希腊战船未经准许强行靠岸。头领奥伊阿克斯是最粗野也最难处的希腊人。他上岸进城,到处惹祸挑衅,叫嚣着要杀帕里斯。不过,从国际法的角度看,这种违法暂无明文规定,可以忽略不计。
得摩科斯	现在你知道情况了。目前形势下有两条出路。要么忍气吞声,要么以牙还牙。你选择吧。
赫克托尔	欧奈亚[①],快去找奥伊阿克斯。设法带他来这里。
帕里斯	我等着他来杀我。
赫克托尔	你最好听我的,待在王宫中等我喊你。至于布西里斯,你要知道,我们的城邦并不认为受到希腊人任何形式的侮辱。
布西里斯	我不感到意外。贵邦素有白鼬般的骄傲[②]举世闻名。
赫克托尔	你得当场给我找出一套理论,好叫元老会对外宣布,来使没有犯下违法行为,我们这些纯洁无瑕的白鼬必须奉行待客之道。
得摩科斯	开什么玩笑?
布西里斯	这么做违反事实,赫克托尔。

---

① 欧奈亚(Oneah)是戏中哑角。
② 语出 Edmond Haraucourt 的长诗《希罗和莱昂得洛斯》(*Héro et Léandre*)。

赫克托尔　亲爱的布西里斯，在座各位心知肚明，法律乃是想象力的一种最强大的学派。诗人解释自然从未像法学家解释现实那样随心所欲。

布西里斯　元老会要求我做出评估，我做到了。

赫克托尔　我要求你做出解释。这更合乎法律程序。

布西里斯　这有违我的良知。

赫克托尔　你的良知眼看着奥菲亚亡了，马格内西亚亡了，现在又要心情轻松面对特洛亚亡城吗？

赫卡柏　是的。他是叙拉古人。①

赫克托尔　我恳求你，布西里斯。事关两个民族的生死存亡。帮帮我们。

布西里斯　我的帮助只有一样，就是说出真相。

赫克托尔　是这样。帮助我们找到一种能救大家的真相。法律若不为无辜者制造武器，那又有何用呢？为我们铸造真相吧。何况事情很简单，万一你找不到的话，那么战争持续多久，我们就扣留你多久。

布西里斯　你说什么？

得摩科斯　你在滥用职权，赫克托尔。

赫卡柏　既然法律在战争期间大受限制，那我们也可以囚禁一名法学家。

赫克托尔　你听好了，布西里斯。我的威胁和承诺从来都会兑现。要么这些士兵押你去坐几年监牢，要么你今晚拿着大笔赏金离开。现在你知道情况了，我要你以最公正的态度重新评估这个问题。

布西里斯　当然也有补救办法。

---

① 西西里的叙拉古建成于公元前735年，特洛亚战争大约发生在公元前13世纪，类似的年代混淆写法在季洛杜笔下屡见不鲜。

赫克托尔　肯定是这样。

布西里斯　比如头一项违法，在某些临近富饶地区的海域，向运载牛畜的货船致意，不也可以解释成海军对农业的致敬吗？

赫克托尔　的确可以，这合乎逻辑。总之，这是海洋对陆地的致敬。

布西里斯　何况也许是运载一船公牛呢。这种情况下，简直是恭维。

赫克托尔　这就对了。你深知我心。就这么办。

布西里斯　至于正攻阵形，既可以说是挑衅，也可以很自然地解释成主动亲近。女人想怀孕的时候总是露正面，不会侧着来。

赫克托尔　这是一条决定性的论据。

布西里斯　再说了，希腊人的船头造有高大的水仙雕像。不妨说，他们向特洛亚人展示的不是作为海军军舰的船只，而是有生育象征意味的水仙，这个事实恰恰说明不是侮辱。一个裸体女人张开怀抱走来，这不叫威胁，而是奉献。至少是可以商谈的奉献……

赫克托尔　如此我们的荣誉就保全了，得摩科斯。派人到城里宣布布西里斯的理论。米诺斯[①]，快去传令给港口队长，立刻让奥德修斯上岸。

得摩科斯　没法儿和这些老战士谈论荣誉。他们实在是滥用别人不敢把他们当懦夫的事实。

几何学家　不管怎样，你还得给阵亡将士致悼词呢。这会让你好好想想的……

---

① 米诺斯（Minos）是戏中哑角。

赫克托尔　　不给阵亡将士致悼词了。

普里阿摩斯　这是庆典仪式之一。在关闭战争之门时,凯旋而来的将军要向阵亡将士致敬。

赫克托尔　　给阵亡将士致悼词,那是生还者在虚伪地为自己辩解,要求无罪释放。那是律师的专业。①我不太确定自己清白无辜……

得摩科斯　　将领无须负责任。

赫克托尔　　唉!人人都得负责任②,诸神也要负责任!再说了,我早就致过悼词,就在他们生命的最后一刻。他们斜靠着战场上的橄榄树,还剩一口气,还能听见看见。我可以向你们重复我当时的悼词。有一个被捅开肚子,瞳孔已经涣散,我对他说:"兄弟,情况不太坏……"有一个脑袋被大棒砍成两半,我对他说:"瞧你鼻梁断的,样子真难看!"还有我的小马倌,左膀子耷拉下来,血都快流光了。我对他说:"你挺运气,还留了条左臂……"我挺高兴,我让他们每人对着生命的水壶喝了最后一口水。这是他们的全部希求,他们死的时候还在吮吸那一口的滋味呢……我不会多说一句话。关掉大门吧。

小波吕克赛娜　小马倌也死了吗?

赫克托尔　　是的,小猫咪。他死了。他举起右手。有个我看不见的敌人命中了他还好好的手。然后他就死了。

得摩科斯　　我们的将军似乎混淆了,对临死前的战友说话

---

① 季洛杜批评律师,又见《贝拉》(*Bella*)一剧中猛烈批评法国政治家兼律师彭加勒(Raymond Poincaré)。
② 此处似乎呼应了托尔斯泰在《战争与和平》中的历史沉思。

不等同于致阵亡将士的悼词。

普里阿摩斯　别再固执，赫克托尔。

赫克托尔　好吧，好吧，我来说……

（他站在战争之门脚下。）

赫克托尔　你们这些听不见也看不见的死者啊！请听这番话，请看这群庆典上的人。咱们打赢了仗。可你们无所谓对吧？你们也是战胜者。不过我们是活下来的战胜者。差别从此开始。我也为此羞愧难当。不知道你们打赢战争会不会有勋章从死人堆中脱颖而出。活下来的人不管输赢都有勋章，双重勋章，也就是双眼。可怜的伙伴们，我们还有双眼，还能看见太阳。我们在太阳光下做一切能做的事。吃吃喝喝……月光下也一样！……和我们的女人睡觉……也和你们的女人睡觉……

得摩科斯　你现在要侮辱死者吗？

赫克托尔　你真这么觉得吗？

得摩科斯　不是侮辱死者，就是侮辱生者。

赫克托尔　那还是不同的。

普里阿摩斯　讲完吧，赫克托尔……希腊人上岸了……

赫克托尔　这就讲完了……你们这些没有嗅觉也不能触摸的死者啊！请闻闻这些焚香，请触摸这些祭品。这是一名诚实的将军向你们说话。要知道，我对你们每一位并不怀有同等的温柔和尊敬。在死者中，正如在我们这些生还者中，也有成一定比例的勇士和懦夫。我不会因为一场庆典就分不清我敬佩和我不敬佩的死者。今天我想说的是，在我看来，战争是促成人类平等最肮脏也最虚伪的手段，我不赞成死亡是对生者的奖赏，更不承认死亡是对懦夫的惩罚或赎罪。不管你们是谁，你们这些缺席的、不存在的、被遗忘的死者啊，你们这些无所事事、不得安息、没有生气的死者啊，我确实知道，在关闭战争大门之际，必须请求你们原谅我们这些生还者，这些叛徒逃兵，必须把名曰温暖和天空的两样人间好处视同特权和偷窃，但愿这两个名称永远不会传到你们耳边。

小波吕克赛娜 妈妈，大门关上了！

赫卡柏 是的，宝贝。

小波吕克赛娜 是死者关上的吗？

赫卡柏 他们帮了点忙。

小波吕克赛娜 他们帮得好，特别是右边那扇门。

赫克托尔 行了吗？关紧没有？

卫兵 密不透风……

赫克托尔 我们和平了，父亲，我们和平了。

赫卡柏 我们和平了！

小波吕克赛娜 感觉好多了，是吧，妈妈？

赫克托尔 确实好多了，宝贝！

小波吕克赛娜 我觉得好多了！

（希腊人的音乐奏响。）

报信人 普里阿摩斯，希腊使者团上岸了！

得摩科斯 什么音乐！多可怕的音乐！这是极端反特洛亚的音乐！① 咱们得用相称的方式对付他们。

---

① 1914年秋天，Vincent d'Indy 在《费加罗报》的系列文章中宣称德国音乐并不存在。民族主义和爱国主义情绪高涨，致使当时的法国人反对瓦格纳音乐体系。

赫克托尔	要隆重地接待他们,让他们畅行无阻。这是你们的责任!
几何学家	无论如何要用特洛亚音乐还以颜色。赫克托尔,如果禁止表达愤恨,你也许允许我们发起一场音乐冲突吧?
众　人	希腊人!希腊人!
报信人	普里阿摩斯,奥德修斯走上栈桥了,要把他带到哪里呢?
普里阿摩斯	就带到这里来。一会儿到王宫里通报我们……来吧,帕里斯。眼下你不要到处乱跑。
赫克托尔	父亲,我们要准备一下致希腊人的欢迎词。
得摩科斯	比起刚才的悼词,得再准备得好一些,不然会有人反驳你。(普里阿摩斯和众儿子退场。)你也要走吗,赫卡柏?你不告诉我们战争像什么就走吗?
赫卡柏	你真想知道吗?
得摩科斯	你要是知道就说吧。
赫卡柏	战争像猴子屁股。母猴爬上树,露出一点红屁股,全是鳞屑,冰冷,像戴一顶肮脏的假发,那就是我们看见的战争的模样儿。那是战争的脸。
得摩科斯	加上海伦的脸,战争有两副面孔。

(诗人退场。)

安德洛玛克	海伦在那里。波吕克赛娜,你还记得要对她说的话吧。
小波吕克赛娜	嗯……
安德洛玛克	那去吧……

第六场

海伦、小波吕克赛娜

海　伦　你有话要说吗，宝贝？
小波吕克赛娜　是的，海伦婶子。
海　伦　一定是要紧的话，你整个儿都僵住啦。我敢打赌，你也觉得浑身僵着难受吧？
小波吕克赛娜　是的，海伦婶子。
海　伦　你能不僵着告诉我那句话吗？
小波吕克赛娜　不能，海伦婶子。
海　伦　那就快说吧。你这么僵着，也叫我难受呢。
小波吕克赛娜　海伦婶子，你要是爱我们就走吧！
海　伦　我为什么要走呢，宝贝？
小波吕克赛娜　因为战争。
海　伦　你知道战争是怎么回事吗？
小波吕克赛娜　不太知道。我想那是要死人的。
海　伦　那你知道死是怎么回事吗？
小波吕克赛娜　也不太知道。我想那是什么也感觉不到了。
海　伦　安德洛玛克要你告诉我的原话是什么呢？
小波吕克赛娜　要你走，如果你爱我们。
海　伦　这话没道理啊。如果你爱一个人，你会离开他吗？
小波吕克赛娜　哦！不！永远不会！
海　伦　那你选哪一个，是离开赫卡柏，还是什么也感觉不到？

小波吕克赛娜 哦！什么也感觉不到！情愿留下来什么也感觉不到……

海　伦 看哪，你说得不清楚！要我走，正相反，得不爱你们才行呀。你情愿我不喜欢你吗？

小波吕克赛娜 哦！不！情愿你喜欢我！

海　伦 你不知道自己在说什么吧？

小波吕克赛娜 不知道……

赫卡柏 （只有声音）波吕克赛娜！

第七场

人物同上、赫卡柏、安德洛玛克

赫卡柏 你聋啦，波吕克赛娜？看见我干吗闭眼睛？你要扮成雕像吗？快跟我来。

海　伦 她在练习什么也感觉不到。但她学得不像。

赫卡柏 波吕克赛娜，你没听见我的话吗？你没看见我吗？

小波吕克赛娜 哦，有的！我听见你啦，我看见你啦。

赫卡柏 你哭什么？看见我，听见我，有什么不好吗？

小波吕克赛娜 不好……你会不见了……

赫卡柏 海伦，劳驾你从今往后别再招惹波吕克赛娜。她太敏感了，碰不得那些冷漠的东西，哪怕是透过你漂亮的袍子和迷人的嗓音。

海　伦 我完全同意。我建议安德洛玛克有话亲自跟我说。波吕克赛娜，拥抱我吧。我今晚就走，如果你要这样。

小波吕克赛娜　你别走！你别走！
海　伦　真棒！这下你身子变柔软啦……
赫卡柏　你走吗，安德洛玛克？
安德洛玛克　不，我留下。

第八场

海伦、安德洛玛克

海　伦　你想解释啦？
安德洛玛克　恐怕有这个必要。
海　伦　你听他们一个个在那儿吵吵嚷嚷，争论不休！这还不够吗？还要妯娌间互相解释吗？既然我要走了，还有什么好解释呢？
安德洛玛克　海伦，你走还是不走，这不再是问题所在。
海　伦　去说给赫克托尔听。这会让他这一天好过些。
安德洛玛克　是的，赫克托尔一心想要你走。他同所有男人一样。一只野兔就能把他们从有豹藏伏的树丛引开。人类的猎物有可能这样追捕到。诸神的猎物可不行。
海　伦　如果你能发现诸神在这件事里头想要什么，那我祝贺你。
安德洛玛克　我不知道诸神是不是想要什么。但全世界想要点什么。从今天早晨起，人类、动物、植物，一切在我眼里似乎都在诉求，都在呼吁，都非要这样东西不可……就连我怀的孩子也不例外。
海　伦　他们想要什么？

安德洛玛克　要你爱帕里斯。
海　伦　莫非他们以为我根本不爱帕里斯，他们倒比我还知情些。
安德洛玛克　你不爱他！也许你有可能爱上他。但眼下你们一起生活是出于误会。
海　伦　我和他一起生活愉悦，又快活又和谐。两情相悦的误会，我不太明白那是什么。
安德洛玛克　你不爱他。人在相爱时并不相和。一对相爱的夫妻，生活永是缺乏冷静的。真夫妻与假夫妻的聘礼大致一样，就是原始的不和。赫克托尔与我截然相反。我的趣味爱好他一样也没有。我们过的日子不是互相征服就是各自牺牲。相爱的夫妻没有明快的脸。
海　伦　假如我亲近帕里斯时脸色铅灰，眼睛翻白，手心潮湿，你觉得墨涅拉奥斯会狂喜不已，希腊人会心花怒放吗？
安德洛玛克　果真如此，希腊人怎么想也不重要！
海　伦　战争也不会爆发吗？
安德洛玛克　说不定战争果然不会爆发！说不定，如果你们相爱的话，爱情会召唤相称的伙伴来增援，诸如宽容或智慧……谁也不能心情轻松地打击爱的激情，哪怕命运也不行……果真如此，战争要爆发也听天由命。
海　伦　显然那将不是同一场战争吧？
安德洛玛克　哦！是的，海伦！你很明白这场战争会是什么样子。命运不会过于在乎平庸的战斗。命运要在这场战争的废墟上建构未来，建构我们的民族、人民和理性的未来。我们的思想和未来若是建构在一个男人和一个女人相爱故事的基础上，那还不算坏。可是，命运还没发现你们只是一对名义上的夫妻！……若要我们为一对名义上的夫妻受苦送死，若要把岁月福祸、思想习惯和百年风俗建构在两个不相爱的人发生艳遇的基础上，光是想想就很可怕。

海　　伦　　如果人人相信我们相爱，那么效果也一样。

安德洛玛克　他们并不相信。只不过没有人会承认不相信。战争逼近之际，每个生命沁出一滴新汗珠，每个事件涂上一层名曰谎言的新漆。人人在说谎。老人们并不崇拜美，他们是自我崇拜，是崇拜丑陋。希腊人的愤怒是谎言。神明在上，这些希腊人根本不在乎你和帕里斯搞在一起！他们的船队在铺天盖地的彩旗和赞歌中停靠在那里，那是大海的谎言。我儿子的性命和赫克托尔的性命被虚伪和假象玩弄于股掌间，真可怕啊！

海　　伦　　那又如何？

安德洛玛克　海伦，我恳求你。你瞧，我紧挨着你，好像在求你爱我似的。爱帕里斯吧！或者明说我错看了你，说他死了你也不想活，说你情愿为救他而毁容……这样的话，这场战争只会是灾难而不至于不义。这样的话，我会尽量忍受。

海　　伦　　亲爱的安德洛玛克，这一切没这么简单。我承认，我从未彻夜不眠苦苦思索人类的命运，但在我看来，人类似乎分成两种类型。不妨说，一种是人类生活的血肉。另一种负责人类生活的规矩仪态。前一种人专管哭哭笑笑，以及一切你能想到的分泌作用。后一种人负责功勋、仪表和眼神。强行把人类合成同一种类型，那是万万行不通的。成就人类既要靠头面人物，也要靠殉难圣徒。

安德洛玛克 海伦！

海　伦 再说你太苛求啦……我不觉得我的爱情有这么不堪。我心满意足。当然了，帕里斯丢下我去玩滚球或钓鳗鱼，我不会难过得撕心裂肺。但我甘心听他支配，受他磁般吸引。如磁般的吸引也是一种爱情，和杂乱无章的爱情一样。比起哭红的双眼或摩擦冲突所表达的爱情，这是一种别样古老也有别样生殖力的激情。我在这种爱情关系里很自在，就像一颗星安顿在星座里。我在里头绕着对方运行，闪闪发光。这是我呼吸和拥抱的特有方式。世人皆知，从这种爱情中孕生的男孩是什么模样，高大明快，戴指环，短鼻梁，不同凡响。我若往爱情里倾注嫉妒、温柔和不安，那会成什么样子呢！世界已经够紧张不安啦！看看你自己吧。

安德洛玛克 海伦，那就往爱情里倾注怜悯吧。这是世界所希求的唯一援助。

海　伦 好啊，这是迟早的事，你把话说出来了。

安德洛玛克 什么话？

海　伦 怜悯。你去和别人说这话吧。我对怜悯不太在行。[1]

安德洛玛克 那是因为你不了解不幸。

---

[1] 参看第二幕第十三场奥德修斯对海伦的评价："最狭隘的脑筋，最僵硬的心肠和最紧绷的性别"（548）。

532 　　海　伦　　我很了解不幸,也了解不幸中的人。我们在一起很自在。小时候,我成天待在紧挨王宫的茅屋里,和渔民的女儿们掏鸟窝,喂小鸟。我是鸟生的。我猜,这份激情来源于此。人类身体的诸种不幸,但凡和鸟族有关,我一概了如指掌。那家人的父亲一大早被潮汐冲回岸上,浑身僵硬,脑袋泡得肿大,不住颤抖,因为海燕围上去啄他的眼珠子。母亲醉醺醺的,将我们驯养的乌鸦活生生拔光羽毛。大姐在树篱里和黑劳士幽会被当场抓住,闹得头顶巢中的黄莺躁动不安。我那养金翅鸟的女伴是畸形儿。我那养灰雀的女伴害了肺结核病。我把鸟翅借给人类,却眼睁睁看他们在地上爬行,肮脏悲惨。但我从来不觉得人类要求怜悯。

安德洛玛克　那是因为,你觉得人类只配轻视。

　　海　伦　　这说不准。也许是因为,我觉得所有这些不幸的人和我是平等的,我接受他们,我不认为我的健康、美和荣誉高于他们的悲惨。也许是博爱吧。

安德洛玛克　海伦,你在渎神!

　　海　伦　　世人怜悯自己,也才怜悯别人。他们忍受不了不幸和丑陋这两面镜子。我绝不怜悯自己。你看吧,如果战争爆发,我比你更能忍受饥饿和厄运,绝不会叫苦。还有辱骂。莫非你以为我听不见特洛亚女人在我走过时的辱骂!她们说,我的眼珠子在早晨暗黄无光。管它是真是假。我不在乎,全不在乎!

安德洛玛克　别说啦,海伦!

　　海　伦　　我的眼珠子藏有一整套彩色图卷,如你丈夫所说。莫非你以为那里头不会时常显现一个年老憔悴的海伦[①]，牙掉光，蹲在厨房舔果酱！我涂满脸白得瘆人的厚脂粉啊！我红得像醋栗的血盆大口啊！这幅图景有颜色，确凿无误，一定会发生！……但我完全不在乎。

安德洛玛克　我算是没指望了……

海　伦　何必呢？如果说只须一对完美夫妻就能让你接受战争，那么，安德洛玛克，总归还有你们这一对啊！

第九场

海伦、安德洛玛克、奥伊阿克斯、赫克托尔（后进场）

奥伊阿克斯　他在哪儿？躲到哪里去啦？好一个懦夫！好一个特洛亚男人！

赫克托尔　你找谁？

奥伊阿克斯　我找帕里斯……

赫克托尔　我是他的兄弟。

奥伊阿克斯　好一个家庭！我叫奥伊阿克斯。你是谁？

赫克托尔　别人叫我赫克托尔。

奥伊阿克斯　那我要叫你娼妇的大伯子。

赫克托尔　看来希腊往我们这儿派来了谈判高手。你要什么？

奥伊阿克斯　我要战争！

赫克托尔　休想。为什么你要战争？

[①] 此处影射龙萨的《致海伦的十四行诗》："当你年老时，夜里秉烛……"（II，24）

奥伊阿克斯　你兄弟拐走了海伦。
赫克托尔　别人告诉我,她挺乐意的。
奥伊阿克斯　希腊女人向来随心所欲。她不必征求你的准许。但这本身是一桩战争事端。
赫克托尔　我们可以赔礼道歉。
奥伊阿克斯　特洛亚人不会赔礼道歉。我们要等到你们宣战才离开。
赫克托尔　那你们自己宣战吧。
奥伊阿克斯　很好,我们会宣战的,就在今晚。
赫克托尔　你说谎。你们不会宣战的。如果责任不在我们这一方,希腊群岛不会有哪个岛国追随你们……责任不会在我们这一方。
奥伊阿克斯　要是我公开声称你是懦夫,你个人也不宣战吗?
赫克托尔　这是一种声名,我能接受。
奥伊阿克斯　如此欠缺迅速反应的军人素质,真是闻所未闻!……要是我告诉你全希腊对特洛亚的印象,要是我说特洛亚等于邪恶和愚蠢呢?
赫克托尔　特洛亚等于顽固。你捞不到战争。
奥伊阿克斯　要是我公然唾弃特洛亚呢?
赫克托尔　你只管唾弃。
奥伊阿克斯　要是我打你这个王子呢?
赫克托尔　你试试看。
奥伊阿克斯　要是我扇你耳光,连同特洛亚的虚荣心和假体面也一巴掌打烂呢?
赫克托尔　打吧。
奥伊阿克斯　(扇他耳光)给你一下……这位夫人若是你妻子,那她可以替你感到骄傲。
赫克托尔　我了解她……她确实骄傲。

第十场

人物同上,得摩科斯

得摩科斯　这是闹哪一出?这个醉鬼要干什么,赫克托尔?
赫克托尔　没什么。他想要的已经得到了。
得摩科斯　出了什么事,安德洛玛克?
安德洛玛克　没什么。
奥伊阿克斯　一连两个没什么。一个希腊人给了赫克托尔一记耳光,而赫克托尔忍气吞声。
得摩科斯　是真的吗,赫克托尔?
赫克托尔　纯属胡说,对不对,海伦?
海　伦　希腊人很爱说谎。希腊男人。①
奥伊阿克斯　他一边脸比另一边红,这叫正常吗?
赫克托尔　是啊,我这半边脸更红润。
得摩科斯　赫克托尔,说实话吧,他竟敢对你动手吗?
赫克托尔　这是我的事。
得摩科斯　这关系到战争。你就像特洛亚的一尊雕像。
赫克托尔　是这样。谁也不会扇雕像的耳光。
得摩科斯　你这蛮子,报上姓名!我是阿基卡奥斯的二儿子得摩科斯!
奥伊阿克斯　阿基卡奥斯的二儿子?幸会。我问你,给阿基卡奥斯的二儿子一记耳光,是不是和给赫克托尔一记耳光同样严重呢?

---

① 此处影射著名的逻辑悖论:一名希腊人说所有希腊人都是说谎者。

得摩科斯　　同样严重,你这醉鬼。我是元老会首席长官。你想要战争,想上战场去送死,你只管试试。

奥伊阿克斯　行啊……我这就试。

（他扇了得摩科斯一记耳光。）

535　得摩科斯　　特洛亚人!战士们!救命啊!

赫克托尔　　闭嘴,得摩科斯。

得摩科斯　　快拿起武器啊!有人侮辱特洛亚!快来报仇啊!

赫克托尔　　我叫你闭嘴。

得摩科斯　　我偏要叫嚷!……偏要把城邦中人全喊过来!

赫克托尔　　闭嘴!……否则我要扇你耳光!

得摩科斯　　普里阿摩斯!安喀塞斯!快来看特洛亚的耻辱啊!耻辱就是赫克托尔这副嘴脸!

赫克托尔　　给你这副嘴脸!

（他扇了得摩科斯一记耳光。奥伊阿克斯哈哈大笑。）

第十一场

人物同上

（整场戏中,普里阿摩斯和显贵们成群结队,
站在奥德修斯进场必经之路的对面。）

普里阿摩斯　你喊什么,得摩科斯?

得摩科斯　　有人扇我耳光。

奥伊阿克斯　那你跑去向阿基卡奥斯告状啊!

普里阿摩斯　谁扇你耳光?

得摩科斯　　赫克托尔!奥伊阿克斯!赫克托尔!奥伊阿克斯!

帕里斯　　　他在胡说什么？他疯了！
赫克托尔　　根本没人扇他耳光。对不对，海伦？
海　伦　　　我睁大眼睛看了，但什么也没看见。
奥伊阿克斯　他的两边脸一样红。
帕里斯　　　诗人经常无缘无故激动起来，美其名曰来了灵感。他很快会为我们写出一首国歌。
得摩科斯　　你早晚要偿还的，赫克托尔……
众声音　　　奥德修斯。奥德修斯到了……

　　　　　　（奥伊阿克斯亲切地走向赫克托尔。）

奥伊阿克斯　好样的！有胆量。了不起的对手。那记耳光真痛快……
赫克托尔　　尽力而为。
奥伊阿克斯　手法也精湛。肘不动，拳倾斜，保证手腕和掌心发力。你这记耳光肯定比我刚才厉害。
赫克托尔　　我可不敢说。
奥伊阿克斯　你扔标枪肯定很出色，手臂上有这么结实的桡骨这么灵活的尺骨。
赫克托尔　　扔个七十米远吧。①
奥伊阿克斯　肃然起敬！亲爱的赫克托尔，请原谅我。我收回刚才的威胁和耳光。我们有共同的敌人，那就是阿基卡奥斯之子。但凡与阿基卡奥斯之子为敌的人，我不会同他们交手。我们不提战争了。不知奥德修斯在打什么主意，不过相信我，这事包在我身上……

　　　　　　（他走向奥德修斯，二人再一同走回来。）

安德洛玛克　我爱你，赫克托尔。

---

① 1932年奥运会标枪比赛的最佳记录是72.71米。

赫克托尔　（给她看脸颊）嗯。不过别马上拥抱我，行吗?
安德洛玛克　你又打胜一场战斗。要有信心。
赫克托尔　我打胜了所有战斗。每次胜利的赌注却不翼而飞。

第十二场

赫克托尔、海伦、帕里斯、
普里阿摩斯、赫卡柏、众特洛亚人、
水手、奥尔庇狄斯、伊利斯、众特洛亚女人、
奥德修斯、奥伊阿克斯及众随从

奥德修斯　想必是普里阿摩斯和赫克托尔吧?
普里阿摩斯　正是。在我们身后是特洛亚，是特洛亚的城郊乡野，是赫勒斯滂海峡，还有如握拳般的国度弗里基亚。你是奥德修斯吧?
奥德修斯　我是奥德修斯。
普里阿摩斯　这位是安喀塞斯①。在他身后是色雷斯，是蓬特，还有如伸掌般的国度陶里斯。
奥德修斯　一次外交会谈来了许多人。
普里阿摩斯　这是海伦。
奥德修斯　你好，王后。
海　伦　我在这儿变年轻啦，奥德修斯。顶多算公主。
普里阿摩斯　我们洗耳恭听。

---

① 安喀塞斯（Anchise）是特洛亚君王，埃涅阿斯的父亲。他在戏中是哑角。这个名字本身似乎足以影射特洛亚的王权传说。此外还应注意，安喀塞斯的角色被季洛杜换成了某个名不见经传的阿布涅奥斯（Abnéos）。

奥伊阿克斯　　奥德修斯，你和普里阿摩斯谈。我和赫克托尔谈。

奥德修斯　　普里阿摩斯，我们来接海伦回去。

奥伊阿克斯　　你能了解对吧，赫克托尔？事情不能这么不讲道理！

奥德修斯　　希腊人和墨涅拉奥斯叫嚷着要报仇。

奥伊阿克斯　　受骗的丈夫不叫嚷报仇，还能怎么办呢！

奥德修斯　　海伦必须立即交还给我们，否则战场上见。

奥伊阿克斯　　总会让你们道个别的。

赫克托尔　　就这些吗？

奥德修斯　　就这些。

奥伊阿克斯　　你瞧，赫克托尔，这不过分吧。

赫克托尔　　这么说来，我们交还海伦，你们就保证和平。

奥伊阿克斯　　还保证安宁。

赫克托尔　　海伦立刻上船，问题就解决了。

奥伊阿克斯　　就此了结。

赫克托尔　　我想我们可以达成共识，对不对，海伦？

海　伦　　我想是的。

奥德修斯　　你的意思不是要把海伦交还给我们吧？

赫克托尔　　确实如此。海伦准备好了。

奥伊阿克斯　　说到行李，回去总比来时的行李多些。

赫克托尔　　我们交还海伦，你们保证和平。不会再有打击报复吧？

奥伊阿克斯　　丢了个女人，又找回个女人，正好是同一个。再好不过！对不对，奥德修斯？

奥德修斯　　对不起！我什么也保证不了。想让我们放弃报复，就得不存在报复的理由，墨涅拉奥斯要回的海伦得和她被拐走前没有两样。

赫克托尔　他能从哪里看出变化呢?
奥德修斯　发生了这样轰动世界的丑闻,警觉的丈夫总是洞察入微的。帕里斯本该尊重海伦。但事实并非如此……
众声音　事实并非如此!
一个声音　远非如此!
赫克托尔　如果事实确实如此呢?
奥德修斯　赫克托尔,你想说什么?
赫克托尔　帕里斯没有碰海伦。他们二人都向我吐露了实情。
奥德修斯　怎么回事?
赫克托尔　这事千真万确,对不对,海伦?
海　伦　这有什么不同寻常吗?
众声音　骇人听闻!我们的体面全没了!
赫克托尔　奥德修斯,你笑什么?你在海伦身上看见什么不守本分的蛛丝马迹吗?
奥德修斯　不用找。女人善于掩饰污点,胜过鸭子不叫水沾身。
帕里斯　你是在和一位王后说话。
奥德修斯　王后自然不算在内……这么说,帕里斯,你拐走了这位王后,把她一丝不挂拐走了。我想,你当时一身甲胄不在水里吧?你对她没有产生丝毫兴趣和欲望吧?
帕里斯　一丝不挂的王后浑身自带尊严。
海　伦　只要她不脱掉尊严的外衣。
奥德修斯　航行了多长时间?我路上花了三天,我的船比你们的船快。
众声音　这是在对特洛亚海军进行不可饶恕的侮辱!

一个声音　那是你们的风速快！不是你们的船快！
奥德修斯　就算三天吧，随你们高兴。在这三天里，王后在哪里呢？
帕里斯　躺在甲板上。
奥德修斯　帕里斯呢？待在桅楼上吗？
海　伦　他躺在我身边。
奥德修斯　他在你身边看书吗？还是钓鲷鱼？
海　伦　有时替我扇扇风。
奥德修斯　始终没碰你吗？
海　伦　有一天，就是第二天，他吻了我的手。
奥德修斯　吻了手！我明白了。那是粗野人的放纵。
海　伦　我当时觉得装作没注意才不失体面。
奥德修斯　船摇晃，没让你们滚到一起吧？……我说船摇晃，想必不至于侮辱特洛亚海军吧？
一个声音　我们的船摇晃，总不像希腊船只前后颠簸得厉害。
奥伊阿克斯　我们希腊船只前后颠簸！就算看上去像颠簸，那也是因为我们的船头高扬而船尾是空舱！
一个声音　哼！可不是！目空一切，屁股扁平，真是希腊风格……
奥德修斯　那三晚呢？在你们二人头顶，星辰隐现过三次。海伦，关于那三晚你什么也没记住吗？
海　伦　有的……有的！我刚才忘了！我对星辰有了更好的认知。
奥德修斯　趁你睡着时，说不定……他占有了你……
海　伦　一只小飞虫也能把我惊醒……
赫克托尔　如果你愿意的话，他们两个可以凭阿福洛狄特女神向你发誓。

奥德修斯　免了吧。我知道她，阿福洛狄特！她最偏爱的誓言就是伪誓……多古怪的故事啊！这将颠覆希腊群岛对特洛亚人的印象。

帕里斯　希腊群岛怎么看待特洛亚人呢？

奥德修斯　特洛亚人不如希腊人擅长交易，但是长相俊美，难以抗拒。帕里斯，继续透露实情吧。这对心理学是一大有趣的贡献。既然当时海伦任由你摆布，究竟是什么原因让你尊重她呢？

帕里斯　我……我爱她。

海　伦　奥德修斯，如果你不知道什么是爱情，就别谈论这些话题吧。

奥德修斯　承认吧，海伦，如果当初你知道特洛亚人是性无能的话就不会跟他走了……

一个声音　这是侮辱！

一个声音　让他闭嘴！

一个声音　有种带你老婆来试试！

一个声音　带上你祖母！

奥德修斯　我没说清楚。如果当初你知道帕里斯，俊美的帕里斯是性无能的话……

一个声音　帕里斯，还不赶快还嘴？你想让我们成为全世界的笑柄吗？

帕里斯　赫克托尔，瞧我的处境多么尴尬啊！

赫克托尔　再坚持一分钟……永别了，海伦。愿你的贞操有口皆碑，与你的轻浮齐名……

海　伦　我不担心。未来的世纪总会把属于你的功绩归于你。

奥德修斯　性无能帕里斯，够漂亮的绰号！……海伦，你可以拥抱他，就这一回啦。

帕里斯　　赫克托尔!

水　手　头领,你要忍受这种讽刺吗?

赫克托尔　住口!这里由我指挥!

水　手　你指挥不力!我们是帕里斯的水手,我们受够了。我要说出来,帕里斯对你们的王后做了什么!

众声音　好样的!说出来!

水　手　他听从兄长的命令牺牲自己。我当时是船上的水手长。我全看见了。

赫克托尔　那你看错了。

水　手　你以为一名特洛亚水手的眼睛会受骗上当吗?我在三十步开外就能认出独眼的海燕。到这儿来,奥尔庇狄斯①。这一位当时在桅楼②上。从那上头全看见了。我嘛,我从货舱舷梯探出头,正好够得着看见他们,就像蹲在床前的猫……要不要说出来,特洛亚人?

赫克托尔　闭嘴。

众声音　说出来,让他说出来!

水　手　他们待在甲板上不到两分钟,是吧,奥尔庇狄斯?

奥尔庇狄斯　就是给王后擦干身子再梳个头的工夫。你们想想,我从那上头看见王后头上的那条头路,从前额到后颈,清清楚楚。

水　手　他把手下人全赶进底舱,唯独没看见我们两个……

---

① 奥尔庇狄斯(Olpidès),季洛杜生造的希腊人名。
② 帕里斯的船有桅楼,有货舱,有舷窗,有水手,诸如此类,更像是一艘现代船只。年代混淆手法的又一例。

奥尔庇狄斯 船没了舵手，直往北方驶去。当时也没起风，船帆倒是鼓胀胀的……

水　手 我从藏身的地方本该只看到一截身子，但那一整天，我总看到两截身子，就像黑麦面包压在小麦面包上头……两条正在发酵变熟的面包。可真是名副其实的烘烤！

奥尔庇狄斯 而我从上头更常看到一个身体，而不是两个身体，就像水手长说的，一会儿是白皙肤色的，一会儿翻过来成了金黄肤色的。一个身体，四只胳膊四条腿……

水　手 关于性无能就说到这儿！至于精神恋爱，奥尔庇狄斯，说说你从那上头听来的情话！女人的情话往上攀升，男人的情话向四边延伸。我也会说一说帕里斯的情话。

奥尔庇狄斯 她管他叫做她的雌鹦鹉，她的小母猫。

水　手 他管她叫他的美洲狮①，他的美洲豹。他们颠倒了性别。亲热起来都这样，大伙儿知道的。

奥尔庇狄斯 她还说，你是我的山毛榉。又说，我搂着你就像搂住一棵山毛榉……这两位在大海上想到树。

水　手 他也说，你是我的桦树，我的颤抖的小桦树！我记清楚"桦树"这个词儿。那是一种俄罗斯树。②

奥尔庇狄斯 我在桅楼上不得不待了一整夜。在那上头又饿又渴。还有别的不方便。

---

① "美洲狮"是季洛杜在1925年至1936年间的女友的昵称。1937年11月2日，这出戏重演之际，季洛杜写信给导演儒韦，提出把美洲狮（puma）换成更寻常的说法，比如豹子（léopard）。
② 俄罗斯、里海、阿斯特拉罕等多处地名均系季洛杜时代混淆手法的结果。桦树事实上并非"一种俄罗斯树"。

水　手	他们松开拥抱，又用舌尖互舔着，因为身上有咸味。
奥尔庇狄斯	他们终于站起身，要去睡觉，一路摇摇晃晃……
水　手	这就是你家的佩涅洛佩和这个性无能待在一起会干出来的好事。
众声音	好样的！好样的！
女人的声音	光荣属于帕里斯！
男人的快活声音	本是帕里斯的，就该还给帕里斯！
赫克托尔	他们在说谎，对不对，海伦？
奥德修斯	海伦听着迷了。
海　伦	我简直忘了是在说我呢。这些人倒是坚信不疑。
奥德修斯	你敢说他们在说谎吗，帕里斯？
帕里斯	细节可能有出入。
水　手	总体没错，细节也没出入。对不对，奥尔庇狄斯？头领，难道你否认说过那些情话吗？你否认说过"美洲狮"吗？
帕里斯	倒不一定是"美洲狮"！……
水　手	那你否认说过"桦树"吗？我懂了。你是对"颤抖的小桦树"不满意。可谁让你说了呢！我打赌你真的说了。何况"桦树"也没什么好害臊的。我在里海沿岸见过冬天颤抖的桦树，在雪地里，白树干套着一环环黑树皮，叫人看不见黑环之间真空似的树干，不由得纳闷是什么在支撑那些枝桠。我还在阿斯特拉罕附近的航道上见过盛夏的桦树，白的树皮环好似蘑菇的圆圈。它们庄重地挺立

542

在水边，与垂头柳相映成趣。这时来了一只黑灰色的大鸦，整棵桦树颤抖起来，弯得树干几欲折断。我朝那鸦丢石子，将它赶跑，满树叶子对我说话，向我致意。看着那些正面金黄背面银白的树叶沙沙晃动，你的心里顿时充满柔情！我几乎要掉下泪来，对不对，奥尔庇狄斯？一棵桦树就是这样！

众声音　好样的！好样的！

另一名水手　普里阿摩斯，不止是水手和奥尔庇狄斯看见他们了。从司炉工到旗手，我们全从舷窗爬出来，死死扣牢船壳，从舷墙栏杆往上偷看。船是一件让人观赏的工具。

第三名水手　观赏爱情。

奥德修斯　原来如此，赫克托尔！

赫克托尔　全都给我闭嘴。

水　手　瞧啊！你让这一位闭嘴吧。

（伊里斯[①]出现在空中。）

众　人　伊里斯！伊里斯！

帕里斯　阿福洛狄特派你来吗？

伊里斯　是的，阿福洛狄特派我来告诉你们，爱情是世界法则。凡是为爱情增色的，无论谎言、贪婪还是淫荡，全归属于神圣范畴。她保护天下有情人，从君王到牧人，包括拉皮条的。我没说错，包括拉皮条的。在场若有拉皮条的，女神向你致意。赫克托尔和奥德修斯啊，她禁止你们拆散海伦和帕里斯。否则战争就会爆发。

---

① 伊里斯（Iris）是诸神的信使。这里借用古希腊悲剧中的机器降神做法（dea ex machina）。

帕里斯，众老人	谢谢你，伊里斯！
赫克托尔	帕拉斯有没有口信？
伊里斯	有的。帕拉斯派我来告诉你们，理性是世界法则。她还说，天下有情人无不胡言乱语。她要求你们老实承认，世上再没有比公鸡踩在母鸡背上或者苍蝇交配更愚蠢的事。她不想往下说。赫克托尔和奥德修斯啊，她命令你们拆散海伦和这个卷毛小子帕里斯。否则战争就会爆发。
赫克托尔、众女人	谢谢你，伊里斯！
普里阿摩斯	孩儿啊！阿福洛狄特和帕拉斯都不统治世界。在这等不确定的时刻，宙斯有何指令？
伊里斯	诸神之王宙斯派我来告诉你们，在世间万物中只看见爱情的人和看不见爱情的人同等愚蠢。诸神之王宙斯还派我告诉你们，所谓智慧，就是做爱有时，不做爱有时。依据他既谦逊又专断的看法，开满报春花和紫罗兰的草地对所有人来说都是美妙的，不管他们躺在草地上是一个压在另一个身上，还是一个挨着另一个身边，不管他们在读书还是在吹蒲公英绒球，不管他们心里寻思的是晚餐还是共和国大事。他委托赫克托尔和奥德修斯，要拆散海伦和帕里斯，同时又要不拆散他俩。他命令其他人全部散开，让谈判者单独面谈。[①] 他命令他们妥善安排避免战争。否则他向你们发誓，而神王的威胁从不落空，他向你们发誓战争一定会爆发。

[①] 人群散去，留下一对主角面对面，类似的舞台表现手法最早见于《安菲特律翁三十八世》第三幕第五场（185）。

赫克托尔　听你吩咐，奥德修斯！
奥德修斯　听你吩咐。

（所有人退场。天空中出现一条大围巾。）

海　伦　是她没错。她把腰带丢在半路上了。①

第十三场

奥德修斯、赫克托尔

赫克托尔　这才是动真格的战斗吧，奥德修斯？
奥德修斯　是的，这场战斗将决定战争会不会爆发。
赫克托尔　战争会爆发吗？
奥德修斯　五分钟内见分晓。
赫克托尔　如果这是一场言辞的争斗，我得胜的机会很小。
奥德修斯　我想倒不如说是一场重量比赛。②我们俩真像站在天平两端的秤盘上。让重量说了算……
赫克托尔　我的重量？奥德修斯，我有多少分量吗？我的分量包括一个年轻男人、一个年轻女人和一个即将出生的孩子。我的分量还包括生活的欢乐、生活的信念，还有向往正义和自然的冲动。
奥德修斯　我的分量包括一个成年男人、一个三十岁的女人和一个儿子。我每个月在王宫门框上划痕给他量身高……我丈人怪我毁了门框……我的分量还包括生活的快感，还有我对生活的怀疑。

---

① 伊里斯的腰带，也即彩虹。在最初的版本里，伊里斯连续进场三次又退场三次，每次替一位神灵报信，每次都把腰带丢在半路上。
② 天平的意象也见于荷马诗中，宙斯的黄金天平决定特洛亚战争双方的胜负结局，参见《伊利亚特》卷二十二，209。

赫克托尔　我还有狩猎、勇敢、忠诚和爱情。
奥德修斯　我还有面对诸神和众人万物时的审慎。
赫克托尔　我还有弗里基亚的橡树,所有阔叶矮壮的弗里基亚橡树,和卷毛的牛群一块儿散布山谷。
奥德修斯　我还有橄榄树。
赫克托尔　我还有鹰,我能直视太阳。
奥德修斯　我还有猫头鹰。
赫克托尔　我还有整个民族,有温厚的农夫、勤劳的工匠、成千上万台犁车、织机、锻炉和铁砧……哎呀!怎么回事?在你面前,所有这些分量突然显得如此轻盈。
奥德修斯　我还有希腊海岸和群岛上空永不变质也绝不容情的空气!①
赫克托尔　何必再比下去呢?天平已经倾斜了。
奥德修斯　往我这边倾斜吗?……是的,我想是这样。
赫克托尔　你想要战争吗?
奥德修斯　我不想要战争。但我不是那么肯定战争本身的意愿。
赫克托尔　两国人民委派我们俩到这里,就是为了避免战争。会见本身说明还不到无可挽回的地步……
奥德修斯　你还年轻,赫克托尔!……每逢战争爆发前夕,发生冲突的两国首领总要到某个不相干的乡村单独会

---

① 季洛杜的天平对比带有各种象征层面。两种文明的对比之外,还有两种年龄的对比,一个年轻单纯,田园牧歌般,且温厚勤劳,另一个成熟审慎,满是智慧和优雅。精神道德与智力道德的对比。此外还有两种风景的对比,橄榄树与橡树,地中海与亚细亚大陆,统治者的计谋与劳动者的忠诚,此处用来形容空气的两个修饰语,永不变质,绝不容情,与其说指向不会朽坏的美德,不如说更接近铁石心肠。在季洛杜的对比下,希腊人在发明进步概念的同时也破坏了某种卢梭式的幸福。

面，坐在湖畔平台或花园角落。这成了某种惯例。他们一致承认战争是人世间最大的灾难。他们注视水面的光影波纹，任凭木兰花瓣飘落肩头，显得平和谦虚，光明磊落。他们相互揣摩，彼此打量。日光多温暖，淡红葡萄酒多甜美，他们从对方脸上找不到一丝仇恨的神色，一丝不能称作人类的爱的表情。从他们交谈的言辞，从他们揉鼻子和举杯畅饮的动作也看不出一丝不可调和的迹象。他们真心实意崇尚和平，满怀对和平的渴盼。他们握手道别，感觉亲如兄弟，坐上马车还回头微笑……但是，第二天，战争就爆发了……眼下我们俩也一样……两国人民对这场会谈保持沉默，安静散开，但他们并不期待我们能够战胜不可避免的事情。他们只不过是赋予我们充分权力，让我们单独在一起，凌驾于灾难之上，更好地品味敌人间的友爱。我们好好品尝吧。这是有钱人的一道菜肴。我们好好享用吧……不过仅此而已。大人物的特权是站在平台上观赏灾难。

赫克托尔 我们这会儿是敌人间的对谈吗？

奥德修斯 这是乐队大合奏之前的二重奏，是战争之前的宣叙调二重唱。只因我们生来明智，公正礼貌，开战前一小时还能聊聊，正如战后作为老战士还会说不休。我们甚至在战斗之前就和解了。永远如此。我们很可能错了。如果有一天我们当中有一个得杀死另一个，扯下对方头盔认出牺牲的人，那么眼下也许最好不要摆出这张兄弟般的脸……但全世界都知道，我们就要开战了。

赫克托尔 全世界有可能弄错了。这正是错误的征象所在，普世性的错误。

奥德修斯　但愿如此。不过，命运多年来抬举两个民族，为之开辟有创造性和极大权能的未来，又赋予两族珍贵各异的分量，以此衡量各自的快乐、良知乃至天性自然，就像我们刚才在天平上比重量那样。命运还通过两族的建筑师、诗人和染匠，分别建造体积、音响和色调截然相反的国度，分别发明特洛亚木房顶和忒拜拱顶，弗里基亚红和希腊靛蓝。[①] 到了这种时候，全世界都知道，命运不会为人类铺就两条繁荣多彩的路，而只会安排它自己的欢庆，也就是彻底放纵人类的野蛮和疯狂，唯其如此诸神才能安心。这是小小的政治伎俩，我承认。不过，作为国家首领，我们私底下说说无妨：这是命运神常用的政治伎俩。

赫克托尔　这一回，命运神选择了特洛亚和希腊吗？

奥德修斯　今天早晨我还有所怀疑。一踏上你们的栈桥，我就确信无疑了。

赫克托尔　你感觉踏上敌人的土地吗？

奥德修斯　何必老提敌人呢！还须重说一遍吗？真正交战的，不是天然的敌人。有些民族，从他们的皮肤、他们的语言到他们的气味，简直活像是要宣战，他们互相猜忌，互相仇恨，互相受不了……可是这些民族从来不会打起来。真正交战的，乃是命运为同一场战争所打磨训练出来的民族。他们是对手。

赫克托尔　我们准备好了打这场希腊战争吗？

---

① 这里的说法纯属杜撰。弗里基亚没有特产红颜料，红色也许与弗里基亚无边软帽有关。此外靛蓝（indigo）如名称所示，产自印度，与希腊无关。

奥德修斯 到了不可思议的程度。大自然预见到昆虫之争，会为每种昆虫配备相互对应的弱点和武器。同样的，我们相隔遥远，早在尚未知情也毫不怀疑的时候，我们已经分别得到训练，达到这场战争的水平。我们的武器和习俗相呼应，犹如车轮和车轴相咬合。唯独你们妻子的目光、你们女儿的容颜，不在我们身上激发暴力和欲念，而是催生心灵深处的焦虑，与欢乐形影相随。这焦虑正是战争的前兆。三角楣上的浅雕花饰飘忽过幽影和火光，战马嘶鸣起来，女人长袍消失在柱廊拐角。在你们这儿，一切被命运染成暴风雨的颜色，迫使我头一回看见未来如浮雕般的景象。大局已定。你们已然在希腊战争的光照中。

赫克托尔 其他希腊人也这么想吗？

奥德修斯 他们的想法未必更叫人放心。他们想，特洛亚是富庶之地，有丰饶的粮仓和肥沃的郊野。他们还想，希腊腹地狭窄，生活就像挤在岩石上。[1] 你们的神庙金光灿烂，你们的麦田和油菜花一片金黄。希腊船只远眺你们的岬角，这一切构成让他们无法忘怀的征兆。拥有如黄金般的诸神[2]和庄稼，实在有失审慎哪！

赫克托尔 你总算说了句实话……希腊选中了我们这个猎物。那又何必宣战呢？趁我出征在外偷袭特洛亚，不是更方便吗？未经抵抗就能攻陷这座城池。

---

[1] 季洛杜在剧中不止一次影射法德两国间的对峙。
[2] 季洛杜继续以特洛亚-希腊的对话影射法德现状。德语作家 Friedrich Sieburg 在 1929 年写过一部社会政治学著作，标题出自一句德语 wie Gott in Frankreich（就像神在法国），法文版标题译成《神来自法国吗？》。

奥德修斯　　有一种世人对战争的认同，唯有在特定的氛围、声籁和情绪下方能成形。不具备这种认同就发动战争，那是荒唐的做法。我们之前不具备这种认同。

赫克托尔　　现在你们具备了。

奥德修斯　　我想我们具备了。

赫克托尔　　是谁认同你们攻打我们呢？特洛亚不是凭靠人道、正义和艺术而闻名于世吗？

奥德修斯　　一个民族时运不济，不是因为犯罪，而是因为过失。[①]本来军队强大，金库丰足，诗人正值创作高峰期。可是有一天，不知是何缘故，就因为国民乱砍滥伐树木，王子可耻地拐走一个女人，或者孩子们沾染闹事好动的毛病，这个民族就完了。邦国和人类一样，因为不易察觉的失礼走向灭亡。遭天谴的民族从他们打喷嚏或磨脚跟的样子就能辨认出来……毫无疑问，你们当初不该拐走海伦……

赫克托尔　　一个女人被拐走，一场战争导致我们两族必有一族灭亡，你觉得这两者之间能成比例吗？

奥德修斯　　我们说的女人是海伦。帕里斯和你错看了海伦。我认识她十五年，也观察她十五年。毫无疑问。她是那种罕见的造物，命运神把她们安插在人间派用场。她们看上去毫不起眼。有时是一座小镇，甚至只能算作小村落，有时是一位小王后，甚至只能算作小姑娘。可是，你想碰她，千万当心哪！这就是生活的难处，要在生物和静物中间分辨出命运神的人质。你们没有辨认出来。你们大可以触犯我们的海军司令我们的君王而不至于受惩罚。帕里斯大可

[①] 语出 1803 年昂吉安公爵事件的一句名言："这比犯罪更糟，这是过失。"

以奔波在斯巴达和忒拜的床榻之间，搞出无数风流韵事而不至于冒风险。可是他偏偏选中最狭隘的脑筋、最僵硬的心肠和最紧绷的性别……你们没指望了。

赫克托尔 我们把海伦还给你们。

奥德修斯 侮辱命运，那是无法补救的。

赫克托尔 那又何必再谈！我从你的话中听出实情。承认吧！你们想要我们的财富！你们故意放海伦被拐走，为的是给战争找一个堂皇借口！我真为希腊感到害臊。希腊将永远承担战争罪责，永远感到羞耻。①

奥德修斯 责任和羞耻？亏你想得出！这两个词互不相容。即便我们真有自知之明要为战争负责，当前这代人只要否认和说谎，就能确保未来世代的诚实和良知。那么我们就说谎，我们就自我牺牲。

赫克托尔 那么大局已定，奥德修斯！那就开战吧！随着我愈加仇视战争，我身上的厮杀欲望也愈发不可抑制……开战吧，既然你拒绝帮助我……

奥德修斯 你要理解我，赫克托尔！……你已经有了我的帮助。不要气恼我解释命运。我只是想从沙漠商队路线和船舰航线这些世界大线条中读懂鹤鸟飞行走向和种族迁徙方向。伸出手来。你的掌心也有纹路。不过我们不会探究这些掌纹是否有同样的兆示。让我们姑且认为，赫克托尔掌心的三条小皱纹做出的预言，恰与河流鸟飞航迹担保的事实相悖。② 我生

---

① 季洛杜的同时代人不难联想到关于谁来承担一战战争罪责的辩论。
② 奥德修斯此处同时运用地缘政治学和手相术。依据 Jacques Body 的解读，尽管季洛杜笔下没有流露出丝毫痕迹，但奥德修斯是一个名副其实的反英雄，一个比得摩科斯更危险的外交骗子，他甚至骗过了赫克托尔（OC1, 1499）。

来好求知，无所畏惧。我很愿意违抗命运一回。我收下海伦，把她还给墨涅拉奥斯。我的辩才绰绰有余，足以说服那个丈夫相信妻子的贞操。我甚至还能让海伦本人也信以为真呢。我这就动身，以防不测。一旦上了船，也许我们真能阻挠这场战争。

赫克托尔 这就是奥德修斯的计谋吗？或者这表明他的高贵？

奥德修斯 眼下我用计谋对抗命运，而不是对付你。我头一回尝试这么干，想必功劳更显著。赫克托尔，我是真心的……如果我想要战争，那我不会向你讨还海伦，而会索要更昂贵的赎金……我走了……但我抑制不住一种感觉，从这广场走回船上的路途太漫长。

赫克托尔 我让卫队护送你。

奥德修斯 这就像君王出访遇上了刺杀威胁，那国事访问路程可真漫长……[①] 搞阴谋的人藏在哪里呢？我们还算幸运，只要威胁不从天而降……从这儿走到王宫墙角的路很长……我这第一步也很长……我在危机四伏中如何迈出第一步呢？……我会摔倒一命呜呼吗？……会有某处墙角的柱头砸到我头上吗？全是新造的建筑，我却等待石头摇摇欲坠……鼓起勇气……我们走吧。

（他迈开第一步。）

赫克托尔 谢谢你，奥德修斯。
奥德修斯 第一步还行……还剩多少步？
赫克托尔 四百六十步。

[①] 季洛杜的同时代人不难联想到1932年法国总统保罗·杜美暗杀事件和1934年萨拉热窝刺杀事件等。

奥德修斯　第二步！赫克托尔，你知道是什么让我下决心走的吗？

赫克托尔　知道。是高贵情怀。

奥德修斯　不全是这样……安德洛玛克轻颤的睫毛和佩涅洛佩的一模一样。

第十四场

安德洛玛克、卡珊德拉、赫克托尔、
阿布涅奥斯，继而是奥伊阿克斯、得摩科斯

赫克托尔　你刚才就在这儿啊，安德洛玛克？

安德洛玛克　快扶住我。我快站不住了！

赫克托尔　你都听见啦？

安德洛玛克　是的。我快崩溃了。

赫克托尔　你瞧，我们不应该绝望……

安德洛玛克　也许对我们自己不绝望。可是对世界绝望……这个人太可怕。普天下的苦难压在我头上。

赫克托尔　再过一分钟，奥德修斯就上船了……他走得很快。从这儿看得见他和随从。他已经走到喷泉对面。你做什么？

安德洛玛克　我没有力气听下去。我要捂住耳朵。我们的命运不确定，我就不会松手……

550　赫克托尔　卡珊德拉，去找海伦！

（奥伊阿克斯进场，越来越醉。他从背面看见安德洛玛克。）

卡珊德拉　奥伊阿克斯，奥德修斯在海港等你。会有人把海伦带去给你们。

奥伊阿克斯　　海伦！我才不在乎海伦！我要把这个婆娘搂在怀里。

卡珊德拉　　快走，奥伊阿克斯。那是赫克托尔的妻子。

奥伊阿克斯　　赫克托尔的妻子！好极了！我总是偏爱朋友的老婆，我真正朋友的老婆！

卡珊德拉　　奥德修斯已经走到半路了……快去吧。

奥伊阿克斯　　别生气。她捂着耳朵呢。既然她听不见，我正好对她诉诉衷肠。我要是碰她一下，搂她一下，后果显而易见！但几句她根本听不见的话，那是无关痛痒的。

卡珊德拉　　那比什么都严重。快去吧，奥伊阿克斯。

奥伊阿克斯　　（卡珊德拉努力把他从安德洛玛克身边拉开，赫克托尔缓缓地举起标枪。）你觉得吗？那干脆碰碰得了。干脆搂搂得了。不过动作要贞洁！……对真正朋友的老婆，动作永远要贞洁！赫克托尔，你老婆身上哪里最贞洁？脖子吗？那就亲一口脖子……耳朵小巧精致，看上去怪贞洁的！那就亲一口耳朵……告诉你，我觉得婆娘身上哪里最贞洁……放开我！……放开我！……她连亲吻也听不见……你力气真大！……我来了……来了……再会。

　　　　　　（他退场。赫克托尔不易察觉地放下标枪。得摩科斯闯入。）

得摩科斯　　你怎么这样怯懦？你要归还海伦吗？特洛亚人，拿起武器吧！我们叫人背叛了……大伙儿集合吧！……战歌已经作好！来听听你们的战歌吧！

赫克托尔　　这一下给你的战歌！

得摩科斯　　（倒下）他杀了我！

赫克托尔　战争不会爆发①，安德洛玛克！

（他试图扯开安德洛玛克的手，但她不肯松手，两眼直直看向得摩科斯。原本开始落下的帷幕又一点点升起。）

阿布涅奥斯　有人杀了得摩科斯！谁杀了得摩科斯？

得摩科斯　谁杀了我？……奥伊阿克斯！是奥伊阿克斯！……快杀了他！

阿布涅奥斯　快杀了奥伊阿克斯！

赫克托尔　他说谎。是我给了他一下。

得摩科斯　不是的。是奥伊阿克斯。

阿布涅奥斯　奥伊阿克斯杀了得摩科斯……快抓住他！就地惩处他！

赫克托尔　得摩科斯，承认吧，是我打了你！赶快承认，不然要你的命！

得摩科斯　不，亲爱的赫克托尔，我最亲爱的赫克托尔。是奥伊阿克斯！快杀了奥伊阿克斯！

卡珊德拉　他死了跟活着没两样，还是那么聒噪。

阿布涅奥斯　行了……他们抓住了奥伊阿克斯……行了。他们杀了他。

赫克托尔　（拿开安德洛玛克的手）战争就要爆发。

（战争之门缓缓开启。海伦在门后亲吻特洛伊罗斯。②）

卡珊德拉　特洛亚诗人死了……轮到希腊诗人开始吟唱。

（剧终）

---

① 此处呼应开场第一句话，帷幕在这时降落，但有讽刺意味的是，整出戏没有就此结束，帷幕再一次升起。两次幕落是有效的舞台表达方式。
② 此处呼应第二幕第二场结尾海伦说的话（"我们会拥抱的，特洛伊罗斯，我向你保证"）。此外还呼应安德洛玛克在第八场的断言（海伦不爱帕里斯），以及奥德修斯在第十三场的说法（海伦是命运的造物）。

厄勒克特拉

两幕剧

| 人 物 |

厄勒克特拉
克吕泰涅斯特拉
阿伽忒
纳尔赛斯家的
报仇神
小报仇神
乞丐
埃癸斯托斯
庭长
俄瑞斯忒斯
园丁
年轻人
队长
伴郎
诸总管
过路乞丐
参加婚宴的乡民、士兵、侍从、马夫、侍女和众乞丐

* 1937 年 5 月 13 日，本剧由路易·儒韦执导在雅典娜剧院首演。

第一幕

（阿伽门农王宫内院）

第一场

外乡人、小报仇神①、园丁、众乡民

（外乡人［俄瑞斯忒斯］在三个小女孩的押送下进场；舞台另一头，盛装的园丁和受邀乡民同时进场。）

小女孩甲　园丁真好看！
小女孩乙　你想呀，今儿是他大婚的日子！
小女孩丙　先生，看哪！这就是您要找的阿伽门农王宫。
外乡人　王宫正面真古怪！……这墙是正的吗？
小女孩甲　不是。缺了右半边。人眼以为看得见，其实是幻

---

① 报仇神（les Euménides），音译为"欧墨尼得斯"，字面意思是"善心神"，是厄里倪厄斯（Erinyes）的讳称。希腊古人为了恭维这些女神，避免给她们不好听的名称，惹她们生气。报仇神一共三名。依据埃斯库罗斯三联剧，她们苦苦追赶杀母的俄瑞斯忒斯，直至雅典娜女神解除阿伽门农家族的诅咒。季洛杜笔下的报仇神具有命运神的意味，参看园丁下文的说法(602)。报仇神在整出戏中不断长大，这一构思呼应了《特洛亚战争不会爆发》中的一句台词："命运是加速形式的时间"(484)。

　　　　　　影。就像那个园丁，他走过来要对您说话。其实他不会走过来，他什么也不能告诉您。
小女孩乙　要么他会学驴叫。或者学猫叫。
园　丁　墙是正的，外乡人。别听这些小骗子的。您觉得怪，是因为房子的右翼由高卢石头砌成，①一年中总有些时候渗水。城里人说，王宫在哭泣。房子的左翼由阿尔戈斯大理石砌成。不知为什么会突然发亮，夜晚也如此。人们说，王宫在微笑。眼下这王宫又是哭又是笑。②
小女孩甲　瞧他多么肯定不会弄错。
小女孩乙　这完全是一座寡妇的宫殿。
小女孩甲　或童年记忆的宫殿。
外乡人　我不记得王宫正面这样特别……
园　丁　您以前来过？
小女孩甲　小孩子时。
小女孩乙　二十年前。
小女孩丙　那会儿他还没学走路……
园　丁　不过，凡是见过这王宫就一定忘不了。
外乡人　我对阿伽门农王宫的全部记忆就是一幅镶嵌画。我不听话会被放到一个有老虎的菱形格里，我听话会被放到一个满是花儿的六边形里。我还记得

---

① 不同年代用语的混淆处处可见，比如望楼（599）、总管（595）、马倌（595，660）和脚踝拴着链条的奴隶（598）之类，可能是中世纪的记忆。此外，有关母牛和黄油价格（611）的说法在古代希腊显然很少见。
② "又是哭又是笑"的王宫，如双面神雅努斯，在戏中对应既优雅又可怕的小报仇神，既欢快又有悲剧意味的白天。下文说到的"老糊涂的王宫正面"象征着某种鬼脸或反抗，或超自然的具体呈现，不妨理解为危机和悲剧收尾的预兆。

从菱形格爬到六边形的路线……一路经过好些鸟儿。

小女孩甲 路上还有一只天牛。

外乡人 你怎么知道，小东西？

园　丁 您的家人住阿尔戈斯吗？

外乡人 我还记得有很多很多光脚。人脸是记不住的，它们高高的在天上，但有许多光脚。我试着拨开流苏去碰他们的金脚环。有些脚踝用链子拴着，那是奴隶的脚踝。我记得最清楚的是两只白白的小脚，最是光滑白净。走起路来脚步总是匀称乖巧，就像有看不见的链子在测量似的。我猜是厄勒克特拉的脚。我一定亲吻过它们，对吗？一个小婴儿不管碰到什么都会亲吻的。

小女孩乙 无论如何，这是厄勒克特拉得到过的唯一的吻。

园　丁 这倒是肯定的。

小女孩甲 你这是在嫉妒吗，园丁？

外乡人 厄勒克特拉一直住在王宫里吗？

小女孩乙 一直住着。但不会住太久了。

外乡人 那扇开茉莉花的窗，那是她的房间吗？

园　丁 不是。那是第一个阿尔戈斯王阿特柔斯杀了自家兄弟的儿子们的房间。[1]

小女孩甲 他用他们的心脏做成宴肴摆在隔壁厅里。我很想知

---

[1] 依据某些学者的观点，阿特柔斯家族的诅咒不是从阿特柔斯这一代开始，而应追溯到更早，也就是阿特柔斯的祖父坦塔罗斯（参看 P.Brunel, *Le Mythe d'Electre*, A. Colin, 1971, pp.14—16）。阿特柔斯杀了兄弟堤厄斯忒斯的子女并用来宴请那个不知情的父亲。埃癸斯托斯是堤厄斯忒斯唯一幸存下来的儿子，也就是阿伽门农的堂亲（613），下文说厄勒克特拉是埃癸斯托斯的"疼爱的侄女儿"（613），颇有些勉强。

道那是什么味儿。

小女孩丙　他是剖开心脏还是整个儿放进去煮？

小女孩乙　卡桑德拉在望楼上被勒死。

小女孩丙　他们用渔网罩住她，用刀刺杀她。[①] 她被蒙住脸，像女疯子一样狂叫……我很想亲眼看见那一幕。

小女孩甲　如你所见，这一切全发生在房子会笑的那边。

外乡人　那扇玫瑰盛开的窗呢？

园　丁　外乡人，别去找寻窗户与花的关系。我是王宫的园丁。我随便种下这些花。花总是那些花。

小女孩乙　才不是呢。花与花不一样。福禄考[②]这花儿就顶不适合堤厄斯忒斯。

小女孩丙　木樨草也不适合卡桑德拉。

园　丁　但愿她们能闭嘴！外乡人，那扇玫瑰盛开的窗，那是浴池。我们的王阿伽门农，厄勒克特拉的父亲，他打仗回来那天在那里滑倒，摔在自己的剑上，摔死了。

小女孩甲　他死后才泡了个澡。大概两分钟吧。这是不同的

[①] 在埃斯库罗斯的《阿伽门农》中，卡桑德拉遭到"双人兵器的砍杀"（行1149），克吕泰涅斯特拉和埃癸斯托斯趁阿伽门农出浴时用袍子罩住他再刺杀他，有一句说法似与此处接近："像渔网一样把他罩住"（行1382），埃癸斯托斯声称是报仇神所织的袍子（行1580）。在《奠酒人》中，俄瑞斯忒斯展示了父亲被杀时的证物（行981—986）。在欧里庇得斯笔下，阿伽门农被谋杀的经过与此颇为接近。但在索福克勒斯的《厄勒克特拉》中，阿伽门农被"用行凶的斧子劈开脑袋，像伐木人砍倒一棵橡树一样"（行98—99）。季洛杜保留了传统中的谋杀地点（仅把浴池改成泳池），但修改了阿伽门农之死的经过，也就是克吕泰涅斯特拉和埃癸斯托斯设计的"滑倒"这一说辞（599, 679—680）。译按：古希腊悲剧引文依据罗念生先生（《罗念生全集》，第一至五卷，补卷，人民文学出版社，2004—2007年）和周作人先生的译本（《欧里庇得斯悲剧集》，中国对外翻译出版公司，2003年）。

[②] Phlox。这种花在古希腊文中的本意是"火"。

说法。
园　丁　那扇才是厄勒克特拉的窗。
外乡人　为什么那样高？几乎就在屋顶下。
园　丁　那是因为只有从那层楼才望得见她父亲的坟墓。①
外乡人　为什么躲在那里？
园　丁　那是她弟弟小俄瑞斯忒斯从前的房间。他才两岁就被母亲送走，从此再无音信。
小女孩乙　听哪，听哪，姐妹们！有人说起小俄瑞斯忒斯！
园　丁　你们能不能走开！让我们安静点！简直像苍蝇。②
小女孩甲　我们不会走开的。我们和外乡人是一起的。
园　丁　您认识这些女孩子？
外乡人　我在港口遇到她们。她们一直跟着我。
小女孩乙　我们跟着他，因为我们喜欢他。
小女孩丙　因为他比你好看多啦，园丁。
小女孩甲　他的胡子里不会跑出毛虫。
小女孩乙　鼻孔里不会飞出金龟子。
小女孩丙　要想让花儿闻着是香的，园丁就得是臭的。
外乡人　孩子们，要有礼貌。说说看，你们是做什么的？
小女孩甲　我们做的事儿就是没礼貌。
小女孩乙　我们说谎、诽谤和辱骂。
小女孩甲　不过我们的专长是诵唱。
外乡人　你们唱什么？
小女孩甲　我们预先不知道。我们随机杜撰。这样很好很好。
小女孩乙　那个迈锡尼王，我们辱骂过他的弟媳，他说这样很

---

① 埃斯库罗斯的《奠酒人》将戏剧场所设在阿伽门农坟前。该剧和索福克勒斯的《厄勒克特拉》均有为亡父奠酒的场景。相比之下，季洛杜选择了生者而非死者的舞台背景。
② 一般认为，萨特改编的俄瑞斯忒斯悲剧取名为"苍蝇"（*Les Mouches*），乃是受了此处的影响。

好很好。
小女孩丙　我们说出我们能寻找到的一切恶。
园　丁　外乡人,别听她的。没人知道她们是谁。两天来她们走在城里,没有相识也没有家人!有人问起,她们就声称名叫小报仇神。可怕的是,她们一直在长个儿,肉眼都能看出她们在变大……昨儿她们可比今天小好几岁……你过来!
小女孩乙　身为新郎,他可真粗鲁!
园　丁　您看她们……您看这睫毛在变长。您看她的喉咙。这瞒不过我。我的眼睛能看见蘑菇长个儿……她们在我眼皮底下长大,简直和红鹅膏菌一样快……
小女孩乙　有毒的东西总在破纪录。
小女孩丙　(对小女孩甲)你的喉咙在变粗吗?
小女孩甲　我们还要唱吗?
外乡人　园丁,让她们唱吧。
小女孩甲　我们来唱厄勒克特拉的母亲克吕泰涅斯特拉。你们准备好了唱克吕泰涅斯特拉吗?
小女孩乙　准备好了。
小女孩甲　克吕泰涅斯特拉王后脸色真难看。她涂胭脂。
小女孩乙　她脸色难看是因为她睡不好。
小女孩丙　她睡不好是因为她害怕。
小女孩甲　克吕泰涅斯特拉王后害怕什么?
小女孩乙　害怕一切。
小女孩甲　一切是什么?
小女孩乙　沉默。各种沉默。
小女孩丙　声响。各种声响。
小女孩甲　想到午夜快要降临,蜘蛛从白天带来幸福的丝这头移到带来不幸的丝那头。
小女孩乙 凡是红色的东西,那是血的颜色。
小女孩甲 克吕泰涅斯特拉王后脸色真难看。她涂了血。①
园　丁 多么愚蠢的故事!
小女孩乙 这挺好,是吧?
小女孩甲 我们的开头和结尾相连,这再有诗意不过。
外乡人 很有趣。
小女孩甲 既然您对厄勒克特拉这么感兴趣,我们可以唱一唱厄勒克特拉。姐妹们,准备好了吗?
小女孩乙 我想是的,我们准备好了!
小女孩丙 从我们出生起,从前天起就准备好了!
小女孩甲 厄勒克特拉为了好玩让俄瑞斯忒斯从母亲怀里掉下来。
小女孩乙 厄勒克特拉给通往御座的台阶打蜡好让她的叔伯摄政王埃癸斯托斯在大理石上滑倒!
小女孩丙 厄勒克特拉准备好朝她弟弟俄瑞斯忒斯的脸上吐唾沫假设他回来的话。
小女孩甲 这不是真的。不过这挺好。
小女孩乙 十九年来她口中积满苦似胆汁的口水。
小女孩丙 她心里想着你的衬衣,园丁啊,好有更多口水。
园　丁 这下闭嘴吧,肮脏的小毒蛇!
小女孩乙 啊呀呀!新郎生气了。
外乡人 他有道理。你们走吧。
园　丁 再也别回来!
小女孩甲 我们明天还来。
园　丁 你们试试看!王宫严禁你们这种年纪的女孩儿

---

① 儿歌常见的珠联式辞格。

出入！
小女孩甲　明天我们就长大了。
小女孩乙　明天是厄勒克特拉嫁给园丁的第二天。我们到时就长大了。
外乡人　她们在说什么？
小女孩甲　你没有替我们出头，外乡人，你会后悔的！①
园　丁　可怕的小怪兽。简直就像三个小命运神！孩子样的命运真骇人。
小女孩乙　命运向你展示她的背，园丁。看看她是不是又长大了。
小女孩甲　来吧，姐妹们。就让这两个人待在他们老糊涂的王宫正面那儿。

（小报仇神退场，众乡民看见她们惊惶散开。）

第二场

外乡人、园丁、众乡民、阿伽忒、法院庭长
（法院庭长及其年轻妻子阿伽忒·忒奥卡特克勒斯②进场）

外乡人　这些女孩儿在说什么？你要娶厄勒克特拉？你，一个

---

① 译按：小报仇神之前对俄瑞斯忒斯用敬称"您"。
② 除古代神话里众所周知的名字（诸如克吕泰涅斯特拉、埃癸斯托斯、厄勒克特拉、俄瑞斯忒斯，以及欧里庇得斯笔下早已出现过的农夫——此处为园丁）以外，本剧中还杜撰了一些新名，诸如纳尔赛斯（Narsès）、纳尔赛斯家的、阿伽忒·忒奥卡特克勒斯（Agathe Théocathoclès，下文简称"阿伽忒"）。第三个姓名包含三重希腊名称的渊源以及双倍的讽刺意味。Agathe 即好的，Théocathoclès 的字面意思是"地下诸神的荣耀"，阿伽忒的丈夫是法官，因而被奚落为把人送往地狱的人。作者在初稿中还借用了其他古代悲剧人物，比如《淮德拉》中的公主或女伴阿丽斯，或俄狄浦斯之女伊斯墨涅，通过混淆安提戈涅的妹妹和厄勒克特拉的妹妹，进一步混淆阿特柔斯家族故事和忒拜家族故事。

园丁?

园　丁　再过一小时她就是我的妻子。

阿伽忒　他不会娶她的。我们来阻止他这么干。

庭　长　园丁，我是你的远方表亲，我还是法院第二庭长。我以双重名义给你忠告，赶紧跑到你那些胡萝卜西葫芦堆里躲起来，别娶厄勒克特拉。

园　丁　这是埃癸斯托斯的命令。

外乡人　莫不是我疯了？倘若阿伽门农在世，厄勒克特拉的婚礼将是全希腊人的庆典。埃癸斯托斯却把她嫁给一个园丁，并且连园丁的家族也反对这桩婚事！你们莫不是要告诉我，厄勒克特拉长得很丑或是个跛足！

园　丁　厄勒克特拉是阿尔戈斯最美的女子。

阿伽忒　好吧，她不算差。

庭　长　她倒是周正的，就像所有不向着太阳光生长的花儿。①

外乡人　她是迟钝愚笨吗？

庭　长　甚至是聪明的。

阿伽忒　尤其记忆力强。聪明不总是同一回事。我的记忆力就不好。除了你的生日，亲爱的。我从没忘过。

外乡人　那么她是做过什么说过什么，竟遭到这样对待？

庭　长　她什么也没做。她什么也没说。但她在那儿。

阿伽忒　她在那儿。

外乡人　那是她的权利。这是她父亲的王宫。就算他去世了，那也不是她的过错。

园　丁　我说什么也不敢想能娶到厄勒克特拉。不过既是埃癸斯托斯命令，我看不出有什么好担心的。

---

① 植物的向阳性。让人意外的是，这不是园丁而是庭长说的话。

庭　长　你有得担心呢，那是惹事的女人典型。

阿伽忒　这不是你一个人的事！我们整个家族都有得担心呢！

园　丁　我不明白。

庭　长　你很快就会明白：生活可以相当愉快，不是吗？

阿伽忒　相当愉快……无比愉快！

庭　长　别打断我，亲爱的，何况是讲这些没用的话……生活可以相当愉快。生活中一切倾向于都能解决。道德伤口比溃疡更快愈合，治丧比治麦粒肿更加便利。随便以两组人为例：每组带有等量的罪行、谎言、恶习或通奸……

阿伽忒　亲爱的，"通奸"真是难听的字眼……

庭　长　别打断我，何况是跟我唱反调。其中一组人过着适意得体的生活，死者被遗忘，生者彼此迁就，而另一组人如生活在地狱里……这是什么原因呢？很简单，因为第二组里有一个惹事的女人。

外乡人　因为第二组有某种良知。①

阿伽忒　我还是得说，你用的"通奸"这个字眼是脏话！

庭　长　闭嘴，阿伽忒。某种良知！您真以为是这样！如果说犯错者不能忘记他们的过错，战败者不能忘记他们的失败，战胜者不能忘记他们的胜利，如果说总有诅咒、不和、仇恨，那么，错不在人类那倾向于妥协和遗忘的良知，错在十个或十五个惹事的女人！

外乡人　我同意您的看法。十个或十五个惹事的女人将世界从

---

① 厄勒克特拉在阿尔戈斯城扮演惹事的女人或良知的角色。季洛杜的另一剧作《巴黎即兴曲》再现了这个角色，影射法国在世界上所扮演的角色："法兰西的命运就是成为世界的打扰者，它生来要挫败世界上各种既成角色和永在体系的同谋关系。它是正义本身……"（722）

自私中拯救出来。

庭　长　她们将世界从幸福中拯救出来！我了解她，这个厄勒克特拉！我们承认吧，她确实具备你说的品质，正义、宽宏、责任。但是，一个人毁掉国家、个人和最好的家族，不是由于自私和图便利，恰恰是因为正义、宽宏和责任。

阿伽忒　绝对是这样……亲爱的，这是为什么呢？你跟我说过，我给忘了！

庭　长　因为这三种美德包含真正致人类于死命的唯一因素：顽强。幸福从来不是顽强的人的命运。幸福的家庭是局部性的投降。幸福的时代是全民性的妥协。

外乡人　您已经率先做出榜样？

庭　长　嗐，没有！另一个动作更快。我只是第二庭长。①

园　丁　厄勒克特拉顽强对抗什么呢？她每天夜里去给父亲上坟，不就是这样吗？

庭　长　我知道。我跟踪过她。我曾在从前某个夜里因工作需要沿河跟踪过最危险的凶手。我又在同一条路线上跟踪全希腊最无辜的女子。前后两次并行展开，真是骇人的夜游。他们停在同样的地方。紫杉下、桥的一隅，军用界石，这些对无辜者和犯罪者来说竟是同样的标记。② 不过，基于凶手就在那里的事实，从前那个夜里显得单纯，让人定心，没有悬念。那凶手是我们从果子里取出的核，再不用担心馅饼里还有什么能磕牙。相反地，厄勒克特拉的存在打乱了光和夜，连满月也变得模棱两可。你见过渔夫在打鱼的前一天放

---

① 此处是讽刺希腊的（实为法国的）法官制度，法庭上并不存在第一第二庭长的说法。
② 本剧中多次出现标记（signe，或象征符号）的说法，此处为首次出现。

鱼饵吗？她沿着黑色的河岸走。每天晚上她去放她的食饵，那些没有她本会抛弃这片热衷于消遣和妥协的大地的东西，悔恨、招供、旧血迹、铁锈、凶杀的残骸、控告的碎屑……假以时日，一切会就绪，全都蠢蠢欲动……渔夫只需走过去收网。

外乡人　他迟早会走过去的。

庭　长　错了！错了！

阿伽忒　（盯着年轻的外乡人看）错了！

庭　长　连这孩子也看出您这么说缺乏理由。在人类的弊端缺点和犯罪之上，在真理之上，日复一日积累着大地用以遏制最险恶的毒液的三重保护：遗忘、死亡和人的正义。不信赖这三重保护是疯狂的行为。一个国家若因孤立的纠错者犯错而处处弥漫幽灵和半睡半醒中被杀的人，一个国家若总是拿不出从衰败和背信中复原的方案，一个国家若总有回魂者和复仇者在逼近，那太可怕了。如果在执行法律处方之后，犯罪者的睡眠依然不如无辜者的睡眠安稳，那么这个社会就是受到损害的。每次看见厄勒克特拉，我总感觉我在襁褓中犯下的过错在我身上躁动不安。

阿伽忒　至于我，就是我将来的过错。我绝不会犯的，亲爱的。这你知道。特别是你刚才执意要提的通奸……不过这些过错已经在折磨我了。

园　丁　我嘛，我有点赞同厄勒克特拉。我不太喜欢坏人。我爱真相。

庭　长　你对我们家族的真相又知多少，竟敢公然反抗它！这平静的家族受人尊敬平步青云——我若进一步说，你只是这个家族里最不起眼的细枝末节，你不会反对吧。可是，经验告诉我，切莫在这些门面事上冒险，简直如履薄冰。倘若厄勒克特拉真成了我们家族的成员，我和你打赌，不超过十天，许多陈年往事会浮出水面。我随便杜撰一个，我们的老姑妈在做姑娘时亲手掐死了刚出世的婴儿。假设有人向她丈夫揭发这事儿，那么为了安抚那个陷入狂怒的老头子，只好不再对他隐瞒所有危及他祖父名节的事。就连活泼的小阿伽忒也会因此睡不着觉。只有你不知道埃癸斯托斯的拿手好戏。但凡有什么可能在哪天给阿特柔斯家族带来叫人恼火的光彩的东西，他全要嫁祸到忒奥卡特克勒斯家族身上。

外乡人 阿特柔斯家族有什么需要担心的吗？

庭　长 没有。就我所知什么也没有。不过，正如一切幸福的家族、强大的夫妇和满意的个人，阿特柔斯家族畏惧世上最让人生畏的敌人。这敌人绝不会留情。这敌人会一直侵蚀到骨髓深处。这敌人是厄勒克特拉的同盟，也即完整的正义。

园　丁 厄勒克特拉喜爱我的花园。当她有点儿紧张不安时，这些花儿会安慰她。

阿伽忒 她可不会安慰这些花儿。

庭　长 当然！到时候你总算就会认识这些花儿，你的海棠们和天竺葵们。你会看到这些花儿不再充当可爱的标记，而表现出奸诈狡猾和忘恩负义。厄勒克特拉在花园里，那就是正义和记忆在花丛中，那就是仇恨。

园　丁 厄勒克特拉很虔诚。所有死者站在她这边。

庭　长 死者！啊！我听见这些死者了，就等着宣告厄勒克特拉去到他们中间的那天。我看见他们了，被杀的人和杀他们的人已有一半腐烂在一起，被偷被骗的亡魂和偷儿的亡魂逐渐混为一体，互为死敌的家族卸下重负彼此散开，我看见他们躁动不安互相说道：天神啊，厄勒克特拉来了！我们从前是多么安宁啊！

阿伽忒　厄勒克特拉来了！

园　丁　不。她还没到。那是埃癸斯托斯。外乡人，快走吧。埃癸斯托斯不喜欢陌生人的面孔。

庭　长　阿伽忒，你也走吧。他也不喜欢认识的女人的面孔。

阿伽忒　（对外乡人的英俊面孔极感兴趣）漂亮的外乡人，我给您带路吧。

　　　　（埃癸斯托斯在乡民的欢呼中进场；与此同时，众侍从为他设王座，又挨着圆柱摆了一只板凳。）

第三场

园丁、庭长、埃癸斯托斯、众侍从、乞丐

埃癸斯托斯　怎么有板凳？这板凳做什么用的？

侍　从　大人，是给乞丐坐的。

埃癸斯托斯　哪个乞丐？

侍　从　这么说吧，是给神明的。几天来，有个乞丐在城里走来走去。都说从没见过这么完美的乞丐，传闻他必是神明。他想去哪儿，大家也不拦着。这会儿他正绕着王宫闲逛呢。

埃癸斯托斯　他把家家户户的谷子变成黄金啦？他搞大女仆的肚子啦？

侍　从　他没造成什么损害。

埃癸斯托斯　这在神明中倒稀罕……祭司们没法儿辨认这是个穷鬼还是朱庇特吗？

侍　　从　　祭司们要求大家别问他们这个问题。
埃癸斯托斯　我们要留着板凳吗，朋友们？
庭　　长　　我想，崇拜一个乞丐终究不会比亵渎一个神明的代价更高。
埃癸斯托斯　留着板凳吧。不过他一来就通知我们。我们还有十来分钟仅限于人类的交流时间。不得无礼待他。也许这是诸神派代表来参加厄勒克特拉的婚礼？我们的庭长认为这桩婚事对他的家族而言是个耻辱，诸神却不请而来。
庭　　长　　大人……
埃癸斯托斯　不用辩解，我全听到了。这座宫殿的音响效果相当出色……建筑师显然想探听委员会对他的酬劳和佣金率作何考虑，因而到处设下方便偷听的藏身处……
庭　　长　　大人……
埃癸斯托斯　闭嘴。我知道你想说什么，你以你那勇敢正直的家族之名，以你那威严的杀子犯兄嫂之名，以你那可尊敬的好色鬼叔伯之名，以你那恭谦的诽谤者侄儿之名，你想说什么我全知道。
庭　　长　　大人……
埃癸斯托斯　在战场上，为了转移敌人的攻击，人们会把君王帽上的翎毛交给某个官员佩戴。那官员炫耀头顶的翎毛，可比你热情高涨多啦……你在浪费时间，园丁娶定了厄勒克特拉……
侍　　从　　乞丐到了，大人。
埃癸斯托斯　让他等一下。给他喝的。酒有两大功用，既能施舍乞丐又能祭祀神明。
侍　　从　　不管是乞丐还是神明，他已经醉了。

埃癸斯托斯 既然如此,让他进来。我们正好要谈论诸神,不过他不会听懂的。在他面前谈这个倒也有趣。庭长,你对厄勒克特拉的理论相当准确,不过你那是特殊理论,布尔乔亚理论。请允许我作为摄政王传授你一般理论……庭长,你相信诸神吗?

(与此同时,乞丐跟随侍从进场,做着假想中的致敬礼节,慢慢坐到板凳上。在本场戏的前半部分时间里,乞丐漫不经心,四处张望。)

庭　长 大人,您呢?

埃癸斯托斯 亲爱的庭长,我经常自问是否相信诸神。我这么问自己,因为这实在是一个国家领袖在单独面对自己时必须弄清楚的唯一问题。我相信诸神。或者不如说,我相信我相信诸神。不过,我不相信诸神永在伟大的专注和监督中,我相信诸神永在伟大的消遣中。① 在永是调情的空间与时间之间,在永是对峙② 的重力与虚无之间,存在着伟大的冷漠,那就是诸神。我想象他们绝不会一刻不停地关怀人类这一大地上最严重且多变的霉斑,而是抵达某种境界,公正安详,无处不在,这样的境界只能是极乐自在,也就是无意识。诸神在所有造物的阶梯顶端是无意识的,正如原子在其阶梯底端是无意识的。区别在于,这种无意识如电光闪过,全知全能,被雕琢成千万个镜面。而在

---

① 神性的超脱,参看卢克莱修,《物性论》,II,648。
② 此处的说法也许是影射恩培多克勒的理论,也即土、水、气、火四元素遵循爱与恨这两大元素,又或者,此处只是简单影射古代神话中宙斯的无数风流韵事——永是调情(toujours en flirt),以及奥林波斯山上诸神之间无休止的斗争——永是对峙(toujours en lutte)。

呈现为钻石的常态中，诸神是迟钝且聋哑的，他们只对光线和标记做出回应，并且不理解这些光线和标记。

（乞丐终于坐好，自认有必要鼓掌叫好。）

乞 丐 说得好。了不起！

埃癸斯托斯 谢谢……另一方面，庭长，毫无疑问，人的生活中有时会突然出现外在干预，这些干预发生的时机或造成的震荡让人以为这是超乎人类的某种关切或正义。之所以是超乎人类的、属神的，因为那是批量做工，完全未经校准……一个城邦由于渎神或疯狂而犯罪，鼠疫爆发了，邻近有个格外圣洁的城邦也顺带被毁了。一个民族败坏堕落，战争启动了，由此断送最后的义人和最后的勇士，最懦弱的人反倒能活命。再不然，不管罪是什么又是在哪里犯下，总是同一个国家或同一个家族（不论有罪还是无辜）被迫偿还。我认识一个生了七个孩子的母亲，总是痛揍同一个孩子的屁股。这是一个如有神性的母亲。这与我们对诸神的看法相当一致，诸神就像盲目的拳击手，盲目揍屁股的母亲，满足于殴打同一张脸，痛揍同一个屁股。如果重估诸神从自在极乐中猛然醒悟所带有的惊愕，我们很可能讶异地发现他们的打击比从前更混乱……刮大风时被百叶窗撞伤的是义人的妻子而不是小人的妻子，一个事故殃及的是朝圣队伍而不是流氓团伙，通常总是人类遭殃……我是说通常。有时会看到，小嘴乌鸦和斑鹿在无法解释的瘟疫中丧生：很可能是一次针对人类的打击瞄得过高或过低。无论如何，身为国

610

家领袖的首要原则无疑是以残酷手段守夜警戒，防止诸神摆脱迟钝状态，把诸神的损害局限在昏睡中做出的反应，也就是打呼或打雷。

乞　丐　了不起，说得够清楚！我全听懂了！

埃癸斯托斯　我衷心感到高兴。

乞　丐　说的都是真理。举个例子。就说那在路上的行人吧。在某些年代，每隔百来步就能看见一只碾死的刺猬。成百只公刺猬母刺猬[①]在夜里过路时被碾死。您想想看，那可是交配的前夜。您可能会说，它们太蠢了，为什么不在路的同一边寻找它们的男伴女伴呢！我没话可说：对刺猬来说，爱首先是得穿过那条路……见鬼，我究竟想说什么？……我突然断了思路……请您继续说下去……我会想起来的……

埃癸斯托斯　可不是！他究竟想说什么？

庭　长　不然我们来谈一谈厄勒克特拉，大人？

埃癸斯托斯　你以为我们在谈什么？难道是在谈那迷人的小阿伽忒吗？庭长，我们谈的不是别的，就是厄勒克特拉，就是为了你们所有人的幸福我不得不从王室剥离掉厄勒克特拉……自从我摄政以来，其他城邦在纠纷中日益衰落，他国公民在道德危机中逐渐枯竭，唯独我们对他人和自我始终感到满意。这是为什么？为什么大量财富汇集到我们城邦？为什么唯独在阿尔戈斯城原材料最昂贵而零售商品最低廉？为什么我们出口越多母牛而黄油

---

① 季洛杜常生造阴性词，比如此处的母刺猬（les hérissonnes），还有小母潮虫（la petite cloporte, 626）、女法老（la pharaonne, 642），表现了作者对女性的特殊钟爱。

越能降价？为什么风暴绕过我们的葡萄园，渎神现象不发生在我们的神庙，我们的牲口幸免于口蹄疫？……那是因为，在这个城邦里，我毫不容情与那些向诸神示意的人作斗争……

庭　　长　　什么叫向诸神示意，埃癸斯托斯？

乞　　丐　　啊！我找回来了！

埃癸斯托斯　您找回来什么？

乞　　丐　　我的故事，故事的线索……我刚才说到刺猬的死……

埃癸斯托斯　请等一等。我们正说到诸神。

乞　　丐　　怎么！……竟是个优先权问题：先是诸神，再是刺猬……我只担心待会儿还能不能想起来。

埃癸斯托斯　庭长，示意的方法只有一种。那就是离开人群，登上高处，挥舞手中的灯笼或旗帜。人类以诸种信号背叛大地，就像背叛受围攻之地一样。哲学家在露天座这么干了，诗人或绝望的人在阳台或跳板这么干了。如果说十年来诸神没能干预我们的生活，那是因为，我小心确保悬崖上没有人而集市上到处是人，我下令幻想家、诗人和炼金术师结婚成家，我总是假意严惩轻罪行而从轻放过重罪犯，以避免在我们的公民之间制造道德阶级差别，那将使人类在诸神眼里带有不同的成色。在凶杀和偷面包这两种罪行上制造同等的气氛，再没有什么更能维系如神一般的稳固。我必须承认，司法正义在这方面极大协助了我。每次我不得不严厉惩罚时，诸神在上头是看不见的。我的制裁从不过于醒目，不足以促使诸神重新调整他们的义愤。我不流放人。我杀人。流放者和瓢虫一样，总有攀爬陡壁险路的倾向。我从不当众施加酷刑。我们那些可悲的邻邦在丘陵上大兴修造断头台，以致露了马脚。我呢，我在山谷深处将人送上十字架。好了，关于厄勒克特拉，我把话全说了……

园　　丁　您说了什么？

埃癸斯托斯　现如今在阿尔戈斯城，再没有人向诸神示意。厄勒克特拉……① （转头看宾客中坐立不安的乞丐）什么事？

乞　　丐　没什么，不过我最好现在就跟您说一说我的故事……再过五分钟，正如您所说的，这故事就没什么意思了。这是为了证实您刚才的话！在那些被碾死的刺猬中，有成百只看上去就像寻常刺猬一样地死了。它们的尖嘴被马蹄踏平，它们的刺儿在车轮下开裂。这就是死了的刺猬。再没什么可说的。它们为刺猬的原罪而死，也就是说，它们非要过那些省级公路或乡村小道，表面借口是路对面的蚯蚓和松鸡下的蛋更可口，实际上是为了交配。这是它们的事。跟外人没关系。只是，您无意中看见一只顶小的，比起其他的来，没有完全被碾平，也不是那么肮脏，小爪子绷紧，小嘴唇闭紧，显得有尊严许多。这给人一种印象，

---

① 埃癸斯托斯的长篇讲辞与乞丐的点评形成某种对位式的呼应，此处的讲辞颇为接近有关涅墨西斯（Nemesis）的古老理论，也即分别属神和属人的不同领域的最初分配，一旦人类脱离自身命运，也就是这里说的"示意"，即会遭到诸神的嫉愤和复仇。与此同时，季洛杜在这个理论中补充了两个个人观点。首先，各个领域的支配是彼此平等而又相互混淆的，比如动物，作为"人类的兄弟"，也会像人类那样"爆发"，像人类那样"示意"。其次，存在某种形式的惩罚，使得由此觉醒的义愤得到满足，比如此处刺猬的例子，诸神接受动物代人类受过。

　　　　　　这刺猬不是作为刺猬而死的，这刺猬是替别人死的，是替您死的。它那冰冷的小眼，那是您的眼。它的小刺儿，那是您的胡子。它的血，那是您的血。我去捡的时候总挑这样的，特别是它们都还小，肉更嫩些。超过一岁的刺猬不再为人类牺牲。您瞧，我听明白了。诸神可不真搞错了，他们想打击一个背信者，一个小偷，结果却杀了一只刺猬……还是一只顶小的。

埃癸斯托斯　确实明白得很。

乞　丐　这对刺猬来说是真的，对其他物种来说也是真的。

庭　长　当然！当然！

乞　丐　当然什么？这全错了。举黄鼠狼的例子吧。您作为法院庭长总不至于宣称您曾见过黄鼠狼替您死吧。

埃癸斯托斯　您肯让我们继续谈厄勒克特拉吗？

乞　丐　谈吧！谈吧！再说了，反之亦然，不得不说，在你们看见的死人里，很多看上去是为了牛、猪或乌龟而死，很少是为了人类而死。一个人看上去是为了人类而死，我敢说这不常见……哪怕是为自己而死……我们会见到她吗？

埃癸斯托斯　见到谁？

乞　丐　厄勒克特拉……我很想在杀她以前见她一面。

埃癸斯托斯　杀厄勒克特拉？谁说要杀厄勒克特拉？

乞　丐　您说的。

庭　长　问题与杀厄勒克特拉绝对无关。

乞　丐　我有一个好处。我听不懂人说的话。我没受过教育。可我懂人……您想杀厄勒克特拉。

庭　长　您什么也没明白，陌生人。这是埃癸斯托斯，阿伽门农的堂亲，厄勒克特拉是他疼爱的侄女儿。

乞　丐　莫非有两个厄勒克特拉？一个像他说的要毁了一切，另一个是他疼爱的侄女儿？

庭　长　不是的！只有一个厄勒克特拉。

乞　丐　那么，他想杀了她！没有疑问。他想杀了他疼爱的侄女儿。

庭　长　我向您保证您没明白。

乞　丐　我到处流浪。我从前认识一家姓纳尔赛斯的……她比他强多啦……她有病，总是大口吸气……但比他强多啦……没法儿比。

园　丁　他喝多了，这是个乞丐。

庭　长　他反复说不停，这是神明。

乞　丐　不是。我是想告诉你们，有人送他们一头小母狼。这成了他们疼爱的小母狼。但总有一天中午，小母狼会突然变成大母狼……他们不知道要预见这一天的到来……中午差两分时，那母狼还在跟他们亲热呢。中午过一分时，它就把他们咬死了。① 他嘛，我倒不在乎！

埃癸斯托斯　然后呢？

乞　丐　我当时经过，杀了那头母狼。它正开吃纳尔赛斯的脸。它倒是不讨厌他。纳尔赛斯的女人活了过来。她过得不坏。谢谢。你们会看见她。她一会

---

① 参看埃斯库罗斯的《阿伽门农》（行717起）："有人在家里养了一头小狮子……在生命初期很驯服，是儿童的朋友，老人的爱兽，时常偎在他们怀中……但一经长成，它就露出它父母赋予它的本性……这个家沾染了血污。"不过，在埃斯库罗斯笔下，那狮子只是屠杀那家的羊群，成为"侍奉毁灭之神的祭司"。

儿来找我。

埃癸斯托斯　这有什么关联吗？

乞　丐　哦！别以为会看到阿玛宗女战士的王后。那得等到老眼昏花静脉曲张。

庭　长　是问您这有什么关联？

乞　丐　关联？我猜这人总比纳尔赛斯聪明吧，既然他是国家领袖……没有人能想象纳尔赛斯干过的蠢事。我一直没教会他吸烟，他老把烧着的那头放嘴里……还有打结。生活里头等重要的事就是学会打结……您要是在该打结的地方弄出个环儿来，您要么着凉，要么勒死自己，您的船要么没拴好要么给卡死，您甚至没法儿把鞋脱了……我是说那些脱鞋的人……还有鞋带。考虑到纳尔赛斯还违禁打猎……

庭　长　我们问您这有什么关联。

乞　丐　关联就在这儿。如果这人提防他的侄女儿，如果他知道，迟早有一天她会像他说的那样突然发出信号，她会开始撕咬这个城邦把它翻个底朝天，她会抬高黄油价格发起战争，诸如此类，那么，他就没什么可犹豫的。他必须在她爆发以前先杀了她……她什么时候爆发？①

庭　长　什么？

乞　丐　她会在何日何时爆发？她何时变成母狼？她何时变成厄勒克特拉？

庭　长　可谁也没说她会变成母狼！

---

① 本剧中的另一个关键词，"爆发"（se déclarer）。该词一般用来指发表意见，比如表白爱慕之心，或自称为君王，诸如此类。此处应理解为：找到自身的本质，成为自己之所是。

乞　　丐　（手指埃癸斯托斯）有的！他这么想。他也这么说了。

园　　丁　厄勒克特拉是最温柔的女人。

乞　　丐　纳尔赛斯的母狼是最温柔的母狼。

庭　　长　您说的"爆发"这词儿没意义。

乞　　丐　我说的"爆发"这词儿没意义？您对生活究竟懂得些什么！五月二十九日，耕地上突然满布成千上万黄的红的绿的小球儿，飞来飞去，叽叽喳喳，争抢每一点儿蓟草屑，从不会弄错了跟飞在蒲公英绒毛后头，那是金翅鸟，它不也爆发了吗？六月十四日，两根芦苇在河道拐弯处摇摆着，一直到六月十五日，尽管没有风过也没有水流，水里甚至没有冬穴鱼和鲤鱼常吐的气泡，那是梭鱼，它不也爆发了吗？像您这样的法官，在生平头一回判处死刑的那天，眼看着囚犯满脸不经心地上庭，品尝着唇上沾满鲜血的滋味，他们不也爆发了吗？一切在自然中都会爆发！乃至君王。你们若肯相信我，今天的问题就在于，在厄勒克特拉作为厄勒克特拉爆发之前，君王是否会作为埃癸斯托斯爆发？为此他必须知道那女孩儿在哪天爆发，以便在前一天先杀了她，就像他说的在某个山谷深处，或者在最小的山谷深处，在她的浴缸里，那最方便最不为人察觉……

庭　　长　他真可怕！

埃癸斯托斯　你忘了婚礼，乞丐……

乞　　丐　确实，我忘了婚礼。不过，若要杀死某个人，婚礼不如死亡可靠。特别像她那样的女孩儿，敏感，晚熟，诸如此类，当她生平头一回被男人

|||拥抱在怀里时，她肯定会爆发……您是要她出嫁吗？
埃癸斯托斯|就现在，就在这里。
乞　丐|我希望不是嫁给某个城邦的王吧？
埃癸斯托斯|我避免这事儿发生。是嫁给园丁。
庭　长|这个园丁。
乞　丐|她肯吗？如果是我，我可不会在一个园丁的怀里爆发。不过，各人口味不同。我爆发是在克基拉岛①的喷泉广场，梧桐树下的面包店。你们真该看看我那天的样子！我在天平的两边各放了面包店老板娘的一只手。但重量老摆不平……我往右边加细面粉，往左边加粗面粉……园丁，你住哪里？
园　丁|王宫围墙外。
乞　丐|村里头吗？
园　丁|不是。四周就我一栋独屋。
乞　丐|（对埃癸斯托斯）干得好！我明白您的想法。不错的想法。杀园丁的妻子挺容易。比杀王宫中的公主容易多啦。
园　丁|我恳求您，不管您是谁……
乞　丐|你总不会告诉我草草埋在土里不比造大理石陵墓快得多吧？
园　丁|您胡思乱想什么？何况她一刻也不会离开我的视线。
乞　丐|你摘根葱还得弯腰呢。你连根拔出土疙瘩还得填回去呢。那点间隙足够让死亡经过！

---

① 译按：Corfou，旧称 Corcyre，《奥德赛》中费埃克斯人居住的海岛。

庭　　长　陌生人，我不知道您是否清楚自己所在的地方。您是在阿伽门农的王宫，在阿伽门农家中。

乞　　丐　我看见了我看见的。我看见了这人在害怕，他满怀恐惧活着，厄勒克特拉的恐惧。

埃癸斯托斯　亲爱的客人，我们别再兜圈子。我绝不掩饰，厄勒克特拉确实让我不安。我预感到，如您所说，在她爆发的那一天，阿特柔斯家族将面临多少烦恼和不幸。没有人能幸免，但凡城邦的住民必定会遭受与王家一样的重创。因为这样，我才把她交给一个诸神看不见的懒散家族。嫁过去以后，她的双眼和动作不会再发光耀眼，她造成的破坏也仅限于本地布尔乔亚，仅限于忒奥卡特克勒斯家族。①

乞　　丐　好主意。好主意。必须是特别懒散的家族。

埃癸斯托斯　这个家族确实如此，而且我会确保它始终如此。我会确保忒奥卡特克勒斯家族中没有一个人凭才干和勇气脱颖而出。至于放肆和天分，我倒不担心，随便他们自己操心去。

乞　　丐　您要当心。小阿伽忒可不差。美本身也会示意。

庭　　长　我恳请你们在讨论时不要提到阿伽忒。

乞　　丐　当然啦，不是没有机会朝她脸上涂硫酸。

庭　　长　大人……

埃癸斯托斯　事已了结。

庭　　长　可我是站在命运的角度，埃癸斯托斯！……这总归不是一种疾病！……这么说，您认为命运是会传染的！

---

① 在欧里庇得斯的《厄勒克特拉》开场中，农夫对婚礼做出类似的解释："给了不中用的人，他就可以少有恐慌，因为假如一个有地位的男人得着了她，把阿伽门农的睡着的血叫醒过来……"

乞　　丐　会的。就像饥饿在穷人那里会传染一样。

庭　　长　我无法相信，命运竟离开一个王室家族而光顾我们这么黯淡无光的小氏族，竟肯从阿特柔斯家族的命运沦落为忒奥卡特克勒斯家族的命运。

乞　　丐　不用担心。王家的癌症也肯接纳布尔乔亚。

埃癸斯托斯　庭长，你若指望厄勒克特拉嫁过去不会造成家族中的行政官员失宠，那么当心点，不要再多说一个字。在第三等级范围内，命运再穷追猛打也只会损及第三等级。基于对忒奥卡特克勒斯家族的高度敬意，我个人为此深感遗憾，但我们的王朝、国家和城邦从此不必冒险。

乞　　丐　如果机会允许的话，也许还可以稍稍杀死她。

埃癸斯托斯　我说过了……去把克吕泰涅斯特拉和厄勒克特拉找来。她们正等着。

乞　　丐　早不想起来。没有冒犯您的意思，不过这场谈话缺少女人。

埃癸斯托斯　您很快就会遇到两个女人，并且是两个能说的女人。

乞　　丐　我希望还是能吵架的女人？

埃癸斯托斯　在您那一族①里，也喜欢看女人吵架吗？

乞　　丐　爱极了。今天下午，他们让我走进一个也在吵架的人家。谈话内容没这儿高雅。简直没法比。不像这儿谈的是王室杀人阴谋。那家人吵起来是为了宴客的鸡肉那道菜要不要配鸡肝。当然还有鸡脖子。女人们发了疯劲。只得把她们架开。我后来想想，作为一场谈话这也不是好受的……都流血了。

---

① 译按：暗指神族。

第四场

园丁、庭长、埃癸斯托斯、乞丐、众侍从、
克吕泰涅斯特拉、厄勒克特拉、众女仆

庭　　　长　　她俩都到了。
克吕泰涅斯特拉　说我俩都到了言过其实。厄勒克特拉在哪里，就是前所未有不在那里。
厄勒克特拉　　不。今天我在这里。
埃癸斯托斯　　那得好好利用机会。你知道为什么你母亲带你来这儿吗？
厄勒克特拉　　我想是出于习惯。她已经把一个闺女带去受了死。①
克吕泰涅斯特拉　这就是厄勒克特拉。两句话不到，没有一个字不狠毒不带暗示。
厄勒克特拉　　对不起，母亲。在阿特柔斯家族里，含沙射影实在太容易了。
乞　　　丐　　她想说什么？她是想和母亲闹翻吗？
园　　　丁　　那会是我们头一次看见厄勒克特拉和人闹翻。
乞　　　丐　　果真如此更有趣了。
埃癸斯托斯　　厄勒克特拉，你母亲已把我们的决定告诉你。长久以来你让我们很不安。我不知道你自己有没有意识到：你就像一个大白天里梦

---

① 译按：指伊菲革涅亚的献祭。

游的人。在王宫中，在城里，人们说起你的名字都要压低声音，只怕太大声会吵醒你让你跌倒……

乞　丐　（声嘶力竭地）厄勒克特拉！

埃癸斯托斯　干什么？

乞　丐　哦，对不住，开个玩笑。请原谅。不过您瞧，是您在怕，她倒不怕。她没有梦游症。

埃癸斯托斯　我恳请您……

乞　丐　无论如何，事实说明一切。是您在发牢骚。假设我刚才突然大喊埃癸斯托斯，想想看会是什么样儿。

庭　长　让摄政王说话。

乞　丐　我过会儿要趁大家不注意时大喊埃癸斯托斯。

埃癸斯托斯　厄勒克特拉，你必须把病治好，不管用的是什么解药。

厄勒克特拉　要我治病很简单。只需让一位死者回生。

埃癸斯托斯　不是只有你一人在哀悼你父亲。但是，为死者服丧不应该是对生者的冒犯。人活着却抓住死者不放，那是叫死者陷入不自在的境地。那是剥夺他们身为死者的自由，假设有这种自由的话。

厄勒克特拉　他有自由。所以他才会来。

埃癸斯托斯　你莫不是以为，他看见你不像个闺女倒像个妻子似的哀悼他，这会令他欢喜？

厄勒克特拉　我是我父亲的寡妇，既然他没有别人。

克吕泰涅斯特拉　厄勒克特拉！

埃癸斯托斯　不管你是不是寡妇，今天我们要庆祝你的婚礼。

厄勒克特拉　是的，我知道你们的阴谋。

克吕泰涅斯特拉　什么阴谋！一心想把二十一岁的闺女嫁出去算是阴谋吗？在你这个年纪，我早就抱着你俩了，你和俄瑞斯忒斯。

厄勒克特拉　你没把我们抱好。你让俄瑞斯忒斯摔在大理石地上了。

克吕泰涅斯特拉　我怎么可能这么做？是你推他了。

厄勒克特拉　假话！我没有推俄瑞斯忒斯！

620　克吕泰涅斯特拉　你怎么可能知道呢！你那时才十五个月。

厄勒克特拉　我没有推俄瑞斯忒斯！就算超出记忆所及，我也能记住这一点。俄瑞斯忒斯哦，不管你在哪里，听我说啊！我没有推你。

埃癸斯托斯　好了，厄勒克特拉。

乞　丐　这回她俩都在场了。这女孩儿若能在我们眼前爆发，那多有趣呵。

厄勒克特拉　她说谎，俄瑞斯忒斯，她说谎！

埃癸斯托斯　我求你了，厄勒克特拉。

克吕泰涅斯特拉　她推他了。她那么小，当然不知道自己在做什么。但她推他了。

厄勒克特拉　我用尽全力抓住他。我抓住他的小蓝袍子他的手臂他的指尖他的轨迹他的影子。我看见他掉在地上他的前额有一道红印，我当场号啕大哭。

克吕泰涅斯特拉　你笑得合不拢嘴。私下里说，那袍子是淡紫色的。

厄勒克特拉　天蓝色。我知道俄瑞斯忒斯的袍子。它被挂起来晾干时，在天空中是看不见的。

埃癸斯托斯	我能说说话吗？二十年来，你们还没有足够时间了结这场争吵吗？
厄勒克特拉	二十年来，我一直在寻找机会。现在我有机会了。
克吕泰涅斯特拉	她怎么不明白就算善意也有可能办错事？
乞　丐	她俩都是善意。这是事实。
庭　长	公主，我请求您！现在讨论这个问题有什么好处？
克吕泰涅斯特拉	没有任何好处，我同意。
厄勒克特拉	什么好处？假设我真的推了俄瑞斯忒斯，那我情愿死掉，我情愿杀了我自己……我的生活不再有意义。
埃癸斯托斯	必须强制才能让你闭嘴吗？王后，难道您和她一样疯？
克吕泰涅斯特拉	听着，厄勒克特拉。咱们别再争啦。当时的情况是这样的。他在我右边怀里。
厄勒克特拉	左边！
埃癸斯托斯	这还有完没完，克吕泰涅斯特拉？
克吕泰涅斯特拉	这就完了。不过，右边手臂总归是在右边，不可能在左边；紫色的袍子就是紫色，不可能是蓝色。
厄勒克特拉	那袍子是蓝色的，和俄瑞斯忒斯的额头是红色的一样千真万确。
克吕泰涅斯特拉	这倒是真的……红了一片。你还用手指去碰伤口，你绕着平躺在地上的小身体跳舞，你笑着尝那血的滋味……
厄勒克特拉	我！为了惩罚那撞伤他的台阶，我宁可撞破自己的脑袋！我浑身发抖了整整一个

	星期……
埃癸斯托斯	安静！
厄勒克特拉	我到现在还在发抖。
乞　丐	纳尔赛斯家的用松紧带捆住她的小孩。他挺有一套……老是歪歪扭扭，就是不摔倒。
埃癸斯托斯	够了。我们很快会看到厄勒克特拉怎么抱她的小孩……你同意了，不是吗？你同意这桩婚事啦？
厄勒克特拉	我同意。
埃癸斯托斯	我必须向你承认，有成堆的人上门来求亲。
乞　丐	有人说……
埃癸斯托斯	有人说什么？
乞　丐	有人说，您私底下威胁要杀死那些可能娶厄勒克特拉的王子……[①] 城里是这么传的。
厄勒克特拉	这倒挺好。我一个王子也不想嫁。
克吕泰涅斯特拉	那园丁呢，你想嫁给一个园丁吗？
厄勒克特拉	我知道，你俩一起打主意把我嫁给我父亲的园丁。我同意。
克吕泰涅斯特拉	你不能嫁给园丁。
埃癸斯托斯	我们达成过共识，王后。话已经说出去了。
克吕泰涅斯特拉	我收回。这是极不公道的话。厄勒克特拉若是病了，我们可以照顾她。我不能把闺女嫁给园丁。
厄勒克特拉	太迟了，母亲。你已经把我交出去了。

[①] 参看欧里庇得斯的《厄勒克特拉》："等她到了青春的盛时，希腊地方的王公都来向她求婚，但是埃癸斯托斯怕她给哪个贵人生下一个儿子来做阿伽门农的复仇人，所以把她放在家里，也不将她去配给任何新郎。"(行22 起)

克吕泰涅斯特拉　园丁，你胆敢向厄勒克特拉求亲吗？
　　　园　丁　我不配，王后。不过埃癸斯托斯下了令。
　　埃癸斯托斯　我是下了令。这是婚戒。带走你的妻子吧。　622
克吕泰涅斯特拉　园丁，你再固执下去连命也会断送掉。
　　　乞　丐　既是这样别固执。我喜欢看士兵而不是园丁去送命。
克吕泰涅斯特拉　那人又在说什么？园丁，你敢娶厄勒克特拉就非死不可。
　　　乞　丐　那是您的事儿。不过，等园丁死了一年后，您再回花园看看有什么可说的。看看这朵小蓟菊做了园丁的寡妇一年后变成什么样儿。那和君王的寡妇可不同。
克吕泰涅斯特拉　这花园不会变得更糟。来吧，厄勒克特拉。
　　　园　丁　王后，您可以拒绝把厄勒克特拉嫁给我，但是，批评一座自己不了解的花园，这不是光明正大的做法。
克吕泰涅斯特拉　我了解这花园。一片空地，有积水……
　　　园　丁　一片空地！这是全阿尔戈斯收拾得最好的花园！
　　　庭　长　他一说起花园就没个消停。
　　埃癸斯托斯　对我们就免了这些废话！
　　　园　丁　王后向我挑起这事，我就回应。我的花园就是我的聘礼，我的尊严。
　　埃癸斯托斯　这不重要。别再吵了！
　　　园　丁　一片空地！我的花园包含十阿庞的丘地和六阿庞的谷地。不！不！您不能叫我闭嘴！园子里没有一寸地是荒芜的，不是吗，厄勒克特拉？台地种了大蒜和番茄。坡地种了葡萄

	和桃树。平地上有蔬菜、草莓和覆盆子。每个凹地里都有一株加固城墙的无花果树，果子都在慢慢熟透。
埃癸斯托斯	很好。就让你的无花果慢慢熟透，带着你的妻子走吧。
克吕泰涅斯特拉	你还敢说这个花园！到处闹干旱，我从路上看见了，简直像被剥了皮的头盖骨。你不准娶厄勒克特拉。
园　丁	到处闹干旱！这三伏天里，只有一个水源没有干涸，从黄杨林和梧桐林中间流出一条小溪，被我分流成两道水渠，一条在草地上，一条在岩石堆里。您去哪里找像这样的头盖骨！还有像这样的积水地！一开春，园子里开满风信子和水仙。我从没见厄勒克特拉笑过。但在我的花园里，我从她脸上看见最像微笑的表情。
克吕泰涅斯特拉	你看看这会儿她还笑不笑。
园　丁	我把这称为厄勒克特拉的微笑。
克吕泰涅斯特拉	她是在笑你的脏手，你的黑指甲。
厄勒克特拉	亲爱的园丁……
园　丁	我的黑指甲？这就是我的黑指甲！厄勒克特拉，别信她。王后，您今天可犯了大错。我一上午在家里粉墙，一点田鼠的爪印或拖把的痕迹都不让留下。我的指甲不像您说的那样黑，倒像月牙般白。
埃癸斯托斯	行了，园丁。
园　丁	我知道，我知道行了。我的手是脏的。您瞧瞧，这就是我的脏手！我把挂在屋里的菌菇

和洋葱收起来，以免那气味闹得厄勒克特拉夜里头昏。我干完活以后仔细洗了手……厄勒克特拉，我会睡在棚子里守夜，免得有什么打扰您睡觉，比如猫头鹰从打开的闸门偷溜进来，或者狐狸叼只鸡踩翻篱笆。我说过……

厄勒克特拉　谢谢你，园丁。

克吕泰涅斯特拉　厄勒克特拉从此就要这么生活，克吕泰涅斯特拉和王中之王的闺女！她将天天看着丈夫手提水桶在花坛间穿梭，世界只有一只桶圈那么大。

埃癸斯托斯　她从此可以自在地哀悼死者。明天开始准备栽种不凋的蜡菊吧。

园　丁　她从此可以避开焦虑和折磨，也许还能避开悲剧发生。我对人类一无所知，王后，但我了解季节。现在，我们的城邦正到了转移不幸的时候。不是像阿特柔斯家族那样嫁祸到我们这个可怜的人家，而是转移给季节、草地和风。我认为它们不会有任何损失。

乞　丐　王后，听一次劝吧。难道您看不出来，在埃癸斯托斯身上藏着不知什么仇恨，促使他想杀了厄勒克特拉，想把她交给大地？但出于某种文字游戏，他弄错了，他把她交给一座花园。她赢了。她就此逃了生。（埃癸斯托斯站起来）怎么？我这么说错了吗？

埃癸斯托斯　（对厄勒克特拉和园丁）你们两个走上前来！

克吕泰涅斯特拉　厄勒克特拉，我求你。

厄勒克特拉	这本是你们想要的，母亲！
克吕泰涅斯特拉	我已经不想要了。你看到我已经不想要了。
厄勒克特拉	为什么你不想要了？你怕了吗？太晚了。
克吕泰涅斯特拉	我该说什么才能让你明白你我的身份！
厄勒克特拉	你应该说我没有推俄瑞斯忒斯。
克吕泰涅斯特拉	愚蠢的丫头！
埃癸斯托斯	她们又要吵起来了！
乞　丐	是啊，是啊，让她们吵。
克吕泰涅斯特拉	你这不讲道理的！你这固执己见的！别再提俄瑞斯忒斯！我一辈子也没摔过什么东西！我连一只酒杯一个戒指也没丢过……我稳当当的，鸟儿都停在我的手臂上……只有从我手里飞走的，没有掉下去的……他摔倒时我心里只有一个念头：怎么那么不巧他姐姐就在旁边！
埃癸斯托斯	她俩疯了！
厄勒克特拉	我看见他往下滑时心里想，要是称职的母亲，至少会在这时低下身子减缓他摔倒。要么弯腰要么拱背，身子形成坡度，用大腿或膝盖接住他。让我们瞧瞧，我母亲那高傲的大腿和膝盖是不是做得到，能不能明白。那真叫人怀疑！让我们瞧瞧！
克吕泰涅斯特拉	闭嘴！
厄勒克特拉	要么她身子朝后倾，好让小俄瑞斯忒斯滑下来，就像小孩掏了鸟窝从树干滑下来那样。要么她摔倒在地，好让他摔在她身上。一个母亲所拥有的接住儿子的各种方法，她全都有。她还可以变成一条曲线、一枚贝壳、一

	道母爱的斜坡、一只摇篮。可她僵着不动，身子挺得笔直。他从母亲身体的最高处笔直摔下去。
埃癸斯托斯	事已了结。克吕泰涅斯特拉，我们走吧！
克吕泰涅斯特拉	她倒是能记住十五个月大时看见和没看见的事！您倒是评评理！
埃癸斯托斯	除您自己以外，还有谁会相信她，还有谁会听她说！
厄勒克特拉	她本来有那么多的办法阻止儿子摔倒，我还能想出上千个别的办法来，可她什么也没做！
克吕泰涅斯特拉	我只要稍许动一动，你也会摔倒。
厄勒克特拉	我就说了嘛。你一直在说理，一直在算计。你是个奶妈，不是个母亲！
克吕泰涅斯特拉	我的小厄勒克特拉……
厄勒克特拉	我不是你的小厄勒克特拉。就这么把两个孩子搂在怀里，你的母爱就被挑起就苏醒啦。太晚了。
克吕泰涅斯特拉	我恳求你。
厄勒克特拉	就是这样！张大手臂。这就是你干的事。大伙儿瞧瞧！这就是你干的事！
克吕泰涅斯特拉	埃癸斯托斯，我们走吧……

625

(她退场。)

乞　丐	我感觉那母亲也害怕了。
埃癸斯托斯	（对乞丐）您说什么？
乞　丐	我，我没说什么。我从来也没说什么……我空着肚子说话。人们空着肚子光听我说……不过，我今天是喝了点酒……

第五场

园丁、乞丐、厄勒克特拉、阿伽忒、外乡人

阿伽忒　正是时候……埃癸斯托斯不在。你也走吧,园丁。
园　丁　什么意思?
阿伽忒　赶紧走吧。这人会取代你的位子。
园　丁　我在厄勒克特拉身边的位子!
外乡人　是的,她会嫁给我。
厄勒克特拉　放开我!
外乡人　今生我再也不放开。
阿伽忒　厄勒克特拉,至少看看他!在逃避一个男人的怀抱之前,至少看看他的模样!我保证您不会吃亏的。
厄勒克特拉　园丁,救命!
外乡人　我无法对你解释什么,园丁。不过看着我的脸。你是物种的行家……从我的眼睛分辨我是哪一类人。这就对了。再用你那没有世系的贫苦眼睛好好看她。你卑微者的目光混合忠诚、眼屎和恐惧,你穷人的瞳孔温润而贫瘠,再不会为太阳或不幸而掉泪。用这目光、用这瞳孔好好观察,看看我有没有可能对你屈服……很好……把你的戒指给我……谢谢。
厄勒克特拉　阿伽忒,我的表姐!帮帮我!我发誓我不会说出去!您那些约会和诀别,我发誓我不会说出去!
阿伽忒　(带着园丁)来吧……忒奥卡特克勒斯家族得救

了。就让阿特柔斯家族自己想法子应付吧……

乞　丐　她跑了。这个白天受威胁的小甲虫又躲回岩石底下了。

第六场

园丁、乞丐、厄勒克特拉、阿伽忒、外乡人

外乡人　别挣扎。

厄勒克特拉　我死也要挣扎。

外乡人　你信吗？等一下你会主动把我抱在怀里。

厄勒克特拉　不许侮辱人！

外乡人　一分钟后你会拥抱我。

厄勒克特拉　您真可耻，竟利用那两个小人。

外乡人　你瞧我有信心，我现在放开你……

厄勒克特拉　永别了！

外乡人　别走！我只对你说一个字，你就会温柔地回来。

厄勒克特拉　什么无稽之谈？

外乡人　只说一个字，你会在我怀里痛哭。一个字，我的名字……

厄勒克特拉　这世上只有一个名字能吸引我走向别人。

外乡人　就是它。我的名字。

厄勒克特拉　你是俄瑞斯忒斯！

外乡人　薄情的姐姐哦！光从我的名字才认出我！①

（克吕泰涅斯特拉进场。）

---

① 在埃斯库罗斯和索福克勒斯笔下，姐弟相认是重头戏。在欧里庇得斯那里开始带有几分戏谑意味。季洛杜的处理更为简洁，通过强调俄瑞斯忒斯的名字来完成这场戏，这既是一出姐弟没有认出彼此的戏，也是对人名所具有的神话力量的确认。

第七场

乞丐、厄勒克特拉、俄瑞斯忒斯、克吕泰涅斯特拉

克吕泰涅斯特拉　厄勒克特拉!
　　厄勒克特拉　母亲!
克吕泰涅斯特拉　回王宫吧。离开这个园丁。来吧。
　　厄勒克特拉　园丁不在这儿,母亲。
克吕泰涅斯特拉　他在哪里?
　　厄勒克特拉　他把我让给这个人。
克吕泰涅斯特拉　让给哪个人?
　　厄勒克特拉　这个人,他现在是我的丈夫。
克吕泰涅斯特拉　这不是开玩笑的时候。来吧。
　　厄勒克特拉　怎么来?这人拉着我的手呢。
克吕泰涅斯特拉　快点。
　　厄勒克特拉　母亲,你知道吊马镫的皮带吗?好防止马儿跑了。这人也在我的脚踝拴了同样的皮带呢。
克吕泰涅斯特拉　那我只好命令你。夜深了,你得赶紧回房。来吧。
　　厄勒克特拉　没错。新婚之夜我怎能抛下我的丈夫呢?
克吕泰涅斯特拉　你们在这儿做什么?您是谁?
　　厄勒克特拉　他不会回答你。今天晚上,我丈夫的嘴属于我,从他嘴里说出的话也全属于我。
克吕泰涅斯特拉　您从哪里来?您的父亲是谁?
　　厄勒克特拉　就算门不当户不对,问题也不大。

克吕泰涅斯特拉　您为什么这么看我？您眼里有什么在顶撞 628
　　　　　　　我？……您的母亲呢，她是谁？
　　厄勒克特拉　他从没见过她。
克吕泰涅斯特拉　她去世了吗？
　　厄勒克特拉　你从他眼里看到的大概就是这个：他从没见
　　　　　　　过他母亲。他真美，不是吗？
克吕泰涅斯特拉　是的……他和你很像。
　　厄勒克特拉　我们结婚才一会儿，就像老夫妻一样相像。
　　　　　　　这是好兆头，对吧，母亲？
克吕泰涅斯特拉　您是谁？
　　厄勒克特拉　这与你何干！你从不把人当一回事。
克吕泰涅斯特拉　外乡人，不管您是谁，千万莫听从这任性念
　　　　　　　想。不如帮帮我。您若配得上厄勒克特拉，
　　　　　　　我们明天再谈。我会说服埃癸斯托斯……但
　　　　　　　是今晚我感觉从未有的不祥。先放开这人，
　　　　　　　厄勒克特拉。
　　厄勒克特拉　太晚了。他的手拉着我呢。
克吕泰涅斯特拉　只要你肯，铁链也能折断。
　　厄勒克特拉　铁链，是的。但不是这样的铁链。
克吕泰涅斯特拉　他对你说了什么攻击你母亲的话，让你这么
　　　　　　　心甘情愿？
　　厄勒克特拉　我们还来不及谈论我的母亲或他的母亲。现
　　　　　　　在走吧，让我们开始谈起。
　　俄瑞斯忒斯　厄勒克特拉！
　　厄勒克特拉　他只能说这个。我一把手从他嘴边拿开，他
　　　　　　　就不停喊我的名字。再也不能从他嘴里听到
　　　　　　　别的话。我的丈夫哦！既然你的嘴被松开
　　　　　　　了，吻我吧！

克吕泰涅斯特拉 真无耻！多么疯狂，这就是厄勒克特拉的秘密！

厄勒克特拉 当着我母亲的面吻我吧。

克吕泰涅斯特拉 再见。我不敢相信你是这种女孩儿，对头一个遇见的路人抛怀送抱！

厄勒克特拉 我也不相信。但我不知道第一个吻竟是这样的。

（克吕泰涅斯特拉退场。）

第八场

乞丐、厄勒克特拉、俄瑞斯忒斯

俄瑞斯忒斯 厄勒克特拉，为什么这么恨我们的母亲？

厄勒克特拉 别提她，特别是她。暂且假想我们有幸出生时没有母亲吧。别提她。

俄瑞斯忒斯 我要告诉你全部的事。

厄勒克特拉 你的在场已经告诉我全部的事。别说话。垂下眼。你的话和你的目光太残酷地打压我，让我受伤。我常常许愿，若有一天还能再见你，我希望是在你睡着的时候。我不能忍受在同一时间重见俄瑞斯忒斯的目光、声音和生活。我必须从你的形样练习起，先是死的形样，再一点点活过来。可我的兄弟出生好似太阳，日出时一头金色小兽……再不然，我情愿瞎了眼，在漆黑世界里摸索找回我的兄弟……哦，我这与兄弟重逢的姐姐啊，瞎眼是多么欢愉的事啊！二十年来，我的手在卑鄙平庸之中迷失方向，如今终能触摸到一个兄弟。在这兄弟身上，一切皆是真的。可疑的虚假的成分本有可能混入这脑袋这身体。但出于某种偶然的奇迹，在俄瑞斯忒斯身上，一切都是手足之亲。一切都是俄瑞斯忒斯！

俄瑞斯忒斯 你让我窒息。

厄勒克特拉 我不会让你窒息……我不会伤害你……我只爱抚你。我让你活过来。我在头晕目眩中勉强看见这团兄弟般的原材料，我用它塑我的兄弟及其全部细节。我造出我兄弟的手，包括清楚的漂亮拇指。我造出我兄弟的胸膛，给他活力，让他呼吸，我兄弟就此有了生命。我造出他的耳朵。我把它造得挺小，皱皱的，近乎透明如蝙蝠的翅，不是吗？另一边也按模型来，耳朵完工了。我把两边造得一模一样。多么成功的耳朵！我造出我兄弟的嘴，温柔干燥，颤抖不休，再把它安在脸上……俄瑞斯忒斯，从我这里而不是从你母亲那里获得生命吧！

俄瑞斯忒斯 你为什么恨她？……听着！

厄勒克特拉 你怎么啦？你竟推开我？这就是做儿子的忘恩负义。刚刚把他们造好，他们就挣脱开了，他们逃走了。

俄瑞斯忒斯 有人在偷看我们，台阶上……

厄勒克特拉 是她，肯定是她。要么嫉妒要么恐惧。是我们的母亲。

乞　丐 是的，是的。是她。

厄勒克特拉 她料到我们在这儿，在创造自己，在摆脱她。她料到我用爱抚包围你，清洗她在你身上的痕迹，把你变成没了母亲的孤儿……我的兄弟哦，又有

	谁能为我做这等善举呢!
俄瑞斯忒斯	你怎能这么说生你的人呢？她对我如对你一般残酷，但我不那么对她！
厄勒克特拉	正因为她生了我，我才不能忍受她。这是我的耻辱。因为她的缘故，我以一种含糊的方式来到人世，她的母亲身份无非是把我们连在一起的同谋关系。在我被孕生的过程中，我爱一切来自我父亲的点点滴滴。我爱他脱下漂亮的新郎礼服躺倒，为了孕育我而突然忘乎所以，乃至放浪思想和形骸。我爱他准父亲的黑眼圈。我爱他在我出生时惊讶得身子发颤，几乎察觉不到的，却让我感到我的出生多亏了他，胜过我母亲受苦辛劳。我从他沉沉入睡的深夜里出生，从他九个月不怀胎的身影里出生，从他在母亲怀我时与其他女人寻欢中出生，从他在我出世时露出父亲的微笑中出生。在我被孕生的过程中，我恨一切来自我母亲的点点滴滴。
俄瑞斯忒斯	你为何这么恨女人？
厄勒克特拉	我不恨女人，我恨我的母亲。我也不恨男人，我恨埃癸斯托斯。
俄瑞斯忒斯	你为何恨他们？
厄勒克特拉	我还不知道原因。我只知道这是同一种仇恨。为此，这仇恨沉重无比让我窒息。有多少回我试图证明，我分别以特殊的仇恨在恨他们。两份小小的仇恨在生活里还承受得住。好比悲伤。两份仇恨相互平衡。我试图相信，我恨母亲是因为她让你小时候摔倒，我恨埃癸斯托斯是因为他废黜你的王位。我错了。其实我同情高贵的王后，她原

本傲视人间，突然惊慌卑微起来，逃避一个婴儿就如逃避偏瘫的祖先。其实我同情埃癸斯托斯，他残忍专横，命中注定有一天要惨死在你的还击下……我能找到的仇恨他们的全部理由反倒让他们显得人性且值得同情。可是，自从这些零星的仇恨有效地洗白、粉饰和拔高这两个人，自从我在他们面前重新变得温柔顺从，一道共同仇恨的浪潮更沉重也更汹涌地朝他们翻滚而去。我以不属于我的仇恨在恨他们。[①]

俄瑞斯忒斯 我在这里。仇恨会消停的。

厄勒克特拉 你相信吗？我本以为，你回来就能驱散我的仇恨，我的不幸是你远在天边。我想象你的到来如一团温情，对所有人的温情，对他们的温情。我错了。今天夜里，我的不幸是你近在眼前。我身上的仇恨呵！它对你微笑，迎接你，它是我对你的爱。它舔你的手，就像狗儿舔为它松套的人。我感觉得到，你为我带来仇恨的视觉和嗅觉。你带来头一个疑点，让我找到了线索……[②] 谁在那里？是她吗？

乞　丐 不是，不是！你们忘了时辰。她上楼了。她在脱衣服。

厄勒克特拉 她在脱衣服。我们的母亲在镜子前脱衣服，长久凝视镜中的克吕泰涅斯特拉。我们的母亲，我爱她的美丽。我们的母亲，我同情她容颜渐衰。我

[①] "仇恨不是当前的少女厄勒克特拉的仇恨，而是女主人公的仇恨，她在第二幕里爆发，成为真正的厄勒克特拉。"参看 Lise Gauvin, *Giraudoux et le thème d'Electre*, p.34.

[②] 埃斯库罗斯的《阿伽门农》(行 1093—1094) 和《报仇神》(行 230—231，行 246—247，行 254) 中也有捕猎的譬喻用法。不过，埃斯库罗斯用来指报仇神而不是厄勒克特拉。

	们的母亲，我崇拜她的声音和目光……我们的母亲，我恨她！
俄瑞斯忒斯	厄勒克特拉，心爱的姐姐！求求你冷静下来。
厄勒克特拉	我找到线索了，我要往下查吗？
俄瑞斯忒斯	冷静下来。
厄勒克特拉	我？我很冷静。我？我很温柔。温柔如我的母亲，如此温柔……只不过对她的仇恨在膨胀，快要杀了我。
俄瑞斯忒斯	现在轮到你别说话。明天再说仇恨的事吧。让我好好品味这个夜晚，哪怕只有一小时，品味这生活中我尚未经历却重新找到的甜蜜。
厄勒克特拉	一小时。就一小时吧……
俄瑞斯忒斯	月下的王宫多美呵！……我的王宫……我们家族的全部力量来源于此……我的力量……让我躺在你怀里想象，这些高墙本可以是何等幸福的闸门，里头住着更明智更冷静的人。厄勒克特拉哦！在我们家族里，有多少起初甜美温柔的名字原该是幸福的名字啊！
厄勒克特拉	是的，我知道。美狄亚、淮德拉……
俄瑞斯忒斯	甚至也包括她们，为什么不呢？
厄勒克特拉	厄勒克特拉、俄瑞斯忒斯……
俄瑞斯忒斯	这两位的时机尚未到吧？我来是为了拯救他们。
厄勒克特拉	别说话！她来了！
俄瑞斯忒斯	谁？
厄勒克特拉	那个拥有克吕泰涅斯特拉这个幸福名字的女人。①

---

① 这是讽刺说法。从古希腊字源看，Clytemnestre 的意思是"因诡计或爱的渴欲而过分出名的"。

第九场

乞丐、厄勒克特拉、俄瑞斯忒斯、
克吕泰涅斯特拉、埃癸斯托斯

克吕泰涅斯特拉 厄勒克特拉?
厄勒克特拉 母亲?
克吕泰涅斯特拉 这人是谁?
厄勒克特拉 你猜。
克吕泰涅斯特拉 让我看看他的脸。
厄勒克特拉 你若在远处看不见他,近处更看不见。
克吕泰涅斯特拉 厄勒克特拉,我们休战吧。你若真想嫁给这人,我同意。为什么这么笑?难道不是我想让你出嫁吗?
厄勒克特拉 一点儿也不。你是想让我做一个女人。
克吕泰涅斯特拉 这有什么差别?
厄勒克特拉 你要我和你站在同一阵营。你不想眼前总是晃着一张死敌的脸。
克吕泰涅斯特拉 我闺女的脸吗?
厄勒克特拉 贞洁的脸。
俄瑞斯忒斯 厄勒克特拉……
厄勒克特拉 放开我……放开我……我抓到线索了。
克吕泰涅斯特拉 贞洁!这个被欲望撕咬的女孩儿对我们说起贞洁。这个不到两岁时看见男孩就会脸红的女孩儿。既然你坚持想知道,你就是因为想吻俄瑞斯忒斯才让他从我怀里摔倒的!

厄勒克特拉	那么我有道理。那么你看我为此自豪。他摔倒也是值得的。
	（小号声。人声。窗前闪过人影。埃癸斯托斯从楼上门廊探出头。）
埃癸斯托斯	王后，您在吗？
乞　丐	在，她在呢。
埃癸斯托斯	重大消息，王后。俄瑞斯忒斯没死。他逃脱了。正朝阿尔戈斯赶来。
克吕泰涅斯特拉	俄瑞斯忒斯！
埃癸斯托斯	我派最可靠的人员去堵截他，还在围墙四周部署所有服从我的部下……您怎么不说话？
克吕泰涅斯特拉	俄瑞斯忒斯回来了？
埃癸斯托斯	他来抢夺他父亲的王位，阻止我摄政您当王后……他手下的密使四处活动密谋暴动。不必担心，我会收拾局面……谁和您在楼下？
克吕泰涅斯特拉	厄勒克特拉。
埃癸斯托斯	和她的园丁？
乞　丐	和她的园丁。
埃癸斯托斯	您不是在试图拆散他们吧？您瞧，我的担心是对的。您现在同意了吧？
克吕泰涅斯特拉	不。我不再拆散他们。
埃癸斯托斯	让他们不准出王宫。我下过命令，士兵回来以前关紧所有大门。特别是他们……园丁，你听见没有？
厄勒克特拉	我们不会出去的。
埃癸斯托斯	王后，请上楼回房。很晚了，天亮还要开会。祝您晚安。
厄勒克特拉	谢谢，埃癸斯托斯。

埃癸斯托斯	我在对王后说话,厄勒克特拉。现在不是嘲笑的时候。王后,快上楼!
克吕泰涅斯特拉	再会,厄勒克特拉。
厄勒克特拉	再会,母亲。

（她走了,又回来。）

克吕泰涅斯特拉	再会,我闺女的丈夫。

（她缓缓地上楼。）

乞　丐	瞧啊!一家子里当真什么都能看见!
厄勒克特拉	谁在说话?
乞　丐	没有人!没有人说话!您以为在这种时候还会有人说话吗?

第十场

乞丐、厄勒克特拉、俄瑞斯忒斯

俄瑞斯忒斯	告诉我,厄勒克特拉!告诉我!
厄勒克特拉	告诉你什么?
俄瑞斯忒斯	你的仇恨。你仇恨的理由。你现在知道了。刚才和克吕泰涅斯特拉说话的时候,你几乎在我怀里晕过去,要么是因为快乐,要么是因为恐怖。
厄勒克特拉	既是快乐也是恐怖……俄瑞斯忒斯,你究竟坚强还是虚弱呢?
俄瑞斯忒斯	说你的秘密,我想知道。
厄勒克特拉	我还不知道我的秘密。我只是找到了一点线索。不必担心。一切会查清的……小心,她来了。

（克吕泰涅斯特拉从舞台深处出现。）

第十一场

乞丐、厄勒克特拉、俄瑞斯忒斯、克吕泰涅斯特拉、
小报仇神

克吕泰涅斯特拉 这么说是你,俄瑞斯忒斯?
俄瑞斯忒斯 是的,母亲。是我。
635 **克吕泰涅斯特拉** 二十岁时看见母亲,这是愉快的事吗?
俄瑞斯忒斯 看见放逐自己的母亲。既忧伤又愉快。
克吕泰涅斯特拉 你只是远远看见她。
俄瑞斯忒斯 她和我想象中一样。
克吕泰涅斯特拉 我儿子也和我想象中一样。俊美。威严。不过我要走近些。
俄瑞斯忒斯 我不要。远远看去,她是光彩夺目的母亲。
克吕泰涅斯特拉 谁告诉你走近了她就光彩不再?
俄瑞斯忒斯 或者是母爱不再?……我为此一动不动。
克吕泰涅斯特拉 母亲的幻影,[①] 这对你来说够吗?
俄瑞斯忒斯 长久以来我拥有的还不如这个。至少我能对这幻影说我绝不会对真实的母亲说的话。
克吕泰涅斯特拉 倘若这幻影配得上,就对她说吧。你会对她说什么?
俄瑞斯忒斯 所有我不会对你说的话。这些话对你说就是谎言。

---

① 在第十一场和第十二场中大量出现"幻影"的手法:倒影、回声、面具、真假游戏,诸如此类;两场戏互相对应,如果说前一场戏如同某种梦境,后一场戏则展示了残酷的事实。

克吕泰涅斯特拉　说你爱她？
俄瑞斯忒斯　是的。
克吕泰涅斯特拉　说你尊敬她？
俄瑞斯忒斯　是的。
克吕泰涅斯特拉　说你倾慕她？
俄瑞斯忒斯　唯独这一点，幻影和母亲没有不同。
克吕泰涅斯特拉　我正好相反。我不喜欢我儿子的幻影。但只要我儿子本人在我面前说话呼吸，我的全部力量就会消失。
俄瑞斯忒斯　想想怎么毁了他，你就能找回力量。
克吕泰涅斯特拉　为什么这么残酷？你的样子不残酷。你的声音很温柔。
俄瑞斯忒斯　是的。我看起来和我本该是的那个儿子完全相像。你也是的。此时此刻，你多么像让人倾慕的母亲啊！我若不是你儿子，我一定会受骗。
厄勒克特拉　既然如此，为什么还要说话呢？母亲，你玩弄这无耻的母爱把戏究竟想赢得什么呢？夜深人静，既然有一扇小窗口在仇恨和威胁中暂开一分钟，让你母子二人不像寻常那样相会，那就好好利用，再把窗关紧。时辰过了。
克吕泰涅斯特拉　怎么这么快？谁告诉你一分钟的母爱对俄瑞斯忒斯来说够了？
厄勒克特拉　一切向我显示，你一生只配拥有不超过一分钟的亲子之爱。你拥有了。你该满意了……还演什么闹剧？走吧……
克吕泰涅斯特拉　很好。永别了。

小报仇神甲 （从柱子后现身）永别了，我儿子的真相。
俄瑞斯忒斯 永别了。
小报仇神乙 永别了，我母亲的幻影。
厄勒克特拉 你们可以互相说再见。你们还会再见的。

第十二场

乞丐、厄勒克特拉、俄瑞斯忒斯、小报仇神
（厄勒克特拉和俄瑞斯忒斯睡着了。小报仇神大约有十二三岁光景。）

小报仇神甲 他俩睡着了。轮到我们来演克吕泰涅斯特拉和俄瑞斯忒斯。可不能像他们演的那样。我们得演得像真的一样！

乞 丐 （对自己说但很大声）推还是没推，这是我想……

小报仇神乙 你啊，就让我们演吧！我们要演了！
（三个小报仇神模仿前一场戏中演员们的走位，戏谑地表演，最好戴面具。）

小报仇神甲 这么说是你，俄瑞斯忒斯？
小报仇神乙 是的，母亲。是我。
小报仇神甲 你来是想杀我，杀埃癸斯托斯？
小报仇神乙 这倒是头一回听说。
小报仇神甲 不要为你姐姐这么做……我的小俄瑞斯忒斯，你杀过什么东西吗？
小报仇神乙 一个人还是好人的时候杀过的东西……一头鹿……我不但是好人还很仁慈，我连小鹿一并杀了，免得它成孤儿……杀自己的母亲，我没干过。这是弑母大罪。

小报仇神甲 你是用剑杀了它们吗？

小报仇神乙 是的。我的剑很锋利。你想呀，杀一头小鹿！剑穿过身体，它连一丝儿感觉也没有。

小报仇神甲 我倒不是打私下算盘。我不想影响你……不过，假设有这么一把剑杀了你姐姐，那我们就太平了！

小报仇神乙 你要我杀我姐姐吗？

小报仇神甲 绝不。那是弑杀亲姐姐的大罪。最理想的是那把剑自个儿杀了她。有一天那剑自个儿出鞘，就像这样，再自个儿杀了她……我将太太平平嫁给埃癸斯托斯……我们会喊你回来。埃癸斯托斯上了岁数。你很快就能继承他的王位……你将成为俄瑞斯忒斯王。

小报仇神乙 一把剑不可能自个儿杀人。总要有一个杀人凶手。

小报仇神甲 当然。我明白。不过，我说的是剑自个儿杀人的情况。那些纠正过错的人是这世界的邪恶所在。他们就算变老也不会变好，请相信这一点。罪犯无一例外变得高贵，他们也无一例外变成罪犯。毫无例外，真的！眼下有个好机会让一把剑自个儿思考、自个儿游走、自个儿杀人。至于你，我们会替你成亲，给你娶阿尔克墨涅的二闺女，那个牙齿漂亮顶爱笑的女孩儿。你将成为俄瑞斯忒斯丈夫。

小报仇神乙 我既不想杀我心爱的姐姐，也不想杀我仇恨的母亲……

小报仇神甲　我知道。我知道。简言之,你很软弱,你还有原则!

小报仇神丙　既然如此,为什么还要说话呢?夜深人静,在仇恨和危险中,月亮升天,夜莺吟唱,俄瑞斯忒斯啊,把你的手从剑柄拿开,看看它是不是有能耐自个儿做点什么!

小报仇神甲　是的,把手拿开……那剑在动,朋友们,它在动!

小报仇神乙　无疑,这是一把会思考的剑……它思虑太重,有一半出鞘了!

俄瑞斯忒斯　(在睡梦中)厄勒克特拉!

乞　丐　快走,小猫头鹰!你们把他们吵醒啦!

厄勒克特拉　(在睡梦中)俄瑞斯忒斯!

第十三场

乞丐、厄勒克特拉、俄瑞斯忒斯

乞　丐　推还是没推,这是我想搞清楚的事。这决定了究竟是真相还是谎言住在厄勒克特拉身上。要么她故意说谎,要么她的记忆是骗人的。我嘛,我不相信她真推了俄瑞斯忒斯。看看她,她躺在地上紧搂住睡着的弟弟,就仿佛他俩躺在深渊之上。自然了,他会梦见自己摔倒,但那是心里作祟,她对此不负任何责任。王后却很像一类人,比如不肯弯腰捡铜板的面包店老板娘,或者睡着时闷死最漂亮的崽子的糊涂母狗。事后那母狗还会去舔它的崽子,就像王后刚才舔过俄瑞斯忒斯,只不过,养孩子不能单单用口水。我们看这段故事简直如身临其境。只需做一点假设,假设当时王后戴着一枚钻石别针,有只白猫从旁经过,一切就说得清楚了。她用右手抱住厄勒克特拉,因为那小女孩儿有点沉,她用另一只手抱那婴儿,抱开了些,以免那别针刺到他或划伤皮肤……那是一枚王后戴的别针,不是一枚奶妈戴的别针。那婴儿看见白猫经过。多好看呀!一只白猫,雪白的生灵,雪白的毛。他盯着看,身子一晃……而那是个自私的女人。看到婴儿要跌倒,无论如何她本可以抱紧他,只需松开右手的小厄勒克特拉,只需把小厄勒克特拉丢到大理石地上,只需不在乎小厄勒克特拉的安危。就让小厄勒克特拉跌倒好了,只要那王中之王的儿子能活着且毫发无损!但她是自私的。对她而言,女人和男人同等重要,因为她自己就是女人;肚子和命根子同等重要,因为她自己就代表肚子。她一刻也不曾想过要牺牲代表肚子的闺女去救代表命根子的儿子。她紧抱厄勒克特拉不放。再看看厄勒克特拉。她在弟弟的怀里爆发。她是对的。她找不到更好的机会。手足之情使人类与其他物种区别开来。动物只知情欲……猫、鹦鹉,诸如此类,它们的友爱只限皮毛。它们想要有兄弟,就不得不爱人类,和人类套近乎……那小鸭子离开鸭群,温柔的小眼在鸭子的小斜腮帮上发亮,它做什么呢?它过来看我们人类吃吃喝喝或修修弄弄,因为它知道这些男人女人才是它的兄弟。我就这样空手抓到很多小鸭子,唯一要干的就是拧断它们的脖子,因为它们带着友爱朝我靠近,它们试图弄明白我在做什么,作为它们的兄弟,我忙着切掉干酪皮搁上洋葱是在做什么。鸭子的兄弟,这才是我们的真实身份。它们的小脑袋也会扎进泥里捕食蝌蚪和蝾螈,可是当它们抬头向人类靠近时,那金褐和湛蓝相间的小脑袋是那么干净、聪明和温柔——插句话,鸭头没法儿吃,除脑髓以外……我嘛,我负责教会它们哭泣,这些鸭子脑袋!……所以,厄勒克特拉没有推俄瑞斯忒斯!这使她说过的话全部合理,她做过的事全无争议。她是不含杂质的真实,不带油的灯,没有芯的光。就算她扼杀那环绕四周的和平和幸福,这是顶有可能的,那也是因为她有理由这么做!一个女孩儿的灵魂若是在最美的阳光下感到些微焦虑,若是在最辉煌的节庆和时代察觉一丝有害气体逃逸,那么她必须出手,年轻女孩儿是操持真理的人,她必须出手,直到这世界在根基的根基里在世代的世代上爆炸断裂,直到有一千名无辜者以无辜身份赴死,好让罪犯抵达罪犯身份的生活!看哪,这两个无辜者!这将是他们的婚礼的果实:为世界和岁月复苏一项久已失效的罪名,而对这项罪的惩罚将是另一项更坏的罪。他们在短暂拥有的一小时里沉沉入睡真是有道理的!让他们睡吧。我到处走走。不然会吵醒他们。月亮升至中天时,我总要打三次喷嚏。捂嘴打喷嚏可是骇人的冒险。不过,你们这些留下来的人,你们不许说话,你们要低头致敬!这是厄勒克特拉生平第一次安睡!……这是俄瑞斯忒斯生平最后一次安睡!

(幕落)

中　场

园丁诉歌[①]

我已被排除在戏外。所以我可以自由地上来告诉你们这出戏不能告诉你们的事。在类似的故事里，他们不消停地彼此残杀互相撕咬，目的是为了告诉你们，生活只有一个目的，也就是爱。在举起匕首时暂停弑杀亲人，转而对你们赞美爱，这会是够难看的戏。这会显得矫揉造作。很多观众不会信服。可我眼下被抛弃，在这儿悲痛极了，我不知除了赞美爱还能做什么！我说话公正。我决不会娶厄勒克特拉之外的女子，我也绝不会得到厄勒克特拉。我来到人世本是为了和一个女子朝夕相伴，而我只能孤独终老。我生来本是为了不分季节和场合地奉献自己，而我只能照顾自己。我的新婚之夜，我一个人在这里度过——多谢你们在这里——我不会再有别的新婚之夜。我为厄勒克特拉预备的橘子汁，我只得自己喝下——连一滴也不剩了，真是漫长的新婚夜。谁会怀疑我说的话呢？麻烦在于，我说出来的总与我想说的稍有出入。可是今天，心情沉

[①] 园丁以局外人的从容姿态谈论其他人物的"表演"，起到中断戏剧幻想效果的作用，在季洛杜的时代具有手法创新意味。另一方面，这或许可以理解为古代悲剧中的歌队传统的某种回归。

重，嘴里苦涩——橘子汁总归是苦的，倘若我能有片刻时间忘却我来是要对你们述说欢乐，那才真叫人绝望呢。欢乐和爱，是的。我来是要对你们说，欢乐和爱比尖酸和仇恨更可取。这就像一句镌刻在门楣上的箴言，要么绣在头巾上，这要好得多，要么印在花坛里的矮株海棠上。生活显然失败了，生活却又很好很好。一切显然不顺利，什么也没解决，你们却不得不偶尔承认，生活好得很，一切顺利解决……说的不是我……毋宁说是我！……倘若我的判断依据是生活中的最大不幸所给予我的爱的欲求、爱世人和万物的力量，那么，那些遭遇较小不幸的人又如何呢？一个人娶了他不爱的女人为妻，他该体验到何等爱情？一个人在家中与所爱的女人成亲一小时后才被抛弃，他该体验到何等快乐？一个人生下太丑陋的孩子，他该体验到何等惊喜？昨天夜里在我的花园自然是不好过的。就像再小的节日，不时也会叫人想起。我不时徒然地假装厄勒克特拉就在身边，假装对她说话：厄勒克特拉，请进来！厄勒克特拉，您冷吗？但我骗不了谁，就连狗也没上当。当然我没说我自己。那狗在想，他承诺要带回一个新娘，却只带回一个人名。我的主人和一个人名结了婚。他特意穿上雪白的衣裳，不让我跟他亲近，生怕我的爪子会在上头留印子，他穿上那个就为了和一个人名结婚。他为了一个人名预备下橘子水。他骂我对着无关紧要的影子吠叫，那好歹是真的影子，可他却试图拥抱一个人名。我整夜没躺下，和一个人名睡在一起，这超乎我的能力……顶多是对着一个人名说话！……夜里的花园，到处有点儿迷乱，月光照着日冕，瞎眼的猫头鹰不去河边而是站在水泥路上汲水。如果你们也像我这样坐在花园里，你们就会明白我所明白的：真实。你们会在父母亡故的那天明白他们曾经来到人世，你们会在倾家荡产的那天明白你们曾经富有，你们会在子女薄情的那天明白他们就是感恩本身，你们会在被抛弃的那天明白整个世界在冲动和温情中朝你们扑面奔来。这就是我在这个空旷沉寂的郊外所遇到的事。这些僵直的树木和静止的山丘朝我扑面奔来。所有这些适用于这出戏。当然我们不能说，对克吕泰涅斯特拉而言，厄勒克特拉就是爱本身。还得略作区分。厄勒克特拉给自己寻找一个母亲。她情愿把第一个遇见的人当成母亲。她肯嫁给我，就是因为她感觉到我是唯一可能做母亲的人，绝对唯一的人。话说回来，我不是唯一的。有些男人会很高兴怀胎九月生个闺女。所有男人都如此。九个月太长了点，但没有哪个男人不为怀孕一星期或一天而感到骄傲。她在母亲身上寻找母亲，很可能不得不敞开乳房给她喂奶。不过，这类事在王族身上更像是理论。在王族身上总能实现卑微者无法成功的经验，诸如纯粹的仇恨、纯粹的愤怒。总是与纯粹有关。这就是悲剧，加上乱伦和弑杀亲人。纯粹，总的说来就是无辜。①我不知道你们是不是和我一样。在悲剧中，自杀的女法老对我诉说希望，背叛的元帅对我诉说忠诚，杀人的公爵对我诉说温情。这是爱的事业，所谓残酷……抱歉，我想说的是，所谓悲剧。为此我敢肯定，今天早晨只要我提要求，上天就会发出信号为我证明，就会让奇迹发生，就会在天上浮现用回声复述我这个被抛弃的孤独人的箴言：欢乐和爱。你们若想看，我可以提要求。我敢肯定，就像我站在这里一样肯定。我若大声要求，就会有声音从天上回应我，神会把回音器扩音箱和雷鸣闪电准备好，②听从我的命令高呼欢乐和爱。不过，我建议你们别要

---

① 继乞丐的长篇点评之后，园丁发表了长篇的文学戏剧评论。季洛杜笔下的园丁学识渊博，通晓古今，他能够熟练使用委婉修辞，精通社交礼仪，熟知俄狄浦斯、克娄巴特拉、马尔蒙元帅和戈麦斯大公爵。他尤其对悲剧的本质和功用别有见地。
② 从对悲剧的批评转为对神性的批评，参看埃癸斯托斯在第一幕第三场（609）中的讲ervall。园丁表现出现代个体对独一无二的神的怀疑讽刺态度。值得注意的是，剧中在提及神时常有单复数的混淆现象。

求我这么做。首先是出于礼节的考虑。向神诉求一场暴风雨，就算是充满温情的暴风雨，那不是园丁的台词。何况这毫无用处。我们切切地感到，他们全在天上，此刻，昨天，明天，永远，不管有多少个，哪怕只有一个，哪怕这一个还是不在场的，① 他们随时准备高呼欢乐和爱。一个人相信诸神的诺言——诺言是一种委婉说法——而不强迫诸神去强调和干预，在不同人之间生造出债主对欠债人的债务，这实在要有尊严得多。沉默总是能够说服我……是的，我请求诸神不要高呼欢乐和爱，不是吗？如果诸神坚持非如此不可，那就让他们高呼好了。但我恳请诸神，不如说，我恳请您，神哪！作为您的疼爱、您的声音、您的呼喊的明证，我恳请您沉默片刻……这更有说服力。请倾听……谢谢。②

---

① 此处有两种理解可能。要么幽默而不带批评意味，住在奥林波斯山的诸神喜四处漫游，尤其神王宙斯常常不在家。要么带有形而上学的讽刺意味，短短一句话里，语气从多神过渡到一神再从一神过渡到无神。
② 园丁的诉歌以"我"开场，以"神"收尾，从带有斯多亚派风格的个人关注出发，逐渐转为对人群和普遍人性的思考。

第二幕

第一场

乞丐、厄勒克特拉、俄瑞斯忒斯

（厄勒克特拉始终坐着，怀里搂着沉睡的俄瑞斯忒斯。鸡鸣。远处的小号声。）

乞　丐　　不远了，厄勒克特拉，是吗？
厄勒克特拉　是的。不远了。
乞　丐　　我是说白日。
厄勒克特拉　我是说光。
乞　丐　　说谎者的脸被太阳照亮，通奸者和杀人犯在青天下行动。这对你来说不够吗？这就是白日。这就不错了。
厄勒克特拉　不够。我要正午时分他们的脸发黑他们的手变红。这就是光。我要他们的眼被虫蛀他们的嘴发恶臭。
乞　丐　　你还是老样子的时候不能要求过多。
厄勒克特拉　鸡叫了……我叫醒他吗？
乞　丐　　你想叫就叫吧。我会再给他五分钟。

厄勒克特拉 五分钟虚无……可悲的礼物。

乞　丐 谁知道呢！听说有一种只活五分钟的昆虫。在五分钟里，它从少年长到成年再迈向老弱，它经历一遍童年、少年、膝关节脱臼和白内障、合法婚配或私通等故事组合。哎呀！就在我说话这会儿，它至少得过麻疹进入青春期。

厄勒克特拉 我们可以等它老死。我只同意等那么久。

乞　丐 何况他睡得很沉，我们的兄弟。

厄勒克特拉 他很快入睡。他躲开我。他逃进他的睡眠，就像逃进他的真实生活。

乞　丐 他在梦中微笑。那是他的真实生活。

厄勒克特拉 乞丐，告诉我一切，但别说俄瑞斯忒斯的真实生活就是微笑！

乞　丐 放声大笑，谈谈恋爱，讲究打扮，幸福生活。我是看着他才这么猜测的。他对生活挺满意，俄瑞斯忒斯本该是只燕雀。

厄勒克特拉 可惜他运气坏。

乞　丐 是的。他运气不太好。这是不要催促他的另一个理由。

厄勒克特拉 行。既然他生来是要放声大笑讲究打扮，既然他是只燕雀，俄瑞斯忒斯啊！既然他醒来是要永远陷入恐怖，我给他五分钟。

乞　丐 既然你有得选，换作是我，我会在今天早晨设法让白日和真相同时出发。这不会比双套车更麻烦，但这是年轻女孩儿该做的事，你会因此讨我喜欢。人类的真相总是过分贴近习惯，真相出发的方式千奇百怪，上午七点工人宣布罢工，晚上六点妻子承认外遇，诸如此类。这是糟糕的出发，总是没有澄清。我更习惯动物的方式。它们懂得如何出发。第一缕阳光射出时，兔子在欧石楠丛里第一次蹦跳，长脚鹬踩出第一个高跷步，小熊出岩洞第一次奔跑。我向你保证，这才是通往真相的出发。如果它们不这么做，那真的是因为它们做不到。一点微不足道的事让他们分了心。一枚钉子，一只蜜蜂。厄勒克特拉，像它们那样吧，从曙光出发。①

厄勒克特拉 钉子和蜜蜂全是幻象的王国多么有幸啊！你那些动物开始活动了！

乞　丐 不是。那是夜行动物在归巢。猫头鹰、老鼠。夜的真相回家了……嘘！听最后那两只的声响！显然是夜莺。夜莺的真相。

第二场

乞丐、厄勒克特拉、俄瑞斯忒斯、阿伽忒、年轻人

阿伽忒 亲爱的，你全搞清楚了，是吧？
年轻人 是的。怎么样我都能回答。
阿伽忒 要是他在楼梯上撞见你呢？
年轻人 我去找楼上的医生看病。
阿伽忒 你这就忘啦！那是兽医。你得去买条狗……要是他撞见你抱着我呢？

---

① 第三个关键词出现，即曙光（l'aurore）。季洛杜曾在 1937 年 5 月 11 日接受《费加罗报》采访时说过，他的戏剧全部发生在一夜之间，从晚上七点直至早晨七点。

年轻人　我在街上看到你扭伤了脚踝。
阿伽忒　要是在我家厨房里呢?
年轻人　我假装喝醉了。我不知道自己在哪儿。我打碎所有酒杯。
阿伽忒　打碎一个就够了,亲爱的!一个小酒杯。大酒杯全是水晶的……要是在我家卧房里而且我们穿着衣服呢?
年轻人　我想找他,我找他谈政治。为了找他只好进卧房。
阿伽忒　要是在我家卧室里而且我们脱光了呢?
年轻人　我偷溜进房,你一味抗拒。好个恶毒女人!六个月来不住挑逗人,临了却把人当小偷……真是荡妇!
阿伽忒　我的心肝!
年轻人　名副其实的荡妇!……
阿伽忒　我听见了……亲爱的,天快亮了。咱俩见面还不到一小时。他还能相信多久我这个梦游症呢?还能相信多久我在树丛里游荡比爬上屋顶安全得多呢?心肝儿,你说有没有一种谎话,能让你夜里上我家大床,我睡在你俩中间,而他觉得很自然呢?
年轻人　好好想吧。你会找到的。
阿伽忒　有没有一种谎话,能让你俩愿意的时候甚至越过你的阿伽忒互相聊个天,谈谈你们的选举和赛事……而且他完全不起疑心……咱们需要的就是这个,就是这个!
年轻人　就是这个。
阿伽忒　哎呀!为什么他这么自负?为什么他睡觉这么轻?为什么他这么宠我?
年轻人　总是老一套。为什么你要嫁给他?为什么你要爱上他?
阿伽忒　我?小骗子!我只爱你一个!

年轻人　只爱我一个！想想看，前天我撞见你在谁的怀里！

阿伽忒　那是我扭伤了，你说的那个人送我回来。

年轻人　一分钟前我刚听过这个扭伤的故事。

阿伽忒　你什么也不知道，什么也没明白。就是出了那次意外我才想出这个点子！

年轻人　我在你家楼梯上撞见他的时候，他可没带着狗，我敢肯定，也没带着猫。

阿伽忒　他是个骑士。总不能带着马去找兽医问诊。

年轻人　他每次都从你家出来。

阿伽忒　为什么要逼我透露国家秘密呢？他来是找我丈夫商量要事。他们怀疑有人在城里密谋策反。我求你别告诉任何人。他会被撤职的。你把我抱到草垫上。

年轻人　有天晚上他急急忙忙，围巾没戴好，袍子有一半敞开。

阿伽忒　我想起来了。就是那天他想吻我。那天我在家招待他！

年轻人　他那么壮，你没有让他吻到吗？我在楼下等着呢！他待了两小时。

阿伽忒　他是待了两小时，但我没让他吻我。

年轻人　这么说，他没经过你同意就吻了你。阿伽忒！承认吧，不然我可走了！

阿伽忒　竟然强迫我承认！这对我的坦率倒是件好事儿！是的，他吻了我……就一次……就在额头上。

年轻人　你不觉得讨厌吗？

阿伽忒　讨厌？简直糟透了。

年轻人　你不难过吗？

阿伽忒　一点儿也不……啊！我难过吗？我难过得要死！难过得要死！亲爱的，吻我吧。现在你什么都知道了，我挺高兴是这样的。你不喜欢咱们之间什么都说清楚吗?
年轻人 是的。我爱一切胜过谎言。
阿伽忒 我的心肝儿!你是想说你爱我胜过一切。多么贴心的说法呀!……

(阿伽忒和年轻人退场。)

第三场

乞丐、厄勒克特拉、俄瑞斯忒斯、报仇神
(小报仇神又长大了。她们有十五岁光景。)

乞 丐 一段晨曲。在这个特别日子的拂晓时分!总是如此!
厄勒克特拉 那昆虫死了吗,乞丐?
乞 丐 早在天地万物中化成灰了。它的曾孙儿辈参加百岁祭宴正在努力醒酒呢。
厄勒克特拉 俄瑞斯忒斯!
乞 丐 看得出他睡醒了。眼皮动了。
厄勒克特拉 俄瑞斯忒斯,你在哪里?你在想什么?
报仇神甲 俄瑞斯忒斯,还来得及,别听你姐姐的。
报仇神乙 别听她的!我们刚搞清楚生活里有些什么,真叫人称奇!
报仇神丙 我们搞清楚纯属偶然,就在昨天夜里长大的时候。
报仇神乙 我们绝不会对你谈什么爱,不过爱看起来非同寻常!

报仇神甲 她的毒液会毁了一切。

报仇神丙 真相的毒液，那是唯一没解药的毒液。

报仇神甲 你是对的。我们知道你在想什么。王权很美妙，俄瑞斯忒斯！王家花园里的女孩儿们朝天鹅丢面包，衣衫上挂着俄瑞斯忒斯王的像章，她们趁人不注意偷偷吻那头像。出征打仗时，屋顶站满送别的女人，整个天空宛如罩着薄纱，白马踩着音乐节奏前行。凯旋回城时，君王的脸好似天神的脸，无非是因为他有点儿冷，有点儿饿，有点儿害怕，还有点儿同情。倘若真相不得不损害这一切，那就让真相见鬼去吧！

报仇神乙 你是对的。爱情很美妙，俄瑞斯忒斯！两个人好似不会分离。两个人才分开就跑着回来紧抓对方的手不放。两个人不管去到哪里很快就能见到对方。大地在相爱的人眼里是圆的。我爱的人还不存在，我已经到处撞见他了。这就是厄勒克特拉和她的真相想从你身边从我们身边夺走的东西。我们想要爱。躲开厄勒克特拉吧！

厄勒克特拉 俄瑞斯忒斯！

俄瑞斯忒斯 我醒了，姐姐。

厄勒克特拉 从这醒中醒来。别听这些女孩儿的。

俄瑞斯忒斯 厄勒克特拉哦！你肯定她们说的没有道理吗？你肯定一个凡人在这个时辰想要寻找个人足迹不是最严重的傲慢吗？为什么不走迎面第一条路把命运交给偶然呢？相信我吧！我这会儿看得很清楚这头名曰幸福的猎物的踪迹。

厄勒克特拉 哎呀！这不是我们今天要打的猎。

俄瑞斯忒斯 我们再也不要分开，只有这是重要的！我们逃离

		这座王宫吧。我们去色萨利吧。你会看到我那淹没在玫瑰茉莉花丛里的家。
649	厄勒克特拉	亲爱的俄瑞斯忒斯！你把我从园丁手里救出来，可不是为了把我送回花丛里。
	俄瑞斯忒斯	听我的劝告。让我们偷溜出那条女章鱼的触手，过会儿她会紧抱住我们不放。让我们庆幸比她醒得早吧！来吧！
	报仇神甲	她醒了！瞧她的眼睛！
	报仇神丙	你是对的。春天美极了，俄瑞斯忒斯！树篱还没长好，只见动物们啃嫩草时蠢动的脊背。只有驴的脑袋比树篱高，它伸头看你。要是你杀了你叔父的话，那驴脑袋会显得可笑。要是你双手沾满你叔父的鲜血，一头驴子盯着你看会很可笑。
	俄瑞斯忒斯	她在说什么？
	报仇神丙	让我们说说春天吧！春日里大块黄油漂浮在泉水里，还有水芹，你到时会明白，这对弑杀母亲的人来说是多么安慰心灵的景象。到时你用刀子在面包上抹黄油，就算不是那把杀母亲的刀，你到时会明白的。
	俄瑞斯忒斯	厄勒克特拉，帮帮我吧！
	厄勒克特拉	俄瑞斯忒斯，这么说你和其他男人没两样！几句恭维足以懈怠，一点新鲜足以收买。帮帮你？我知道你想听我说什么。
	俄瑞斯忒斯	那就对我说吧。
	厄勒克特拉	你想听我说，无论如何人是好的，生活也是好的！
	俄瑞斯忒斯	难道不是吗？
	厄勒克特拉	你想听我说，做个年轻漂亮的王子，有个姐姐是

>   年轻公主，这样的命运不坏。你想听我说，我们只需放任世人去忙活卑劣虚妄的事，不必挤破属人类的脓包，只需为世界的美而活！

俄瑞斯忒斯　这不是你要对我说的话吗？

厄勒克特拉　不是。我要对你说，我们的母亲有一个情人。

俄瑞斯忒斯　你说谎！不可能！

报仇神甲　她是寡妇。她有理由这么做。

厄勒克特拉　我要对你说，我们的父亲是被人杀死的。

俄瑞斯忒斯　阿伽门农是被人杀死的！

厄勒克特拉　被凶手用刀刺死的。

报仇神乙　七年前。老早的事了。

俄瑞斯忒斯　你知道这事，却让我睡了整整一夜！

厄勒克特拉　我原本不知道。这是黑夜的礼物。黑夜把真相抛到岸边。我现在知道那些女先知怎么做到了。她们整夜把沉睡的兄弟搂在怀里。

俄瑞斯忒斯　我们的父亲是被人杀死的！谁告诉你的？

厄勒克特拉　他本人。

俄瑞斯忒斯　他死前告诉你的？

厄勒克特拉　他死后告诉我的，就在他被杀当天。只不过，这些话隔了七年才送到我这里。

俄瑞斯忒斯　他在你面前显现了吗？

厄勒克特拉　没有。昨天夜里，他的尸身在我面前显现了，就像他被杀当天一样。但只要你看得懂，一切再清楚不过。他的衣裳里有条折痕在说：我不是死亡的折痕，而是谋杀的折痕。他的鞋子上有个扣子在反复说：我不是意外事故的扣子，而是蓄意犯罪的扣子。他的眼皮上有道皱纹在说：我看见的不是自然死亡，而是弑君行动。

650

俄瑞斯忒斯　我们母亲的事呢？谁告诉你的？

厄勒克特拉　她自己，还是她自己。

俄瑞斯忒斯　她承认了吗？

厄勒克特拉　没有。我看见她死了。她的尸身提前背叛了她。毫无疑问。她的眉毛是一个偷找情人的女人死后的眉毛。①

俄瑞斯忒斯　情人是谁？凶手是谁？

厄勒克特拉　我叫醒你就是为了找到他。但愿是同一个人。你只需捅一刀就够了。

俄瑞斯忒斯　女孩儿们，我想你们得走了。我刚睡醒，我姐姐就送上一个卖淫的王后和一个被杀的君王……我的父母双亲。

报仇神甲　挺不坏的。不必多添什么。

厄勒克特拉　对不起，俄瑞斯忒斯。

报仇神乙　这会儿她道歉了。

报仇神丙　我毁了你的生活，我道歉。

乞　　丐　她不必道歉。我们的妻子和姐妹习惯替我们预备下这类睡醒的事。不得不相信，她们天生适合干这个。

厄勒克特拉　她们天生只适合干这个。妻子，兄嫂，岳母。所有女人。每当男人们早晨醒来两眼昏花只看得见皇袍和黄金时，她们会摇晃他们，递过咖啡和热水，顺带把对不正义的仇恨对小幸福的轻蔑一并递到他们手心。

俄瑞斯忒斯　对不起，厄勒克特拉。

---

① 参看索福克勒斯在《厄勒克特拉》中提及的克吕泰涅斯特拉的梦境（行417—423）。

报仇神乙　　轮到他道歉了。这家子真有礼貌!
报仇神甲　　他们掉了脑袋就是为了问候彼此。
厄勒克特拉　她们会在旁边盯着他们睡醒的事。男人们睡五分钟就能重新披上幸福的铠甲：满足、冷漠、慷慨和贪欲。一丝阳光足以让他们与诸种血迹相安无事，一声鸟叫足以让他们与各类谎言重归于好。但女人们全在那里，饱受失眠症的穿凿。她们与嫉妒、渴求、爱情和记忆同在：她们与真相同在。俄瑞斯忒斯，你醒了吗？
报仇神甲　　再过一小时，我们就和他同龄了！愿天神让我们和他不同！
俄瑞斯忒斯　我想我醒了。
乞　丐　　　孩子们，你们的母亲来了。
俄瑞斯忒斯　我的剑在哪里？
厄勒克特拉　好样的。这才是我说的睡醒。拿着你的剑。带上你的仇恨。鼓足你的力量。

第四场

乞丐、厄勒克特拉、俄瑞斯忒斯、克吕泰涅斯特拉

克吕泰涅斯特拉　他们的母亲出现了。他们顿时成了雕像。
厄勒克特拉　　　不如说成了孤儿。
克吕泰涅斯特拉　我再也不想听放肆的闺女说话！
厄勒克特拉　　　那听儿子说吧。
俄瑞斯忒斯　　　他是谁，母亲？承认吧。
克吕泰涅斯特拉　究竟是什么样的子女啊！两句话就把重逢搞

|||成悲剧。放开我。不然我要叫人了!
厄勒克特拉|你要叫谁?叫他吗?
俄瑞斯忒斯|你挣扎得厉害,母亲。
乞　丐|当心,俄瑞斯忒斯。无辜的猎物也这么挣扎。
克吕泰涅斯特拉|猎物?我对我的子女来说是什么样的猎物?说啊!俄瑞斯忒斯,说啊!
俄瑞斯忒斯|我不敢说。
克吕泰涅斯特拉|厄勒克特拉说吧。她敢说。
厄勒克特拉|他是谁,母亲?
克吕泰涅斯特拉|你们究竟想说谁,想说什么?
俄瑞斯忒斯|母亲,你真的有……
厄勒克特拉|不要点破,俄瑞斯忒斯。只管问他是谁。在她身上有个人名。不管你问什么,只要逼得够紧,那个人名就会自动溜出口……
俄瑞斯忒斯|母亲,你真的有个情人吗?
克吕泰涅斯特拉|厄勒克特拉,这也是你想问的吗?
厄勒克特拉|也可以这么说。
克吕泰涅斯特拉|我儿子和我闺女问我是不是有个情人?
厄勒克特拉|你丈夫再也不能问你了。
克吕泰涅斯特拉|诸神听你说话也会脸红。
厄勒克特拉|这倒叫我意外。诸神有一阵子没怎么脸红过了。
克吕泰涅斯特拉|我没有情人。不过当心你们的行为。世间所有不幸的原因在于,自诩纯洁的人想要挖掘秘密,把真相暴露在太阳光下。
厄勒克特拉|我接受在太阳光下生成的腐烂。
克吕泰涅斯特拉|我没有情人。就算想有,我也不能有。不过

你们当心。在我们家族里，好奇的人运气不好。他们调查偷窃却发现渎神，[1]他们跟踪外遇却撞见乱伦。你们不会查出我有情人，因为我确实没有，但你们会被石头绊倒，那对你们的姐妹们[2]和你们自己来说都是致命的。

厄勒克特拉 你的情人是谁？

俄瑞斯忒斯 厄勒克特拉，至少听她说完。

克吕泰涅斯特拉 我没有情人。就算我有情人，你们倒是说说我罪在哪里？

俄瑞斯忒斯 母亲啊，你是王后！

克吕泰涅斯特拉 世界没有变老，白日刚刚升起。但要列数拥有情人的王后的名字，恐怕至少要数到黄昏。

俄瑞斯忒斯 母亲，我恳求你。就这么反抗，继续反抗吧！说服我们吧。如果这场对抗能还我们一个王后，那么我赞美对抗，我们全得救了！

厄勒克特拉 俄瑞斯忒斯，你没看出你在递给她武器吗？

克吕泰涅斯特拉 很好。让我单独和厄勒克特拉待一会儿，好吗？

俄瑞斯忒斯 非得这样吗，姐姐？

厄勒克特拉 是的。是的。在那边拱门下等着。我喊俄瑞

---

[1] 阿特柔斯偷金羊毛，最终演变成一件渎神罪行。
[2] 依据传统说法，伊菲革涅亚死后，厄勒克特拉只剩下一个妹妹克律索忒密斯。此处用复数，要么是季洛杜的笔误（他一开始想把伊斯墨涅写进这出戏），要么是依据荷马和索福克勒斯的说法，《伊利亚特》（卷九，145，287）和《厄勒克特拉》（行157，行531—541）均提到阿伽门农还有一个小女儿叫伊菲阿娜萨。

斯忒斯，你就跑过来。全速跑过来。到那时我就全知道了。

第五场

乞丐、厄勒克特拉、克吕泰涅斯特拉

克吕泰涅斯特拉	厄勒克特拉，帮帮我！
厄勒克特拉	帮你什么？帮你说实话还是帮你撒谎？
克吕泰涅斯特拉	保护我。
厄勒克特拉	母亲，这可是你头一回向闺女示弱。你一定是怕了。
克吕泰涅斯特拉	我怕俄瑞斯忒斯。
厄勒克特拉	你撒谎。你根本不怕俄瑞斯忒斯。你看准了他的样子。热情，易变，脆弱。他还梦想着阿特柔斯家族的田园牧歌呢！你是畏惧我。你是为我才玩弄这把戏，虽然我还没弄清楚个中用意。你有一个情人，对吗？他是谁？
克吕泰涅斯特拉	他什么也不知道。他和这些事无关。
厄勒克特拉	他不知道他是你的情人吗？
克吕泰涅斯特拉	别再做判官吧，厄勒克特拉。别再追踪吧。无论如何，你是我闺女。
厄勒克特拉	无论如何。果真是无论如何。我以闺女的名义追踪你。
克吕泰涅斯特拉	既如此，别再做我闺女。别再恨我。只做个女人吧，就像我对你一心盼望的那样。捍卫

|||我的利益吧，那也是你的利益。通过保护我来保护你自己吧。

厄勒克特拉　我没有报名参加女人协会。想找我加入得有别人来请，不能是你。

克吕泰涅斯特拉　你错了。如果你背叛与你同等地位、同一群体和同样不幸的女伴，你将会是俄瑞斯忒斯眼头一个厌恶的女人。丑闻从来只会重新落在挑起的人身上。你通过抹黑我来抹黑所有女人，这对你有什么好处！在俄瑞斯忒斯眼里，你将玷污你和我相像之处。

厄勒克特拉　我根本不像你。长久以来，我照镜子只为了确认我有这个运气。光滑的大理石和王宫里的浴池全在朝我叫嚷，你的脸在朝我叫嚷：厄勒克特拉的鼻子完全不像克吕泰涅斯特拉的鼻子。我的额头属于我自己。我的嘴属于我自己。而且我没有情人。

克吕泰涅斯特拉　听我说！我没有情人。我爱着。

厄勒克特拉　别耍诡计。你把爱丢到我脚边，就像押货人丢一条狗给穷追不舍的狼群。狗可不是我寻觅的食物。

克吕泰涅斯特拉　厄勒克特拉，我们是女人，我们有爱的权利。

厄勒克特拉　我知道女人社团里有各种各样的权利。只要付过入会费——那费用倒不轻，就是要承认女人是脆弱的，说谎的，低劣的——你就拥有了脆弱、说谎和低劣的权利。不幸的是，女人是强大的，忠诚的，高贵的。所以你错了。你只有爱我父亲的权利。你爱过他吗？

|||在你们新婚之夜,你爱他吗?
克吕泰涅斯特拉|你到底要我说什么?你的出生与爱情完全无关,你是在冷淡中受孕的,你要我这么说吗?知足吧。不是所有人都能像你勒达姨妈①那样下蛋。可是,我怀你时一次胎动也没有。打从一开始我们就对彼此冷漠。你出生甚至没让我受苦。你那么瘦小不露声色。你爱抿嘴。你才一岁就固执地抿嘴,因为你害怕说出的头一句话是你母亲的名字。你出生那天,你和我都没哭。你和我从来没有一起哭过。
厄勒克特拉|我对哭的部分不感兴趣。
克吕泰涅斯特拉|你很快会哭的,毫无疑问,可能还是为我哭呢。
厄勒克特拉|眼泪自个儿会掉下来。眼睛不就是干这个的嘛。
克吕泰涅斯特拉|是的,你的眼睛也不例外。你那好似两块顽石的眼睛。总有一天,泪水会淹没它们。
厄勒克特拉|但愿这一天到来……不过,你现在想拉拢我,怎么尽往我双腿灌注冷漠而不是爱呢?
克吕泰涅斯特拉|这是要让你明白我有爱的权利。这是要让你知道我的生活就像我闺女出生时那样面目残酷。自从我出嫁以来,没有一刻独处和僻静。只有节日游行我才能进森林。没有一刻安宁,连身体也不得休息。我的身体白天披

---

① 译按:在神话中,勒达是海伦和克吕泰涅斯特拉的母亲,当系厄勒克特拉的外婆。这里说的下蛋,当与宙斯化身成天鹅和勒达生海伦有关。

着黄金长袍，夜里压着一个君王。处处是怀疑占上风，就连那些物件、动物和植物也在怀疑我。我看着王宫里的椴树，阴郁沉静，散发出奶香味，我常对自己说，它们对我板着厄勒克特拉出生时的脸。从来没有哪个王后像我这样遭遇做王后的不堪命运，丈夫不在家，儿子不信任，闺女不待见……我还有什么？

厄勒克特拉 和别人一样，你还有等待。

克吕泰涅斯特拉 等待什么？等待太可怕。

厄勒克特拉 也许是等待此时此刻搂紧你的那个闺女吧。

克吕泰涅斯特拉 你呢？能告诉我你在等谁吗？

厄勒克特拉 我谁也不等。不过，我等了我父亲十年。我在世上唯一拥有过的幸福就是等待。

克吕泰涅斯特拉 这是处女的幸福。这是孤独的幸福。

厄勒克特拉 你相信吗？除你以外，除这些人以外，这王宫中没有一样东西不和我一起等我父亲，没有一样东西不是我等待的同谋，或等待的一部分。母亲，这等待从我清晨在椴树下散步开始。那恨你的椴树，那等我父亲的椴树。它们徒劳地试图压抑这等待，它们气恼自己不是按十年而是按年生长，它们惭愧每到春天忍不住开花吐芳背叛我父亲，它们羞悔他不在的日子和我一样渐渐衰老。这等待持续到中午我走向湍流时。那流水在我们当中最幸运，能流动，一边等我父亲一边奔涌向回归大海的河川。这等待持续到夜晚，我不再有力气挨着他的狗群和马群等待，那些可怜的畜生寿命太短，等不到他回家。我于是逃向那些石柱和雕像。我学它们的样。我站在月光下等，几小时静止不动，学它们不思考也不再活着。我以一颗石头的心等他，大理石的心，雪花石的心，玛瑙的心，但还跳动着，日复一日撞击胸膛……倘若没有这些等待时刻，让我等待过去，让我继续等他，我可怎么办呢！

克吕泰涅斯特拉　我不等了。我爱着。

厄勒克特拉　如今你都好吗？

克吕泰涅斯特拉　都好。

厄勒克特拉　花儿们终于肯顺从你？鸟儿们终于肯对你说话？

克吕泰涅斯特拉　是的，你的椴树也向我示意。

厄勒克特拉　很可能是这样。你偷走我生活里的一切。

克吕泰涅斯特拉　爱吧。我们可以分享。

厄勒克特拉　和你分享爱吗？这就好像你在提议和我分享情人。他是谁？

克吕泰涅斯特拉　厄勒克特拉，发发慈悲吧！我会说出他的名字，那会叫你脸红的。再等几天吧。你对一桩丑闻有什么期待呢？替你兄弟考虑一下。怎么能想象阿尔戈斯人肯让俄瑞斯忒斯继承一个不称职的母亲的王位呢？

厄勒克特拉　不称职的母亲？你这么招供有何意图？你想争取什么时间？你对我设下何种陷阱？你像只松鸡在爱和可耻的边缘蹒跚究竟想挽救哪窝孵卵？

657　克吕泰涅斯特拉　让我免受公开耻辱吧。为什么要逼我承认我的爱有辱身份呢！

厄勒克特拉 一名小副官，没有头衔也没有军阶？

克吕泰涅斯特拉 是的。

厄勒克特拉 你撒谎。如果你的情人是没有身份名誉的小官，如果他是浴室仆役或马夫，那么你倒有可能是爱他的。可是你不爱，你从没爱过。他是谁？为什么不肯说出他的名字，就像不肯交出一把钥匙？你害怕这个名字会像钥匙那样打开什么家具吗？

克吕泰涅斯特拉 打开属于我的家具。我的爱情。

厄勒克特拉 说出你情人的名字吧，母亲。我也会说清楚你是不是爱他。这将是我们之间的秘密。

克吕泰涅斯特拉 绝不。

厄勒克特拉 你瞧！你想掩饰的不是你的情人而是你的秘密。你害怕他的名字会构成我在这场追捕中唯一欠缺的证据。

克吕泰涅斯特拉 什么证据？你疯了！

厄勒克特拉 重罪的理由。一切无不说明你犯了重罪，母亲。但我还有一点不明白，你得告诉我，为什么你要犯下重罪。就像你说的，我试过所有钥匙。没有一把能打开。爱情打不开，因为你什么也不爱。野心打不开，因为你不在乎做王后。愤怒打不开，因为你深思熟虑精打细算。但是，你的情人的名字将解释一切，将使真相大白天下，对吗？你爱上了谁？他是谁？

第六场

乞丐、厄勒克特拉、克吕泰涅斯特拉、阿伽忒、
庭长、侍从、报仇神

（阿伽忒进场，庭长紧随其后。）

庭　长　他是谁？你爱上了谁？
阿伽忒　我恨你。
庭　长　他是谁？
阿伽忒　我告诉你到此为止。谎言到此为止。厄勒克特拉是对的。我现在转移到她的阵营。谢谢你，厄勒克特拉！你救了我！
庭　长　她在唱哪一出？
阿伽忒　妻子之歌。你会见识到的。
庭　长　她如今倒要唱起来了！
阿伽忒　是的。我们全在这儿，要么丈夫无能，要么守寡。我们疲累不堪，就为了让他们活得惬意死得轻松。他们要吃煮过的生菜，我们端上去得带盐和微笑。他们要抽烟，我们得用心头的火替他们点燃肮脏的雪茄！
庭　长　你在说谁？你见我吃煮过的生菜吗？
阿伽忒　那就酸模叶，如果你愿意的话。
庭　长　你的情人不吃酸模叶不抽雪茄吗？
阿伽忒　我的情人吃过的酸模叶变成琼脂玉食，我把剩下的全舔干净。但凡被我丈夫玷污的，经过他的手或唇的轻触就会得到净化……包括我本人……只

有神知道！

厄勒克特拉 我发现啦！母亲，我发现啦！

庭　　长 清醒过来吧，阿伽忒！

阿 伽 忒 是的，我清醒过来了。我总算清醒过来了！……每天二十四小时，我们互相残杀或自杀。就为了满足一个人，这人的不满倒是我们的唯一欢乐。就为了一个丈夫在场，这丈夫的不在场倒是我们的唯一快事。就为了一个男人的虚妄，这男人日复一日向我们显摆世上最侮辱我们的东西：他的脚指头和内衣带子。就这样，他还胆敢责怪我们每周从这地狱的生活里逃离一小时！……不过，倒是真的，他是对的！每当这美妙的一小时到来时，我们总是连哭闹带撒泼的！

庭　　长 这都是你的功劳，厄勒克特拉。今天早上她还吻我呢！

阿 伽 忒 我美他丑。我年轻他老了。我聪明他太笨。我有灵魂他没有。他却什么都有。总之他有我。我却什么都没有。总之我光有他。直到今天早上，我付出一切，还得装出满意的样子。凭什么？……我给他擦皮鞋。凭什么？……我帮他掸掉头皮屑。凭什么？……我替他冲咖啡。凭什么？真相本该是我给他下毒，用松油炭灰搓他的衣领。鞋子倒还好，这我明白。我朝鞋子上吐口水。我朝你吐口水。不过到此为止。到此为止……向你致敬，真相！厄勒克特拉把勇气传染给我了。到此为止。到此为止。我情愿去死！

乞　　丐 她们唱得挺好，这些妻子。

庭　　长 他是谁？

厄勒克特拉 听啊,母亲!要听从你的心声!快说吧!
阿伽忒 他是谁?所有的丈夫都以为光有一个人!
庭　长 不止一个?你有不止一个情人?
阿伽忒 他们以为,我们光和情人们有外遇。当然情人们也是外遇……我们和日常一切发生外遇。我醒来时,手滑过去不由自主轻触床板,这是我第一次通奸。就让我们用一回你那个字眼"通奸"吧。我在不眠的夜里翻身背对你,抚摸那床板!橄榄木。多么柔和的纹理!多么迷人的名字!我在街上听到"奥利维亚"①这个词儿就会惊跳。我听见情人的名字!我第二次通奸,那是我睁开眼睛看见日光穿过百叶窗。我第三次通奸,那是我的脚沾到水踏进浴池。我用我的指头、我的眼睛、我的脚掌对你不忠。当我看着你时,我对你不忠。当我听你说话时,当我假装欣赏你上法庭时,我对你不忠。你就去砍断橄榄树,歼灭鸽子,杀死五岁孩子,包括男孩和女孩,你就去抽干水,毁灭大地,熄掉火吧!你就去杀了这乞丐吧!他们全是我对你不忠的同伙。②
乞　丐 谢谢。
庭　长 昨天晚上这个女人还在给我泡花草茶呢!她觉得水不够烫,还特意重新烧了开水呢!你们高兴了吧,你们!发生在一桩大丑闻里头的小丑闻不会不讨你们欢喜!

---

① 译按:Olivier,即橄榄木,也用作人名,音译为"奥利维亚"。
② 阿伽忒此处的说法在下文中经过克吕泰涅斯特拉的复述(第二幕第八场,678)。季洛杜在不同戏剧作品中表达了同一层意思:女人的天性是对男人不忠。

乞　丐　不。这是松鼠上了大转轮。这让轮子真的转
　　　　起来。
庭　长　竟然在王后面前闹事。您能宽恕她吗？
厄勒克特拉　王后羡慕阿伽忒。王后情愿付出性命，只求换
　　　　得一次阿伽忒今天给予自己的机会。他是谁，
　　　　母亲？
乞　丐　这倒是真的。庭长，不要分心。您有将近一分钟　　660
　　　　没问他是谁了。
庭　长　他是谁？
阿伽忒　我告诉你了。是所有人。是一切。
庭　长　这是在自杀！这是在头撞墙！
阿伽忒　别替我操心。迈锡尼城墙足够牢固。
庭　长　他是年轻人还是老头子？
阿伽忒　情人的年龄，从十六到八十皆宜。
庭　长　她以为这种羞辱能贬低我的身份！这种羞辱只会
　　　　加到你自己身上，堕落的女人！
阿伽忒　我知道。我知道。冒犯会唤起尊严。走在最气派
　　　　的大街上的全是刚踩到屎的人。
庭　长　我会让你见识一下！不管你那些情人是谁，我在
　　　　这里碰到的头一个，我非杀了他不可。
阿伽忒　你在这里碰到的头一个？你可选错地方啦。你甚
　　　　至不敢直视他。
庭　长　我会逼他下跪，叫他去亲吻去舔大理石地板。
阿伽忒　你等着看他怎么亲吻和舔大理石地板吧，一会儿
　　　　等他走进王宫坐上王位的时候。
庭　长　你说什么，混账女人？
阿伽忒　我说我眼下有两个情人，其中一个是埃癸斯
　　　　托斯。

克吕泰涅斯特拉　你说谎!

阿伽忒　怎么! 她也一样!

厄勒克特拉　你也一样,母亲?

乞　丐　这倒有趣。我原以为,埃癸斯托斯要是爱上谁,那准是厄勒克特拉。

侍　从　(宣布)埃癸斯托斯到!

厄勒克特拉　终于来了!

报仇神　埃癸斯托斯!

　　　　(埃癸斯托斯进场,比第一幕威严安详得多。①一只鸟儿高高飞在他头上。)

第七场

乞丐、厄勒克特拉、克吕泰涅斯特拉、
阿伽忒、庭长、侍从、
报仇神、埃癸斯托斯、队长、众士兵

埃癸斯托斯　厄勒克特拉也在呢……谢谢你,厄勒克特拉! 我就坐这儿,队长。司令部在这儿。

克吕泰涅斯特拉　还有我,我也在呢。

埃癸斯托斯　我由衷地高兴。向您致敬,王后!

庭　长　还有我,我也在呢,埃癸斯托斯!

埃癸斯托斯　很好,庭长。我正需要你。

---

① 埃癸斯托斯的转变很难从身体样貌上得到表现,尽管季洛杜在剧本上做了补充说明。乞丐在下一场专门做了解释,但观众想要一眼看出在埃癸斯托斯身上发生了理念转变还是有困难的。原稿中有一段报仇神的相关旁证,后被删除。

庭　　长　　他变本加厉地侮辱我们！

埃癸斯托斯　　你们这是怎么啦？为什么所有人这么看着我？

乞　　丐　　她们嘛，王后在等一个违背誓言的男人，厄勒克特拉在等一个大逆不道的男人，阿伽忒在等一个花心不忠的男人。至于他嘛，他比较谦虚，他在等抱过他妻子的男人……怎么说呢，大伙儿都在等您！可来的人不是您。

埃癸斯托斯　　他们运气真不好，不是吗，乞丐？

乞　　丐　　是的，他们运气不好。本来在等流氓无赖，眼看着君王走进来！别人我倒无所谓。但对小厄勒克特拉来说，事情会变复杂。

埃癸斯托斯　　您这么看吗？我倒不这么看。

乞　　丐　　我知道这是迟早的事！昨天我就跟您说过。我感觉到会有个君王在您身上爆发！您的力量和年纪摆在那儿。时机摆在那儿。厄勒克特拉又在旁边。很可能是一次血气爆升！果真如此……您爆发了！对希腊来说好极了。但对家族来说未必是快事。

克吕泰涅斯特拉　　这是什么谜语？你们在说什么？

乞　　丐　　这对我们来说也好极了！既然得来一次正面冲突，厄勒克特拉的正面冲突有多高贵，这一次正面冲突就得有多卑鄙！埃癸斯托斯，这一切在您身上是怎么发生的呢？

埃癸斯托斯　　（凝视厄勒克特拉）厄勒克特拉也在呢！我就知道她会是这样的！雕像般的脸，她只有垂下眼皮才真正看见，她对人类的语言听而不闻。

662

克吕泰涅斯特拉　听我说，埃癸斯托斯！
庭　　　长　你真会选情人，阿伽忒！真无耻！
队　　　长　埃癸斯托斯，时间不多了！
埃癸斯托斯　这全是装饰对吧，厄勒克特拉？你的耳朵是纯粹的装饰……诸神暗自说道，既然我们给她双手好让她不触摸，给了她双眼好让她被看见，我们不能让厄勒克特拉的脑袋没有耳朵！看吧，她只会听见我们说话！……说说看，我把耳朵挨紧你的耳朵能听到什么？什么声音？那是谁？从哪儿来的？
克吕泰涅斯特拉　您疯了吗？当心！厄勒克特拉的耳朵听着哪！
庭　　　长　那双耳朵都羞红啦！
埃癸斯托斯　那双耳朵听见我了。我敢肯定。就在刚才这一切在我身上发生的时候，就在树林的边缘，从那儿可以看见整个阿尔戈斯，我的言语从我本人之外高高传下。我知道她看见我了，只有她一人看见我了。只有她一人猜出从那一刻起我是谁。
克吕泰涅斯特拉　您在对死敌说话，埃癸斯托斯！
埃癸斯托斯　她知道我为什么突然从山上策马奔回城里！厄勒克特拉，我的马好似知道我的心思。那真美啊！一匹浅栗色的马朝厄勒克特拉疾驰而去，后面跟着轰鸣作响的骑兵队，从小号手的白公马到押尾骑兵的带花斑牝马，那朝厄勒克特拉疾驰而去的意识渐次消退。如果我的马过会儿从柱阵伸头对你嘶叫，你不要感到惊讶。它知道我快要窒息，它知道我把你的名字含在口中如含一枚金印。我必须对你本人喊出你的名字……厄勒克特拉，我可以喊吗?

克吕泰涅斯特拉 别再丢人了，埃癸斯托斯!

队　　长 埃癸斯托斯，城邦就要沦陷了!

埃癸斯托斯 这是真的。请原谅!……队长，现在是什么情况?

队　　长 敌人的长枪已从山冈冒出尖儿。庄稼不可能长这么快。而且这么茂密。他们至少有数千人。

埃癸斯托斯 骑兵团不能迎战吗?

队　　长 骑兵团和牢狱犯一起倒戈了。

克吕泰涅斯特拉 出了什么事，埃癸斯托斯?

队　　长 科林斯人未经宣战就无理由地侵袭我们。敌人在夜里成群结队入侵我方领土。好些市郊已经被烧了。①

埃癸斯托斯 牢狱犯怎么说?

队　　长 他们收到命令在阿尔戈斯片甲不留。

克吕泰涅斯特拉 埃癸斯托斯，只要您出面，他们就会落荒而逃!

埃癸斯托斯 恐怕这么做还不够，王后。

队　　长 他们在城里有内应。有人偷走好几桶库存松油在富人区放火。大群乞丐聚集在市场周围准备趁乱打劫。

克吕泰涅斯特拉 既然近卫军继续效忠，有什么可担心的呢?

---

① 外来战争危机造成埃癸斯托斯的信念转变，这一类戏剧转变不一定符合实情，但从某种程度上，第一幕第九场（633）中已初露端倪。

队　　长　　近卫军做好迎战准备。不过都在私下议论呢。你们也知道，近卫军从未心甘情愿为女人效忠。城邦同样如此。既然军队叫做军队，城邦叫做城邦，有一点不得不说，军队和城市都是女人气的，① 都要求有个男人，有位君王。

埃癸斯托斯　　有道理。这就会有的。

庭　　长　　埃癸斯托斯，谁若想做阿尔戈斯王，须得先杀了克吕泰涅斯特拉。

乞　　丐　　或者娶了她，很简单。

庭　　长　　这不可能！

埃癸斯托斯　　为什么不可能？王后不会否认，这是拯救阿尔戈斯的唯一办法。我肯定她会赞同。队长，去向近卫军宣布婚礼刚刚举行，就是这会儿举行的。找人随时上来报信。我在这儿等消息。至于你，庭长，我要你跑去找闹事者，用你最激动人心的声音宣布这个消息。

庭　　长　　我不去！凡事且搁着，我首先有一句男人对男人的话要说。

埃癸斯托斯　　阿尔戈斯的事且搁着？战争且搁着？太过分了！

庭　　长　　事关我的个人荣誉，事关全希腊法官的荣誉。

乞　　丐　　既然希腊正义把荣誉摆在阿伽忒的大腿间，那是咎由自取。关键时刻不要纠缠不休！你瞧阿伽忒鼻孔朝天，你瞧她在不在乎全希腊

---

① 译按：军队（l'armée）和城市（la ville）在法语中都系阴性名词。

法官的荣誉!

庭　　长　鼻孔朝天!阿伽忒,关键时刻你竟鼻孔朝天吗?

阿伽忒　我是鼻孔朝天。我在看那只飞在埃癸斯托斯头上的鸟儿。

庭　　长　把头低下。

埃癸斯托斯　我在等您的答复,王后。

克吕泰涅斯特拉　一只鸟儿?是什么鸟儿?[①] 把您头上的鸟儿赶走,埃癸斯托斯!

埃癸斯托斯　为什么?它从日出起一直跟着我。想必有它的道理!我的马最先察觉,发疯地朝前冲。我环顾四周,最后仰头才看见。我的马朝这千足鸟狂奔。乞丐,它就在我上头,是吗?

乞　　丐　就在上头。您要是也有千足,您的脑袋也会在那上头。

埃癸斯托斯　就像重音符,是吗?像字母上方的重音符?

乞　　丐　是的,您现在是全希腊最着重标出的人。问题在于,重音是标在"人"(humain)字上还是"凡"(mortel)字上。

克吕泰涅斯特拉　我讨厌这些乱飞的鸟。这是什么鸟儿?鸢还是鹰?

乞　　丐　它飞得太高了。我光看影子也辨认得出。不过,飞这么高是看不见影子的,连影子也没了。

[①] "正如那只飞在埃癸斯托斯头上的鸟儿——救援的鸟,抑或威胁的鸟?——总是由动物前来表述被遮蔽的意愿,人类不是以恐惧而是以信赖去回应这一类神秘征兆。"(参看 J. Robinchez, *Le Théâtre de Giraudoux*, p.189)此处的鸟犹如普罗米修斯的鸟,是悔恨、处罚和死亡的标志。

队　　长　（走回来）近卫军欢欣鼓舞，埃癸斯托斯！他们兴致勃勃准备战斗！他们等着您和王后一起上阳台，好为二位欢呼喝彩。

埃癸斯托斯　我的就职演说，这就去！

庭　　长　厄勒克特拉，帮帮我！这个浪荡子凭什么权利教我们鼓起勇气？

乞　　丐　凭什么权利？听哪！——

埃癸斯托斯　世界的力量①哦！我在这场婚礼和这次战争的前夕呼唤你们，感谢你们刚才赐予我的礼物，在俯瞰阿尔戈斯的山丘，在大雾退尽的时刻。当时我下了马，一夜巡逻疲惫不堪。我背靠斜坡，突然你们向我展现阿尔戈斯，我从未见过的阿尔戈斯，全新的，专为我重造的阿尔戈斯，你们把它赐给我。你们把它整个儿赐给我，包括塔楼、桥、从种菜人的地窖升起的炊烟、这片土地醒来时开始喘息并飞起的鸽子、城里早起的动静、闸门吱呀声、第一声喊叫。厄勒克特拉哦！在这礼物里，一切都有同等的价值，高高升上阿尔戈斯天空的太阳与阿尔戈斯城里最后点亮的灯火，神庙与茅屋、湖泊与制革厂。并且永远如此！……今天清晨我永远拥有城邦，就像母亲永远拥有孩子。我焦虑地自问，这份礼物会不会更大，他会

---

① "世界的力量"（puissances du monde），一会儿指神或诸神，一会儿用含糊的"他"或"有人"（on）指代。对观第一幕第三场埃癸斯托斯说："我相信我相信诸神。"在此处的长篇讲辞中，埃癸斯托斯不仅是一位有良知的政治家统治者，有责任感，尽心尽力，还是一个诗人（季洛杜在此赋予他一种对作者本人而言极为重要的天赋），懂得以全新的目光去看世界。埃癸斯托斯此处的爆发，也被用来对比勒南的《雅典卫城上的祷告》，或夏多布里昂在《从巴黎到耶路撒冷》中对日出时分的雅典的回忆。

不会赐给我阿尔戈斯以外的地方？神在清晨不会权衡礼物的分寸：他有可能把全世界赐给我。那太可怕了。那会让我失望，就像有人在节日里期盼钻石，人们却送他太阳。厄勒克特拉，你明白我的不安吧！我用双脚和思想在阿尔戈斯的边界焦灼地试探。多么幸运呵！他没有赐给我东方，东方的瘟疫、地震和饥荒，我得知这一点时露出微笑。我的饥渴得到消解，不需要在沙漠的绿色伤口边缘流淌的温吞大河，而只需一滴冰冷的泉水，我很快就会证明！他也没有赐给我非洲！非洲没有什么属于我。黑女人只管在小屋门口捣碎谷粒，豹子的利爪只管扎进鳄鱼的肋骨，在那里没有一粒粥没有一滴血属于我。我没有收到的礼物和阿尔戈斯这件礼物同样让我高兴。神慷慨地没有赐给我雅典、奥林匹亚或迈锡尼。多么欢乐！他赐给我阿尔戈斯的牲口场而不是柯林斯的珍宝库，他赐给我阿尔戈斯女孩儿的短鼻梁而不是雅典娜女神的鼻子，他赐给我阿尔戈斯的皱皮李子而不是忒拜的金无花果！这就是他在今天清晨赐给我的礼物，我这个贪图享乐的寄生骗子！他赐给我一个王国，让我感觉自己变得纯粹、坚强和完美。他赐给我一个祖国，让原本准备做奴隶的我突然做了君王——法官，听好了！——我发誓出生入死拯救祖国。

庭　　长　厄勒克特拉，我只指望您啦！
厄勒克特拉　指望我吧！只有纯洁的手才有权利拯救祖国。
乞　　丐　加冕礼足以洗净一切。
厄勒克特拉　谁给您加冕？您这加冕礼凭什么得到承认？

乞　丐	你还没猜到吗？就凭他来向你索求的东西！他有生以来第一次看清你的真相和你的力量。他下山向城里狂奔，因为他突然明白，厄勒克特拉就在阿尔戈斯这件礼物中！
埃癸斯托斯	我路过的一切全在为我加冕，厄勒克特拉！我一路奔驰时听见树木、孩童和水流在向我大喊我是君王。不过还缺了圣油。每件加冕仪式的礼物恰恰由本身最不具备那种天分者送给我。我本是怯懦的人。一只兔子从犁沟露出颤抖的长耳朵，送给我勇气。我本是虚伪的人。一只狐狸带着说谎的眼睛从旁经过，送给我诚实。一对难分难舍的喜鹊送给我独立。蚂蚁送给我慷慨。我这么着急来找你，厄勒克特拉，因为只有你才能送给我加冕礼的香膏。
厄勒克特拉	那是什么？
埃癸斯托斯	我感觉那是某种类似责任的东西。
厄勒克特拉	我的责任肯定与您的责任是死对头。您不能娶克吕泰涅斯特拉。
庭　长	您不能娶她！
克吕泰涅斯特拉	为什么我们不能结婚？为什么我们要为薄情的子女牺牲自己的生活？是的，我爱埃癸斯托斯。十年来我爱埃癸斯托斯。十年来我推迟这桩婚事，就为了照顾你，厄勒克特拉，就为了悼念你父亲。现在你迫使我们不得不结婚。谢谢你……不要在鸟儿下方举行婚礼。这只鸟真叫我恼火。等鸟飞走了，我就同意结婚。

埃癸斯托斯 不必这么费心，王后。我娶您不是为了堆积新的谎言。我不知道我是否依然爱您，但整个城邦都在怀疑您是否爱过我。十年来，我们的关系在冷漠和遗忘中拖延。不过，只有这场婚礼才能往从前的谎言里抛入些微真相，只有这场婚礼才能拯救阿尔戈斯。婚礼将立即举行。

厄勒克特拉 我不认为这场婚礼能够举行。

庭　　长 说得好！

埃癸斯托斯 闭嘴！你在阿尔戈斯究竟是什么身份？被欺骗的丈夫还是法院负责人？

庭　　长 毫无疑问，两者皆是。

埃癸斯托斯 那你选择吧。我是没得选的。在责任和监狱之间选择吧。时间不多了。

庭　　长 您抢走了我的阿伽忒！

埃癸斯托斯 我不再是那个抢走阿伽忒的人！

庭　　长 全阿尔戈斯被欺骗的丈夫，他们不在今天清晨赐给您的礼物里吗？

乞　　丐 在的。不过他不再是那个欺骗他们的人。

庭　　长 我明白！我明白，新立的君王把他从前作为摄政王对人的冒犯忘得一干二净！

乞　　丐 她浑身带玫瑰色，阿伽忒。无论如何，冒犯让人带玫瑰色！

埃癸斯托斯 为了浪荡子昨天对你的侮辱，君王今天向你道歉。对你来说足够了。听我的命令。快去法院。开庭审判闹事者，绝不能容情。

阿 伽 忒 绝不能容情。那里头有我的小情人。

庭　　长 不许再看那只鸟，你让我恼火！

阿 伽 忒 我很遗憾。世上只有这件事让我感兴趣。

庭　　长	笨蛋，等它消失了你做什么？
阿伽忒	我正在想呢。
埃癸斯托斯	庭长，你在开我玩笑！你没听到喧哗吗？
庭　　长	我不走！我要帮助厄勒克特拉阻拦你们的婚礼！
厄勒克特拉	我不需要您，庭长。自从阿伽忒把打开一切的钥匙交给我以来，您就不起作用了。谢谢，阿伽忒！
克吕泰涅斯特拉	什么钥匙？
埃癸斯托斯	来吧，王后。
克吕泰涅斯特拉	她交给你什么钥匙？你又想挑起什么新争论？
厄勒克特拉	你恨我父亲！啊！在阿伽忒的光照下，一切全清楚了。
克吕泰涅斯特拉	她又开始闹了，埃癸斯托斯。保护我吧！
厄勒克特拉	你刚才多羡慕阿伽忒呀！可以对所恨的丈夫尽情喊出仇恨，这是何等快事！这快事不肯发生在你身上，母亲。你一辈子与之无缘。直到他死那天，他还以为你仰慕他崇拜他呢！在宴饮上，在庆典中，我经常看见你僵着脸，嘴唇不出声地嚅动。你渴望对所有人大喊你恨他，是不是？对过路人，对宾客，对替你斟酒的侍女，对提防小偷偷走餐具的保安。可怜的母亲，你从来没有机会独自一人到乡下去对那些芦苇告白。所有芦苇都在传说你爱他！①

---

① 在希腊神话故事里，芦苇会泄露秘密，比如奥维德在《变形记》第十一章讲到米达斯的驴耳朵的故事。

克吕泰涅斯特拉	听着，厄勒克特拉！
厄勒克特拉	就是这样，母亲，对我喊出来吧！他不在了，我就是他的替身。对我喊出来吧！这就像对他本人喊出来一样痛快。你总不至于到死也没有喊过你恨他！
克吕泰涅斯特拉	走吧，埃癸斯托斯！……管不上那只鸟了！……
厄勒克特拉	你走一步试试，母亲。我要喊人了。
埃癸斯托斯	厄勒克特拉，你还能喊谁？世上还有谁能剥夺我们拯救城邦的权利？
厄勒克特拉	虚伪的城邦，败坏的城邦！成千上万的人能够这么做。他们中最纯洁、最俊美、最年轻的一个就在这里，就在王宫里。只要克吕泰涅斯特拉敢走一步，我就喊他。
克吕泰涅斯特拉	走吧，埃癸斯托斯！
厄勒克特拉	俄瑞斯忒斯！俄瑞斯忒斯！

（报仇神现身，拦住厄勒克特拉的路。）

报仇神甲	可怜的女孩儿！你真单纯！你竟以为我们会让俄瑞斯忒斯提着剑在周围游荡！意外事故在这个王宫里发生得太快。我们已经将他用链条锁紧并塞住嘴巴了。
厄勒克特拉	不可能！俄瑞斯忒斯！俄瑞斯忒斯！
报仇神乙	你很快会和他一样。
埃癸斯托斯	厄勒克特拉，亲爱的厄勒克特拉！听我说吧。我想说服你。
克吕泰涅斯特拉	您在浪费宝贵时间，埃癸斯托斯！
埃癸斯托斯	我就来！厄勒克特拉，我知道只有你一人明白今天我是谁。帮助我吧！听我说为什么你

必须帮助我!

克吕泰涅斯特拉　哪来的这些解释和争执的热情!这个王宫里没有人类只有斗鸡!莫非要解释到流了血瞎了眼?莫非要动武力才能架开我们仨?

庭　　长　我看这是唯一的办法,王后!

队　　长　我请求您,埃癸斯托斯!抓紧时间。

乞　　丐　你没听见吗?埃癸斯托斯眼下要替未来世纪解决阿伽门农-厄勒克特拉-克吕泰涅斯特拉这桩公案,他这就来。

队　　长　再过五分钟就来不及了。

乞　　丐　人人各让一步。这桩公案要在五分钟内解决。

埃癸斯托斯　把他带走。

（众卫兵带走庭长。所有旁听者退场。沉默。）

埃癸斯托斯　厄勒克特拉,你要什么?

第八场

乞丐、厄勒克特拉、克吕泰涅斯特拉、
埃癸斯托斯、报信人

厄勒克特拉　她不是迟到,埃癸斯托斯。她不会来了。

埃癸斯托斯　你说谁?

厄勒克特拉　您无意中等待的那一位。诸神的女信使。①

---

① 女神使伊利斯 (Iris)。厄勒克特拉在此处讽刺地声称她不在场。同一个伊利斯在季洛杜的《特洛亚战争不会爆发》第二幕第十二场中出过场。

		670
	倘若诸神的解决方案是埃癸斯托斯由于对城邦的爱而被宽恕，出于对谎言的轻蔑，出于挽救布尔乔亚和城堡的目的而娶克吕泰涅斯特拉，那么现在她本该带上证书和棕榈叶在你们俩中间现身。可是她不会来了。	
埃癸斯托斯	你知道她来过了。今天清晨射在我头上的那一缕阳光，那就是她。
厄勒克特拉	那是清晨的阳光。所有爱吵闹的孩子照到清晨的阳光都会自以为是君王。
埃癸斯托斯	你在怀疑我的坦诚！
厄勒克特拉	哎呀！我不怀疑！我从您的坦诚里辨认出诸神的虚妄和狡黠。他们把寄生虫变成义人，把私通者变成丈夫，把篡位者变成君王！仿佛他们觉得我的任务还不够艰难似的。他们把您这个从前让我轻视的人变成值得尊敬的人。但是，有一种蜕变在他们手里失败了，那就是把罪犯变成无辜者。在这一点上，他们必须对我让步。
埃癸斯托斯	我听不懂你想说什么。
厄勒克特拉	您会听懂一点的。侧耳听吧。在灵魂的高贵影响下，您会听懂的。
埃癸斯托斯	谁能告诉我，你在说什么？
克吕泰涅斯特拉	她还能说谁？她一生都在说这个！说她不知道的事。说她甚至不认识的父亲。
厄勒克特拉	我不认识我父亲？
克吕泰涅斯特拉	自五岁起她再没见过也没碰过的父亲！
厄勒克特拉	我没碰过我父亲？
克吕泰涅斯特拉	你碰过一个从前是你父亲的冰冷尸体。你没

|||碰过你父亲！
埃癸斯托斯|求求您，克吕泰涅斯特拉。你们非要在这种时候争吵吗？
克吕泰涅斯特拉|每个人都会轮到争吵的时候。现在轮到我了。
厄勒克特拉|你算说对了一次。这是真正的争吵。倘若我没有碰过我那活着时的父亲，那么我的力量从何而来，我的真相又是从何而来？
克吕泰涅斯特拉|正是如此。你在说胡话。我怀疑你甚至从未亲吻过他。我从前总是提防着不让他碰我的孩子们。

671 厄勒克特拉 我从没亲吻过我父亲？
克吕泰涅斯特拉 你亲吻过你父亲已经冷了的尸体，如果你想这么说的话。你没亲吻过你父亲。
埃癸斯托斯 求求你们！
厄勒克特拉 啊！我明白为什么你在我面前这么有把握了。你以为我什么武器也没有，你以为我从未碰过我父亲。真是大错特错！
克吕泰涅斯特拉 你说谎。
厄勒克特拉 在他回乡的那天，你们俩在王宫的台阶上多等了他一分钟，是吗？
克吕泰涅斯特拉 你怎么知道？你当时不在。
厄勒克特拉 那是我把他留住了。我当时就在他怀里。
埃癸斯托斯 听我说，厄勒克特拉。
厄勒克特拉 我在人群中等他，母亲。我朝他扑过去。随行人员一阵恐慌。他们以为是袭击。但他猜出是我，他微笑了。他明白那是厄勒克特拉的袭击。勇敢的父亲哦，他主动迎向我！我

|||在那时触摸了他。
克吕泰涅斯特拉|你大概碰了碰他的护腿套,他的马!就一些皮毛!
厄勒克特拉|他下了马,母亲。我用这些手指头触摸他,我用这嘴唇吻过他的嘴唇。我触摸你没有机会碰过的皮肤,他那与你十年分离得到净化的皮肤。
埃癸斯托斯|够了!她相信你说的!
厄勒克特拉|我的脸挨着他的脸,我明白那是父亲的温度。夏天有些时候,整个世界就带有我父亲的微温。我晕眩了。我张开手臂紧抱住他。我由此衡量出我的爱,那也是在衡量我的复仇。然后,他抽开身,重新上马,比之前更温柔更有光彩。厄勒克特拉的袭击结束了!这让他更有活力,浑身闪金光!我往王宫跑去,想再看见他,但我已然不是跑向他,而是跑向你们,跑向杀他的凶手!
埃癸斯托斯|冷静点,厄勒克特拉。
厄勒克特拉|我喘不过气。一会儿就好。
克吕泰涅斯特拉|赶紧摆脱这闺女吧,埃癸斯托斯。要么重新嫁给园丁,要么丢给她兄弟!
埃癸斯托斯|别说了,厄勒克特拉!就在这一刻,我看着你,我爱你,我遵循有可能与你处好的一切,诸如对凌辱的轻蔑、勇气和无私,难道你还要固执战斗吗?
厄勒克特拉|我只有这一刻。
埃癸斯托斯|你承认阿尔戈斯就要沦陷吗?
厄勒克特拉|我们对沦陷的理解不一样。

埃癸斯托斯　如果我娶克吕泰涅斯特拉，城邦就会安静下来，阿特柔斯家族就会得救。反之就是暴乱，就是战火。这你承认吗？

厄勒克特拉　很可能是这样。

埃癸斯托斯　只有我能保卫阿尔戈斯，抵御那些闯到城门口的科林斯人。反之就是掠夺和屠杀。这你承认吗？

厄勒克特拉　是的。您会是战胜者。

埃癸斯托斯　可你却固执行事！你在破坏我完成使命！你要把家族和祖国牺牲给不知哪门子幻象吗？

厄勒克特拉　您在开玩笑，埃癸斯托斯！您妄称了解我，您竟以为我属于那样的种族吗？人们可以对那种族说：只要说谎并且放任别人说谎，你的祖国就能繁荣；只要掩藏罪行，你的祖国就会胜利。您突然塞进真相与我们之间的究竟是哪门子可悲祖国？

埃癸斯托斯　你的祖国，阿尔戈斯。

厄勒克特拉　您运气不好，埃癸斯托斯。今天清晨就在把阿尔戈斯交给您的同时，他也交给我一件礼物。我一直等那礼物，那是承诺要给我的，只是我没想明白会是什么。从前他给过我上千种礼物，我以为都是零散的，我没能弄清楚个中联系。但昨天夜里在沉睡的俄瑞斯忒斯身边，我明白那是同一件礼物。一个纤夫的背影，他正在拉驳船。一个洗衣女的微笑，她突然停下活计盯着河流看。一个浑身脱光的胖小子，在母亲和邻居阿婶的嚷叫中跑过街。一声鸟叫，那鸟儿被抓之后又被放走。一个泥瓦匠的呻吟，有一天我看见他从脚手架摔下来，两腿张成直角三角形。一株水草，它在逆流中抵抗并终于屈服。一个生病的年轻人，他一边笑一边咳。我的女仆被火染红的面颊，她在冬天早晨鼓着腮帮使劲儿吹，好让我房间里的火烧得更旺。我原本也相信，他把阿尔戈斯交给了我，他送给我阿尔戈斯城中一切微小的、温柔的、美的和可怜的东西。但我刚才明白并非如此。我刚才明白了，他送给我所有女仆吹柴火和木炭的腮帮，所有洗衣女的圆眼和杏眼，所有飞走的鸟儿，所有摔倒的泥瓦匠，所有没入水中流向溪流大海的水草。阿尔戈斯只是这个世界里的一小点，我的祖国只是这个祖国里的一个小村落。忧郁的脸上的所有光线和光彩，欢乐的脸上的所有皱纹和阴影，冷漠的脸上的所有欲求和绝望，这些是我的新国度。今天清晨就在把阿尔戈斯及其精确疆界交给您时，就在拂晓时分，我看见这新国度同样广袤，我听见这新国度的名称，那是发不出音的，那是温柔和正义。①

克吕泰涅斯特拉 厄勒克特拉的座右铭是温柔！够了！我们走吧！

---

① 如果说埃癸斯托斯得到的礼物受到了时间和空间的限制，那么，厄勒克特拉在此处的爆发表明，她的领域是没有边界的、普遍性的。她在这段长篇讲辞里提及所有那些不被爱护的、反叛的、绝望的、不为人所知的存在者，与"温柔和正义"的座右铭正相呼应。在某些戏剧版本中，厄勒克特拉被表现为一名无产阶级革命女战士。

埃癸斯托斯　正义让你火烧你的城邦、处罚你的家族,你敢说这是诸神的正义吗?

厄勒克特拉　我避免这么说。在我的新国度里,正义的事业不会托付给诸神。诸神只是艺术家。火灾现场的一道灿烂微光,战场上的一块新鲜草地,这是诸神的正义。就一项罪行做出堂皇的懊悔,这是诸神对您这件案子的判决。我不接受。

埃癸斯托斯　厄勒克特拉的正义是反复检查一切过错,让一切行为变得无法补救吗?

厄勒克特拉　不是的!霜冻在有些年份对树木来说符合正义,在另一些年份相反。有些苦刑犯会叫人喜爱,有些凶手会被人亲近。但是,一旦罪行触犯属人的尊严,祸及一个民族乃至败坏其正大光明,那就是不可饶恕的。

埃癸斯托斯　厄勒克特拉,你竟也知道什么叫民族!

厄勒克特拉　一张占满整个地平线的大脸,以无畏而纯粹的双眼直视你,那就是民族。

埃癸斯托斯　你这是作为女孩儿而不是作为君王在说话。民族是一个庞大的身体,需要支配和豢养。

厄勒克特拉　我这是作为女人在说话。民族是一个闪耀的目光,需要过滤和镀金。但只能用一种涂料,也就是真相。想想世间名副其实的民族,那真相的巨大瞳孔多美啊!

埃癸斯托斯　有些真相可能扼杀一个民族,厄勒克特拉。

厄勒克特拉　有些民族虽然消亡,它们的目光永远闪耀着光彩。但愿天神让阿尔戈斯有此命运!不过,自从我父亲离世以来,自从我们的城邦将不义和犯罪当做幸福的根基以来，自从每个人出于懦弱沦为凶杀和谎言的同谋以来，这个城邦有可能富强，有可能歌舞升平所向无敌，有可能阳光普照，这个城邦变成一个眼睛不起作用的洞穴。初生的婴儿盲目地吮吸乳汁。

埃癸斯托斯 一起丑闻只会毁了它。

厄勒克特拉 有可能。但我再也不能忍受它眼中黯淡软弱的目光。

埃癸斯托斯 这是要付出成千上万冰冷的眼和无光的眸子作为代价啊！

厄勒克特拉 行情确是如此，这代价不算太昂贵。

埃癸斯托斯 我需要今天。给我一天时间。你的真相若是存在，总能找到发光发亮的更好时机。

厄勒克特拉 这场暴乱就是专为它而设的时机。

埃癸斯托斯 我请求你。等明天再说吧。

厄勒克特拉 不。就是今天。我看够了因为多耽误一秒钟而凋零的真相。我知道那是怎么一回事。年轻女孩儿因为多耽误一秒钟去对那丑的说不，对那卑劣的说不，随后只知一味地说是。[①] 这就是真相如此美好又如此艰难的所在。真相是永恒的，但真相如一道闪电。

埃癸斯托斯 我得去拯救城邦，拯救希腊。

厄勒克特拉 这是小使命。我拯救它们的目光……您杀了他，是吗？

---

① 对观阿努伊的《安提戈涅》中两个主人公的长篇对峙：安提戈涅说不，克瑞翁说是。

675	克吕泰涅斯特拉	丫头,你胆敢说什么!人人知道你父亲在石板地上滑倒了!
	厄勒克特拉	世人这么以为,因为你们这么传说。
	克吕泰涅斯特拉	他滑倒了,疯丫头,他摔死了。
	厄勒克特拉	他没滑倒。理由再清楚明显不过。我父亲从没滑倒过!
	克吕泰涅斯特拉	你懂什么?
	厄勒克特拉	八年来我问遍那些在雨天冰雹天护送他的马倌和侍从。他从没滑倒过!
	克吕泰涅斯特拉	战争致使他不再灵巧。
	厄勒克特拉	我问遍他的战友。他穿过斯卡曼德洛斯河时没有滑倒。他攻取城墙时没有滑倒。他从未在水里或血中滑倒。
	克吕泰涅斯特拉	那天他太匆忙。你让他迟到了。
	厄勒克特拉	那么是我的错,是吗?这就是克吕泰涅斯特拉的真相。埃癸斯托斯,您也这么看吗?阿伽门农的凶手是厄勒克特拉!
	克吕泰涅斯特拉	仆从们在石板上打了太多肥皂。这我知道。我自己也差点儿滑倒。
	厄勒克特拉	啊!当时你在浴池里吗,母亲?谁让你留在那儿?
	克吕泰涅斯特拉	为什么我不该在浴池里呢?
	厄勒克特拉	肯定是和埃癸斯托斯在一起?
	克吕泰涅斯特拉	和埃癸斯托斯在一起。不止我们俩。我的顾问莱昂也在。对吧,埃癸斯托斯?
	厄勒克特拉	莱昂?第二天死掉的那个人?
	克吕泰涅斯特拉	他第二天死了吗?
	厄勒克特拉	是的。莱昂也滑倒了。他躺在床上,早晨被

人发现断了气。他倒是找到了办法，在睡着的时候一步滑进死亡，既不用动弹也不用滑倒。你让人杀了他，是吗？

克吕泰涅斯特拉 为我辩护呀，埃癸斯托斯！我向您求救！

厄勒克特拉 他没法儿帮你。眼下你得为自己辩护。

克吕泰涅斯特拉 神啊！我竟沦落到这等境地！一个母亲，一个王后！

厄勒克特拉 何等境地？告诉我们，你沦落到的境地叫做什么？

克吕泰涅斯特拉 都怪这个没心肝不知欢乐的丫头！啊！幸亏我的小克律索忒密斯爱花儿！

厄勒克特拉 难道我不爱花儿吗？

克吕泰涅斯特拉 这种局面！多怪生活这条愚蠢的走廊，我竟然走向这种局面！我做闺女的时候不爱别的，只喜安静，照顾小动物，在筵席上微笑，做针线活儿……那时我多温柔啊，埃癸斯托斯！我向您发誓我是最温柔的姑娘。我家乡的老人迄今还把温柔叫做克吕泰涅斯特拉。

厄勒克特拉 这些老人若是在今天去世的话就不必更换符号了。若是在今天清晨去世的话。

克吕泰涅斯特拉 这等境地！不公平呵！埃癸斯托斯，那时我一天到晚待在王宫背后的草地上。有好多花儿。我不弯腰，我坐下来采花。狗儿躺在脚边。阿伽门农带走我那天，那狗对他狂吠不停。我用花儿戏弄他。他为了讨我欢喜把花儿全吃了。悔不该当初啊！如果我的丈夫来自波斯、埃及或是别的地方，如今我本该善良快活无忧无虑！我年轻时有副好嗓子，我养了许多鸟儿！我本该是无忧无虑唱着歌儿的埃及王后，有只埃及大鸟笼。如今我们却沦落到这种局面！这个家族这些围墙把我们变成什么啦！

厄勒克特拉 变成杀人凶手……这是不祥的围墙！

报信人 大人，敌人攻下进城的通道！边门已被抢占。

厄勒克特拉 满意了吧。这些围墙就要塌了。

埃癸斯托斯 厄勒克特拉，听我最后一句劝。我既往不咎，包括你的幻想和侮辱。只是，你看不见你的祖国快亡了吗？

厄勒克特拉 竟然说我不爱花儿！你以为光坐着就采得到献给父亲坟上的花儿吗？

克吕泰涅斯特拉 那就让他起死回生吧！这个父亲！让他别再装死吧！这样不在场不说话是哪种要挟啊！让他起死回生吧，连同他的浮夸和虚妄，连同他的胡子！那胡子在坟墓里想必更长了。那倒更好呢！

厄勒克特拉 你说什么？

埃癸斯托斯 厄勒克特拉，等明天阿尔戈斯获救之后，我负责让罪犯们永远消失，如果有罪犯的话。别再固执下去！厄勒克特拉，你是温柔的。你骨子里是温柔的。听我的劝吧。这城邦快亡了。

厄勒克特拉 就让它亡吧。我已心生对烧毁战败的阿尔戈斯的爱！不行！我母亲开始侮辱我父亲，得让她说完！

克吕泰涅斯特拉	罪犯是哪儿来的说法？埃癸斯托斯，您在胡说什么！
厄勒克特拉	他一个字说出你否认的一切！
克吕泰涅斯特拉	我否认什么？
厄勒克特拉	他刚刚说了，你让俄瑞斯忒斯摔倒了，我爱花儿，我父亲没有滑倒！
克吕泰涅斯特拉	他滑倒了！我发誓他滑倒了。如果世上还有真相，就让一道闪电划过天空向我们证明。你会看见他连同他那些个行李一股脑翻倒在地。
埃癸斯托斯	厄勒克特拉，你受我控制。你兄弟也是。我可以杀你们。昨天我差点儿杀了你们。但是，只等击退来敌，我会放弃王位，替俄瑞斯忒斯恢复各项权利！
厄勒克特拉	问题不在这儿，埃癸斯托斯。就算诸神突然改变做法，为了毁掉你，先让你变得明智公正，① 那是诸神的事。问题在于，她敢不敢说明为什么恨我父亲！
克吕泰涅斯特拉	啊！你想知道吗？
厄勒克特拉	可你不敢说！
埃癸斯托斯	厄勒克特拉！等到明天，我们在祭坛前欢庆胜利，罪犯也会在场。只有一个罪犯。他会穿弑杀亲人的囚衣。他会当众招供罪行。他会确保严刑处罚。但是，让我先拯救城邦吧！

---

① 似与拉丁文谚语有关：Quos vult perdere jupiter, dementat prius（朱庇特想败坏一个人，先使他发疯）。

厄勒克特拉	埃癸斯托斯,在您自己和我面前,今天您已赎了罪。这就够了。但我要她把话说完!
克吕泰涅斯特拉	啊!你要我把话说完!
厄勒克特拉	我看你未必敢说!
报信人	埃癸斯托斯,他们冲进王宫内院了!
埃癸斯托斯	我们走吧,王后!
克吕泰涅斯特拉	是的,我恨他!是的,你总会知道他是什么人,你崇拜的那个父亲!是的,二十年后我要像阿伽忒那样给自己一次痛快的机会……一个女人属于全世界。往往她在这世上唯独不属于某个男人。我唯独不属于的那个男人,就是王中的王,父亲中的父亲,就是他!他来我家带走我,拳曲的胡子,翘着小指头,从第一天起我就恨他。他喝酒的时候翘起小指头。他赶车在马儿溜缰时翘起小指头。他手执王杖时翘起小指头。就连他抱着我时,我也只感到四个指头压在我背上。他在那个拂晓时分献祭你姐姐伊菲革涅亚,恐怖啊,我看见他两只手上的小指头在日光下翘向两边,简直让我发疯!王中的王,多么讽刺!总是故作庄重、优柔寡断而幼稚无知。他最是自命不凡,最是轻信盲从。这王中的王没有别的,光有他的小指头,光有弄不平整的胡子。我把他的头整个儿浸在洗澡水里也没用。我在假意奉承的夜里又是拉拔又是扯乱那胡子也没用。德尔斐那场足以将女舞者的长发浇个湿透的暴风雨也没用。无论是水、是床、是骤雨还是时间,那胡子过

678

后总能完好无损，一副拳曲模样。他翘起小指头示意我走近，我就得微笑走近。凭什么呢？……他要我亲吻埋在蓬乱须发里的嘴，我就得跑过去亲吻他。凭什么呢？……我睡醒也像阿伽忒那样用床板欺骗他，当然那是更高级更有王家气派的安汶紫檀木，[①] 他要我对他说话，明知他虚荣、空洞又平庸，我偏得说他代表谦虚、非凡和显赫。凭什么呢？……他为一点细枝末节固执己见，结结巴巴不住抱怨，我却得赌咒发誓他有如神样。王中的王！唯一可以解释这个称号的理由是他让恨中之恨显得合理正当。厄勒克特拉！他出征那天，船在远处还依稀可见，你知道我做了什么吗？我宰了一头毛最拳曲弄不平整的公羊！那天夜里，我独自溜进王座大厅，两手紧握王杖！现在你全知道了。你想听真相的颂歌。这是最美的一首！

厄勒克特拉	父亲哦！原谅我。
埃癸斯托斯	来吧，王后。
克吕泰涅斯特拉	先抓住这丫头，让人把她铐起来。
厄勒克特拉	父亲哦！原谅我竟听她说话。埃癸斯托斯，难道她不该死吗？
埃癸斯托斯	别了，厄勒克特拉。
厄勒克特拉	埃癸斯托斯，杀了她，我就原谅您。
克吕泰涅斯特拉	别给她自由，埃癸斯托斯。他们会从背后拿刀刺杀您。

679

---

① 译按：不同年代用语混淆的又一例。

埃癸斯托斯　我们拭目以待……让厄勒克特拉去吧……把俄瑞斯忒斯放了。

（克吕泰涅斯特拉和埃癸斯托斯退场。）

厄勒克特拉　那鸟下来了，乞丐，那鸟下来了。

乞　丐　哎呀！是一头秃鹫。

第九场

乞丐、厄勒克特拉、纳尔赛斯家的、
众乞丐、俄瑞斯忒斯

乞　丐　你来了，纳尔赛斯家的？

纳尔赛斯家的　我们全到了，所有的乞丐、残疾人、盲人和跛子，我们来救厄勒克特拉和她兄弟。

乞　丐　这可不就是正义！

纳尔赛斯家的　他们在那儿，在给俄瑞斯忒斯松绑……

（一群乞丐陆续进场。）

乞　丐　他们怎么杀了他的？纳尔赛斯家的，听我说吧。以下所言属实，绝非虚构。[①] 王后想出主意在通往浴池的台阶上打肥皂。他俩自己干。为了欢迎阿伽门农王归来，城里家家户户的主妇忙着打肥皂清洗门槛，王后和她的情人则忙着打肥皂清洗他走向死亡的门槛。我们不难想象他们的手有多么干净。阿伽门农进家门时，

[①] 关于乞丐的双重叙事以及季洛杜戏剧中的时间问题，参看 J. Robichez, *Le Théâtre de Giraudoux*, p.263。

他们对他伸出的就是这么干净的手。厄勒克特拉，你父亲在向她张开怀抱时滑倒了。你是对的，只除了这一点。他滑倒在石板地上，浑身的铠甲头盔响作一团，不愧是君王摔跤的阵势，因为那全是黄金做的。她朝他扑过去，他以为是要扶他，可她将他按在地上。他不明白。他不明白为什么亲爱的妻把他按在地上。他寻思这是出于爱的冲动。但果真如此的话，埃癸斯托斯为什么站着不动呢？这年轻人顶没眼色，笨头笨脑。将来提拔他可得慎重。这位全世界的主宰者攻陷了特洛亚城，刚刚巡视完海军、骑兵和步兵的大阅兵，一回到家却摔了个大跟头，当着亲爱的妻和年轻的旗手的面滚下台阶，闹出锅碗瓢盆碎了一地似的响声，就算他的胡子完好无损始终拳曲，心里难免是恼火的。何况这可能是不祥的征兆。这一跤可能预示他活不过一年或者五年。让他不解的是，亲爱的妻紧抓他的手腕，下死力按住他不肯放，就像捕鱼的婆娘抓住从海峡过来的搁浅的大乌龟一样。她可错了。她这么弯下身子，脑门充血，脖子上全是皱纹。这可不会让她变得更漂亮。不像那年轻的埃癸斯托斯对他拔出剑，显然是想保护他免受伤害，那年轻人每秒钟都在变得更漂亮。还有件怪事，他们两人始终沉默不说话。他自己说个不停。亲爱的妻，你真有力气！年轻人，拿剑要当心！他们两人始终沉默不说话。人们忘了告诉他，在他出门不在家的十年间，王后一直沉默不说话，马倌

680

们也一直沉默不说话。他们就像赶着出门的人沉默地收拾行李箱。他们赶着在其他人进来前做完什么事。可是他们赶着收拾什么行李呢？突然埃癸斯托斯朝他的头盔踢了一脚，就像有人朝濒死的狗踢了一脚，这让他猛然醒悟。他大叫起来：你这婆娘，放开我！你这婆娘在干什么？她不肯说她在干什么。她不能回答他：我要杀你，我要谋杀你。但她低声自语：我要杀他，因为这胡子竟没有一根变白；我要谋杀他，只有这样才能杀死那根小指头。她用牙齿咬断护胸甲的系带，金粉的唇裂开。① 埃癸斯托斯倒提着剑走上前。啊！埃癸斯托斯，这就是他变得这么漂亮的原因！在杀死赫克托尔的阿喀琉斯身上，在杀死多隆的奥德修斯身上，阿伽门农亲眼见过同一种美。这时，那王中的王朝克吕泰涅斯特拉的背狠踢几脚，每一脚都让她浑身惊跳起来，沉默的脸皱成一团。他大声嘶吼，为了掩盖那喊声，埃癸斯托斯满脸僵硬发出一阵阵狂笑。他用剑刺向他。那王中的王没有想象中的金刚不坏之躯，只是一团柔软的肉，就像羔羊一刺就穿。他用力过猛，划破了石板。杀人凶手不该伤害大理石，那石头会怀恨在心：我正是通过那道切口猜出整桩案子。他很快放弃反抗了。在越来越丑的女人和越来越美的男人之间，他放弃了。死亡有这一

---

① 参看艾吕雅的诗："你金粉的唇在我心里不是为了笑" (Ta bouche aux lèvres d'or n'est pas en moi pour rire)。

点让人依靠的好处。在这场埋伏里，死亡是他仅有的朋友。死亡甚至带有一丝家的气息，一丝让他感激的气息。他开始呼唤他的孩子们，先是俄瑞斯忒斯，他感谢儿子总有一天为他报仇雪恨，再是厄勒克特拉，他感谢闺女从死亡那儿争取来抚摸他的脸和手的一分钟。克吕泰涅斯特拉口吐沫子不放开他，阿伽门农情愿死也不想这个婆娘朝他的脸和胡子吐口水。她没有朝他吐口水。她忙着围着他的身子转，唯恐鞋子沾到血。她穿着红袍子围着他转。他快断气了，还以为是太阳围着他转。随后一片黑暗。他们一人一边给他翻身，让他头朝地。他右手的四个指头已经不能动弹。埃癸斯托斯先前不加思索抽出了剑，他们于是又把他翻回去，轻柔而郑重地把剑插回先前的伤口。年轻的埃癸斯托斯对死者心怀感激，他那么温柔、那么温柔地第二次让自己杀了他。如果这就是谋杀，杀死成打王中的王倒也不足挂齿。克吕泰涅斯特拉的仇恨却在膨胀。这个男人挣扎得多么愚蠢凶狠！她知道从今往后她每夜的噩梦里都会有这场屠杀。事实确乎如此。这就是她的罪状。她杀了他七年：她杀了他三千次。

（俄瑞斯忒斯在乞丐说话时走进来。）

纳尔赛斯家的乞丐	那年轻人来了！他真美！
	那是年轻的埃癸斯托斯的美。
俄瑞斯忒斯	厄勒克特拉，他们在哪里？
厄勒克特拉	亲爱的俄瑞斯忒斯！
纳尔赛斯家的	他们在南院。

俄瑞斯忒斯　　一会儿见，厄勒克特拉！过一会儿我们就再也不分离！

厄勒克特拉　　去吧，我心爱的人。

俄瑞斯忒斯　　为什么停下来，乞丐？继续讲吧。继续告诉他们克吕泰涅斯特拉和埃癸斯托斯的死！

（俄瑞斯忒斯提着剑退场。）

纳尔赛斯家的　讲吧，乞丐。

乞　丐　　再等两分钟。给他时间走过去。

厄勒克特拉　　他有带剑吗？

纳尔赛斯家的　带了，我的闺女。

乞　丐　　你疯了吗？竟管公主叫闺女？

纳尔赛斯家的　我叫她闺女。不是说她是我亲生的闺女。但我倒是常常见到她父亲。天神啊！多漂亮的男人！

厄勒克特拉　　他蓄着胡子，是吗？

纳尔赛斯家的　那不是胡子，是太阳。是带卷儿的波浪形的太阳。是大海就此消隐的太阳。他用手捋胡子。我再也没见过那么漂亮的手……

厄勒克特拉　　请叫我闺女，纳尔赛斯家的，我是你的闺女……有人在喊。

纳尔赛斯家的　没有，我的闺女！

厄勒克特拉　　你确定他带着剑吗？他不会连剑也没带就走到他们面前吧？

纳尔赛斯家的　你刚才亲眼看见他走过去的！他有剑！莫激动。莫激动。

厄勒克特拉　　母亲哦！你在通往浴池的门槛上等待的那一分钟是多么漫长呀！

纳尔赛斯家的　你快点讲吧！都快结束了，我们还一无所知！

乞　丐　　再等一分钟。他在找他们。好了！他找到他们了！

纳尔赛斯家的	哦！我愿意等。这么抚摸她真舒服，这个小厄勒克特拉。我光生了一堆男孩，一群坏蛋。能生闺女的母亲是多么有福啊！
厄勒克特拉	是的……有福……有人在喊！这回是真的。
纳尔赛斯家的	是的，闺女。
乞　丐	结局是这样的。纳尔赛斯家的和众乞丐释放了俄瑞斯忒斯。他急急忙忙地穿过院子。他甚至没有触摸厄勒克特拉，也没有亲吻她。他错了。他再也碰不到她了。他在大理石的壁龛上找到那两个凶手。他们忙着谈判平息暴乱。埃癸斯托斯俯身对闹事者说诸事顺利，一切会好的。突然他听到一头受伤流血的兽在身后呜咽。那不是什么野兽，而是克吕泰涅斯特拉。她受了伤。她儿子伤了她。他闭着眼睛对他们挥剑乱砍。即便是对不称职的母亲来说，这也是让人痛心且致死命的。她不叫厄勒克特拉或俄瑞斯忒斯，光叫小闺女克律索忒密斯的名，这让俄瑞斯忒斯恍惚以为他在杀另一个母亲，另一个无辜的母亲。她死死挽住埃癸斯托斯的右臂。她这么做是对的。这是她唯一的机会，只有这样她才能在生活中稍稍站直些。但她妨碍埃癸斯托斯拔剑出鞘。他推她，想抽出手臂，但无济于事。她身子太沉，没法儿充当盾牌。那只鸟不断用翅膀扫他的脸，用嘴啄他。他拼命反抗。他腾出的左臂没拿武器，右臂拖着死去的王后和她浑身披戴的项链挂坠。这让他绝望。正当他浑身变得纯净神圣时，却不得不以罪犯的身份受死，为一项不再与他有关的

罪行作战。正当他满心正直无辜时，却不得不在这场弑亲罪行前认识自身的卑劣。他徒手反抗，他的手被剑一点点砍中。护胸甲的系带被克吕泰涅斯特拉身上的扣子绊住，整个儿脱落了。于是他停止反抗，只是一个劲儿晃动右臂。这让人感觉到，他想摆脱王后，不是为了单独作战，而是为了单独赴死，为了远离克吕泰涅斯特拉独自躺在死亡怀里。但他终于不能如愿。克吕泰涅斯特拉和埃癸斯托斯从此是亘古不变的一对儿。① 不过，他死时喊着别人的名。我不会告诉你们那是谁。

埃癸斯托斯 （场外的声音）厄勒克特拉……②

乞　丐　我讲得太快。他赶上了。

第十场

乞丐、厄勒克特拉、纳尔赛斯家的、众乞丐、
报仇神、侍从

（报仇神与厄勒克特拉的年纪身材相仿。）

侍　从　你们快逃吧！王宫起火了！

报仇神甲　这是厄勒克特拉从前缺少的光彩。白日和真相

---

① 季洛杜为全新高贵的埃癸斯托斯额外增加了一次失败，彻底改变了他的最终形象。
② 对观第一幕第四场乞丐高声大喊厄勒克特拉并吓坏了埃癸斯托斯（619），第二幕第七场埃癸斯托斯在转变之后渴望呼喊厄勒克特拉的名字，等等。原稿中还有一些段落表明，克吕泰涅斯特拉明白埃癸斯托斯爱上了厄勒克特拉。

之外，第三样就是火灾。

报仇神乙 这下你满意了，厄勒克特拉！这个城邦死了！

厄勒克特拉 我是满意了。我刚刚知道这个城邦即将起死回生。

报仇神丙 那些在大街上被杀的人也能起死回生吗？柯林斯人攻城之后开始屠城。

厄勒克特拉 他们若是无辜的就能起死回生。

报仇神甲 这就是傲慢的下场，厄勒克特拉！如今你一无所是！一无所有！

厄勒克特拉 我还有良知，我还有俄瑞斯忒斯，我还有正义。我有一切。

报仇神乙 良知！你会在往后的清晨里倾听良知说话的。就因为别人犯罪，你整整七年没有睡好觉。从此往后你自己成了罪犯。

厄勒克特拉 我还有俄瑞斯忒斯。我还有正义。我有一切。

报仇神乙 俄瑞斯忒斯？你再也见不到俄瑞斯忒斯。我们这就离开你去围困他。我们模仿你的年纪和模样对他穷追不舍。别了。我们不会放过他，直到他发疯自杀并且诅咒他的姐姐。

厄勒克特拉 我还有正义。我有一切。

纳尔赛斯家的 她们在说什么？这些女孩儿真坏！我们这是怎么啦！我可怜的厄勒克特拉，我们这是怎么啦！

厄勒克特拉 我们这是怎么啦？

纳尔赛斯家的 是啊，解释一下吧！我一向明白得慢。我当然感觉得到出了事，但我没弄懂。就像今天这样。在太阳升起时，一切已被错过，一切已被破坏，空气倒还能呼吸，什么都丢了，城邦烧

685

　　　　　　毁了，无辜的人互相厮杀，有罪的人奄奄一
　　　　　　息。就在这新升起的白日一角。这叫什么？
厄勒克特拉　你问乞丐。他知道的。
　　乞　丐　这个名称很美，纳尔赛斯家的。这叫曙光。①

（剧终）

---

① 在古希腊字源里，厄勒克特拉（Electre）的意思是"黄琥珀的光彩"或"光线"。依据乞丐的说法，这里的曙光可能理解为纯净的光，带有重新来过的希望，也可能理解为世界末日的曙光，带有讽刺意味（只有名字本身是美的）。